Endstation Emscher

Zwei Hellweg-Krimis

Herausgegeben von
Sascha Pranschke, Sarah Meyer-Dietrich
und Kathrin Oerters

KLARTEXT

Das Buch enthält die Erzählung *Endstation Emscher*, entstanden im Projekt *Mord in der Hellweg-Bahn*, und das deutsch-russische Theaterstück *Zwischen uns – Между нами*, entstanden im gleichnamigen Projekt. Beide Projekte verstehen sich als Teile der Projektfamilie *FlussLandStadt. Eure Heimat – euer Roman* der Kooperationspartner jugendstil – das kinder- und jugendliteraturzentrum nrw, Friedrich-Bödecker-Kreis NRW und Emschergenossenschaft/Lippeverband.

Mehr Informationen unter:
http://www.boedecker-kreis-nrw.de/flusslandstadt-eure-heimat-euer-roman

Mord in der Hellweg-Bahn
Das Projekt ist eine Kooperation zwischen dem Festival »Mord am Hellweg VII« (Kulturregion Hellweg, Westfälisches Literaturbüro in Unna e.V. und der Kreisstadt Unna, Bereich Kultur), der Gemeinschaftskampagne Busse & Bahnen NRW, dem Friedrich-Bödecker-Kreis NRW e.V. und der Emschergenossenschaft.

Hauptförderer und Medienpartner von »Mord am Hellweg VII« sind das Land Nordrhein-Westfalen, die Stiftung RUHR.2010, die Gemeinschaftskampagne Busse & Bahnen NRW, die Sparkasse UnnaKamen, der WDR 5 und die WELT am SONNTAG.

MORD AM HELLWEG VII
Europas größtes internationales Krimifestival

FRIEDRICH-BÖDECKER-KREIS
NORDRHEIN-WESTFALEN E.V.

EMSCHER GENOSSENSCHAFT
EGLV.DE

Förderer/Medienpartner »Mord am Hellweg VII«

Ministerium für Familie, Kinder, Jugend, Kultur und Sport des Landes Nordrhein-Westfalen

Sparkasse UnnaKamen

RUHR

BUSSE & BAHNEN NRW

WDR 5

WELT am SONNTAG

Veranstalter

UNNA

Westfälisches Literaturbüro in Unna e.V.

Zwischen uns – Между нами

Das Projekt wurde initiiert und realisiert durch die Robert Bosch Kulturmanagerin Kathrin Oerters in Zusammenarbeit mit der Direktion zur Realisierung von Festivals, Wettbewerben und Kulturgroßveranstaltungen Astrachan, dem Ministerium für Kultur und Tourismus der Astrachaner Oblast und dem Astrachaner Staatlichen Konservatorium (russische Seite), sowie durch jugendstil – das kinder- und jugendliteraturzentrum nrw (Projektträger auf deutscher Seite), Friedrich-Bödecker-Kreis NRW, das Westfälische Landestheater, die Emschergenossenschaft und bunt international e.V.

Das Projekt wurde im Rahmen des »Jahres der deutschen Sprache und Literatur in der Russischen Föderation« durch das Auswärtige Amt sowie von der Robert Bosch Stiftung und dem Goethe-Institut im Rahmen des Programms »Robert Bosch Kulturmanager in der Russischen Föderation« gefördert. Es wurde durch Sonderprojektmittel des Landes Nordrhein-Westfalen und durch Mittel der Emschergenossenschaft unterstützt.

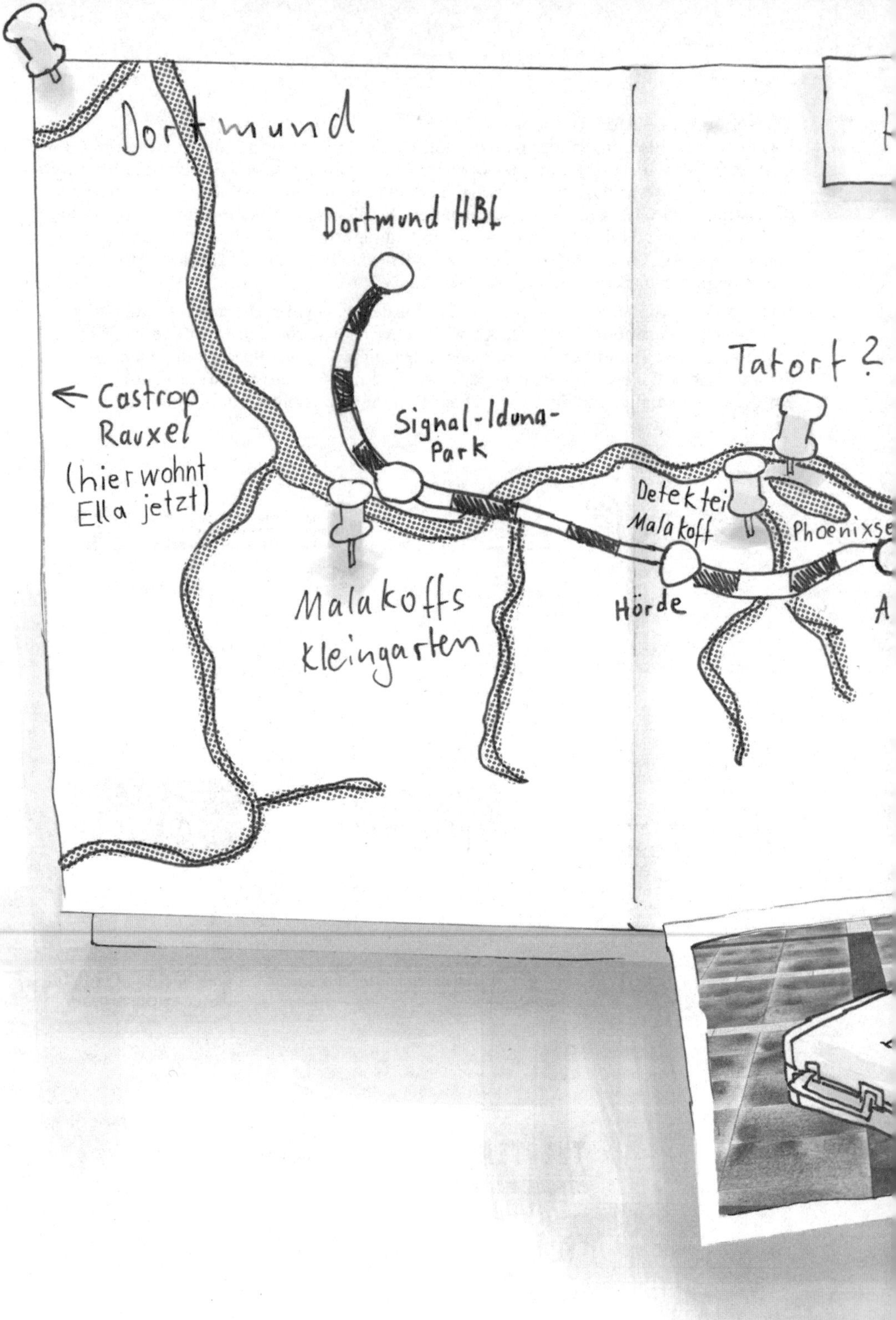
Dortmund
Dortmund HBf
Tatort?
← Castrop Rauxel (hier wohnt Ella jetzt)
Signal-Iduna-Park
Detektei Malakoff
Phoenixse
Malakoffs Kleingarten
Hörde

eg-Bahn
Unna
Sprayer-Szene
Hier wohnte Miro
Emscher
Holzwickede
Emscherquelle
Hier hat
Miro gearbeitet
Sölde
eck
Hier wohnt
Marie
Russland
(hier wohnt Ilja)
Россия
Castrop
Rauxel
Астрахань

Projektteam

Mord in der Hellweg-Bahn

Sarah Meyer-Dietrich (Projektleitung, Werkstattleitung)
Martina Oldengott (wissenschaftliche Leitung)
Sascha Pranschke (Werkstattleiter)

Zwischen uns – между нами (russische Seite)
Kathrin Oerters (Projektleitung, Werkstattleitung)
Roman Bekkulow (Werkstattleitung)
Sergej Taraskin (Theaterpädagoge)
Anna Akischina (interkulturelle Beraterin)

Zwischen uns – между нами (deutsche Seite)
Sarah Meyer-Dietrich (Projektleitung, Werkstattleitung)
Ipek Abali (Theaterpädagogin, Werkstattleitung)
Janna Keberlein (interkulturelle Beraterin)
Martina Oldengott (wissenschaftliche Beraterin, Exkursionsleiterin)

Übersetzer	Irina Bondas und Nikolaj Stepkin, unterstützt von: Olga Kelsch, Jana Dobrjanskaja, Irina Kim, Elena Sedowa, Irina Pawlowa
Lektorat	Sascha Pranschke, Kathrin Oerters, Sarah Meyer-Dietrich, Ipek Abali, Roman Bekkulow, Sergej Taraskin, Walentina Murawjewa
Coverfoto	Frank Vinken, Motiv: Die Emscher in Castrop-Rauxel an der Industriestraße. Vielen Dank an Gerrit, die für das Foto Modell stand.
Fotos	Frank Vinken, Volker Beushausen, Anatolij Denikin, Baoquan Song, Sarah Meyer-Dietrich
Zeichnung	Benjamin Bäder

Impressum

Sascha Pranschke, Sarah Meyer-Dietrich, Kathrin Oerters, Hg.
Endstation Emscher. Zwei Hellweg-Krimis

1. Auflage Mai 2015

Satz und Gestaltung	Heike Amthor | Klartext Verlag
Umschlaggestaltung	Volker Pecher, Essen
Druck und Bindung	medienHaus Plump GmbH, Rheinbreitbach

ISBN 978-3-8375-1425-4

www.klartext-verlag.de

Bibliografische Information der Deutschen Bibliothek
Die Deutsche Bibliothek verzeichnet diese Publikation in der Deutschen Nationalbibliografie; detaillierte bibliografische Daten sind im Internet unter http://www.dnb.de abrufbar.

Grußwort

Zugfahrten haftet meistens ein Hauch von Abenteuer an. Sei es, weil die Reisen in die weite Ferne führen oder auch einfach nur, weil sie selten wie geplant verlaufen. Man begegnet vielen fremden Menschen im Bahnhof, auf dem Bahnsteig und in der Bahn. Zufallsbekanntschaften erwachsen daraus, meistens nur für den Moment, flüchtig und dennoch oft sehr intensiv. Aber auch Freundschaften und Verbindungen für ein ganzes Leben.

Die Züge selbst, die Strecke, das Bahnpersonal, die Fahrgäste und nicht zuletzt Ereignisse rund um die Bahnreisen halten jeden Tag Überraschungen für uns bereit. Fährt man häufig oder sogar täglich mit der Bahn, ist man überzeugt davon, dass nicht eine einzige Fahrt normal beginnt und endet.

Es gibt die schönen Seiten, nämlich Bekannte oder Kollegen zu treffen, die immer zur selben Zeit an derselben Stelle auf den Zug warten. Zugfahrten verbinden Menschen und Orte miteinander. Die Kehrseiten des Reisens mit der Bahn sind alltägliche Unpünktlichkeit, technische Störungen und Funktionsbehinderungen durch Menschen. Eine normale Zugfahrt ohne besondere Vorkommnisse ist im Ruhrgebiet so wahrscheinlich wie das Auffinden der viel zitierten Stecknadel im Heuhaufen. Das Zugfahren hier im Revier lässt auch bei eher sanftmütigen Charakteren die Emotionen hochkochen. Man erkennt sich selbst und die anderen nicht wieder …

Wie oft habe ich selbst schon daran gedacht, einen Roman über mein tägliches Desaster im Regionalverkehr des Ruhrgebiets zu schreiben. Was lag also näher, als Jugendliche zu gewinnen, nach Romanen am Fluss entlang (»Stromabwärts«) und quer durch die Städte (»Grenzgänger«) nun eine Erzählung dem Zugfahren im Ruhrgebiet zu widmen. Die Begeisterung dafür war ungeheuer groß! Nun ist die Hellweg-Bahn nicht auf einer der Hauptschlagadern des Ruhrgebiets unterwegs. Die vorliegende Erzählung spielt zwischen Dortmund und Unna. Auf dieser Strecke scheint die Bahn störungsfrei zu funktionieren, stelle ich neidisch beim Lesen fest. Ich dagegen kann mich an keinen einzigen Tag innerhalb der letzten 10 Jahre erinnern, an dem ich reibungslos zur Arbeit und zurück gelangt wäre. Aber ich pendle eben auch zwischen Bochum und Essen.

Trotzdem startet der Roman in der Kategorie Kriminalgeschichte und endet mit einer überraschenden Erkenntnis auf dem Emscherquellhof in Holzwickede. Neben der Hellweg-Bahn zieht sich die Emscher nämlich wieder einmal als blauer Faden durch die Geschichten. Der Fluss zeigt sich mit seinen unterschiedlichen Gesichtern, einmal als kleines, friedlich dahin fließendes Flüsschen, ein anderes Mal als starker, reißender, bedrohlich anmutender Strom nach Starkregen-Ereignissen. Der lateinische Name für die Emscher, Ambiscara, weist auf diese zwei Facetten der Emscher hin. Die jungen Autoren der Erzählung »Endstation Emscher« hat dieser Charakter des Flusses fasziniert. In allen bisher erschienenen Romanen sammelt die Emscher mit ihren wechselhaften Gesichtern zunehmend Pluspunkte. Sie ist ein mystischer Rückzugs- und Sehnsuchtsort.

Eine Person hat es bisher geschafft, in allen Erzählungen eine Rolle zu ergattern: Der anfangs etwas trottelhaft daher kommende Privat-Detektiv Roman Malakoff wird von Band zu Band sympathischer und menschlicher.

Den zweiten Teil dieses Buches nimmt ein Theaterstück ein. »Zwischen uns« handelt von Familien aus Deutschland und Russland, deren Schicksal über die Landesgrenzen hinweg miteinander verflochten ist. Emscher und Wolga spielen nicht nur als naturräumliche und geografische Elemente ihre Rolle. Die Emscher wird zur Person, die zuhört, nachfragt und auf die Spur hilft. Auch die Wolga trägt zur Lösung des Rätsels bei. So einfach, authentisch und packend entwickeln die jungen Theaterautoren die Handlung und stellen sie in den Kontext der politischen Geschichte, dass man beim Lesen mit angehaltenem Atem die Dialoge verschlingt und gebannt in die Handlung eintaucht. Die Trennlinie zwischen Wirklichkeit und Fantasie verschwimmt.

In beiden Erzählungen schwingt viel Realitätsbezug mit. Wieder einmal öffnen sich die Autoren mit dem, was sie uns an Erlebnissen, Ängsten, Träumen und Sehnsüchten mitteilen. Mit dem Theaterstück schlagen sie eine Brücke zwischen Russland und Deutschland. Die symbolische Bedeutung zum Zeitpunkt der Veröffentlichung zeichnet ein starkes und beeindruckendes Bild.

Sie halten nun das dritte Buch unserer Projektfamilie in den Händen. Die Idee, Jugendlichen die Möglichkeit zu eröffnen, gemeinsam zu schreiben, ist ein großer Erfolg. Sie lernen nicht nur ihre Sprache, sondern auch ihre Heimat besser kennen. Sie erhalten die Chance, über den Tellerrand ihres eigenen Alltags hinaus zu blicken. Bei der deutsch-russischen Theaterproduktion »Zwischen uns« werden sogar die Grenzen zwischen Sprache, Nationalitäten und politischen Systemen überwunden. So, wie wir uns für die Erzählungen möglichst viele Leserinnen und Leser wünschen, so würden wir uns freuen, wenn das Theaterstück auf vielen Bühnen gezeigt wird.

Jede der Textwerkstätten ist mit großem organisatorischem Aufwand verbunden. Die Betreuung der Schreibprozesse, die Durchführung der Exkursionen, kostenlose Räume und Orte zum Schreiben, der Produktionsprozess des Buches bis hin zur Book Release Party: All das ist nur mit großem persönlichem Einsatz Vieler zu leisten. Zum Glück wird der Kreis der Förderer immer größer und das Netzwerk wächst mit jedem Projekt. Dafür gebührt allen unterstützenden Personen und Institutionen unser herzlicher Dank!

Sie, liebe Leserinnen und Leser, leisten Ihren Beitrag, indem Sie die Bücher lesen, und dabei wünschen wir Ihnen auch dieses Mal wieder viel Freude!

Dr. Martina Oldengott
Emschergenossenschaft

Vorwort

Als wir 2012 unsere Pläne für »Am Fluss entlang schreiben«, das erste Kind der Projektfamilie »FlussLandStadt. Eure Heimat – euer Roman«, entwickelten, hatten wir keine Ahnung, wie nachhaltig uns dieses Projekt beschäftigen würde. Noch weniger ahnten wir, dass eine ganze Projektfamilie daraus erwachsen würde. Erst 2014, als wir mit »Quer durch die Städte schreiben« schon das zweite Projekt abgeschlossen hatten, in dessen Rahmen wieder rund 70 Jugendliche zu Buchautoren wurden, und als unverhofft noch eine Bonuserzählung aus dem Projekt »Picknick im Park« Teil dieses zweiten Bandes wurde, dämmerte uns, dass uns die Grundidee noch durch viele andere Projekte begleiten würde.

So freuen wir uns sehr, in diesem Band gleich zwei neue Werke vorstellen zu können, die Jugendliche aus der Region (und dieses Mal: auch weit darüber hinaus) verfasst haben. Geplant waren die beiden Werke eigentlich als »Bonus-Tracks« in einem der für 2015 anvisierten Romanprojekte. Doch weil unsere Autoren zwei so beeindruckende Werke produzierten, die noch dazu erstaunlich gut zueinander passten, entschieden wir uns stattdessen, einen zusätzlichen Band der Reihe herauszugeben.

Wie bereits die ersten beiden Bände der Reihe sind auch die Texte in diesem Buch nicht auf »herkömmliche« Weise entstanden, wurden nicht von einem einzelnen Autor verfasst, der allein vor sich hindenkend im stillen Kämmerlein saß. Vielmehr wurden beide Texte von vielen Autoren gemeinsam verfasst. Und oft ging es dabei ganz schön laut zu.

»Endstation Emscher«, die Erzählung, die diesem Band ihren Namen gegeben hat, ist ein waschechter Hellweg-Krimi: Denn das Projekt, in dem die Erzählung entstand, war 2014 Programmbestandteil des renommierten »Mord am Hellweg«-Festivals. 11 Jugendliche brüteten in den Herbstferien gemeinsam über der Geschichte. Inspiriert wurden sie durch eine Exkursion: Zwischen Dortmund und Unna erkundeten sie die Region per Hellweg-Bahn und machten Zwischenstopp in Holzwickede an der Emscherquelle. Am ersten Workshoptag im Nicolaihaus in Unna beschlossen die Teilnehmer, darunter auch Stromabwärts- und Grenzgänger-Autoren, dass Detektiv Roman Malakoff, der in den ersten beiden Bänden eine Nebenrolle gespielt hatte, nun die tragende Rolle bekommen sollte – passend zum Krimi-Genre. Im Gespräch entwickelten sie gemeinsam den Plot der Geschichte, um an den weiteren Workshoptagen einzeln an Textfragmenten zu schreiben, die zusammengesetzt eine Erzählung ergeben, die genauso vielstimmig ist wie ihre Autoren. Vom Umfang her ist sie fast schon ein kleiner Roman geworden. Und so konnten die Jugendlichen das entstandene Werk bei der ExtraFahrt des »Mord am Hellweg«-Festivals dem Publikum auch nur in Auszügen präsentieren.

Wie nah sich die Fantasie unserer jungen Autoren dabei immer wieder an der Realität bewegt, zeigt sich in dieser Erzählung mit besonderer Traurigkeit. Im Januar diesen Jahres, Wochen also nachdem die Erzählung fertig gestellt war, berichtet die Presse von einem Toten, der in der Emscher in Castrop-Rauxel entdeckt wurde. Mord? Unfall? Suizid? Das sind die Fragen, die die Polizei bei ihren Ermittlungen stellt. Als unsere Jugendlichen diese Fragen dem Detektiv Malakoff in den Mund legten, konnten sie nicht ahnen, dass ihre Erzählung schon bald eine traurige Analogie im wahren Leben finden würde.

Endstation Emscher ... der Titel verweist nicht nur auf den Beginn der Erzählung, in der ein Junge tot in der Emscher gefunden wird. Er verweist in Anlehnung auf Tennessee Williams' berühmtes Theaterstück »Endstation Sehnsucht« auch auf eine ganz andere Textgattung. »Zwei Hellweg-Krimis« heißt es im Untertitel dieses Bandes – und tatsächlich ist der zweite Krimi ein Theaterstück. Ein Theaterstück, das in der Hellweg-Region spielt, genauer in Castrop-Rauxel – aber nicht nur.

Zum ersten Mal bewegt sich die Projektfamilie über die Region hinaus und überquert dabei gleich Landesgrenzen. »Zwischen uns«, auf Russisch »Между нами«, das heißt daher vor allem: zwischen den Ländern und zwischen den Kulturen. Zwei Gruppen von Jugendlichen entwickelten dieses Theaterstück, reichten es immer wieder zwischen Deutschland und Russland hin und her, bis am Ende ein deutsch-russisches Gemeinschaftswerk stand, das selbst von dem handelt, was Menschen verbindet und trennt, also selbst ein »zwischen uns« auslotet. Denn so wie sich die Jugendlichen im Schreibprozess immer wieder begegneten, wenn auch nicht persönlich, sondern über die Texte, die sie austauschten, so begegnen sich im Stück die beiden Hauptfiguren. Ein Junge aus dem russischen Astrachan, und ein Mädchen aus Castrop-Rauxel, die sich gegenseitig Briefe schicken. Manche der Szenen wurden eher erspielt als erschrieben, zumal die teilnehmenden Jugendlichen auf beiden Seiten jede Menge Bühnenerfahrung mitbrachten.

So verschieden die beiden Texte auch sind, der eine ein Theaterstück über Landesgrenzen hinweg, der andere eine regional angesiedelte Erzählung, haben sie doch verblüffende Gemeinsamkeiten. Beide sind Krimis, wenn das Theaterstück auch vielleicht nicht ganz typisch für das Genre ist. Und in beiden findet jemand den Tod in einem Fluss: einmal in der Emscher, einmal in der Wolga. Und natürlich fließt auch durch das deutsch-russische Theaterstück die Emscher und verbindet es mit der Projektfamilie, für die der vorliegende Band mit Sicherheit noch nicht die Endstation sein wird.

Sascha Pranschke, Sarah Meyer-Dietrich und *Kathrin Oerters*

Endstation Emscher

1 Das Opfer der letzten Nacht

Wehmütig blickte Roman Malakoff auf das Opfer. Es spiegelte das Grauen der vergangenen Nacht wider.

Seine Frau Sonja legte ihm die Hand auf die Schulter: »Ach, Roman! Ich weiß, wie viel er dir bedeutet hat. Komm, wir fahren nach Hause und ich mach uns dein Lieblingsessen, ein paar Kohlrouladen. Und danach gibt es ein schönes Stück Kuchen! Klingt doch gut, oder?«

Malakoff legte seine Hand auf ihre, die immer noch auf seiner Schulter lag, ließ Sonja einen traurigen Blick zukommen und sagte: »Keine Kohlrouladen.«

Sonja blickte ihren Mann, der sonst ein leidenschaftlicher Esser war, erstaunt an. »Keine Kohlrouladen?«, fragte sie. »Aber du willst doch Kuchen, richtig?«

Wieder blickte Malakoff sie mit traurigen Augen an: »Kein Kuchen.«

Sonjas Schock war nicht zu übersehen. Weder Kohlrouladen noch Kuchen? In der Hoffnung, sich verhört zu haben, fragte sie noch einmal: »Kein Kuchen?«

Malakoff schüttelte den Kopf: »Kein Kuchen.«

Diese ganze Sache schien ihn wirklich schwer mitgenommen zu haben. Sonja nahm ihre Hand von seiner Schulter, blieb aber neben ihm stehen. Vielleicht konnte sie ja doch noch etwas tun, das seinen Verlust mildern würde.

Malakoff wusste, dass er nicht stundenlang herumstehen konnte, und so tat er das einzig Richtige. Er nahm seine Kettensäge, um endlich aufzuräumen. Schließlich sah sein Schrebergarten nach der gestrigen Sturmnacht so entstellt aus wie die Kohlrouladen, die er einmal selbst zubereitet hatte.

Sonja ging zurück in die Gartenlaube, um eine Kuchenrezeptkollektion des Trauerns herzustellen, über die sie später mit Roman debattieren wollte. Wie im Bundestag. Allerdings würden sie diesen Stil nicht lange aufrechterhalten können, wenn sie noch heute zu einem Ergebnis kommen wollten.

Roman wollte sich zunächst an den Apfelbaum ranmachen – also, sich mit der Kettensäge ranmachen. Denn der Sturm letzte Nacht hatte ihn bis zu den Wurzeln herausgerissen und Roman ertrug den Anblick dieses Baums, der ihm so viel bedeutet hatte, einfach nicht mehr länger.

Doch gerade als er die Spuren dieses unfreiwillig bezahlten Tributs für den Sturm beseitigen und seinem Baum die letzte Ehre erweisen wollte, meinte das Handy sich wichtig machen zu müssen. Es lag auf dem Gartentisch. Erleichtert registrierte Roman, dass Sonja dran ging. Kaum hatte sie das Handy an ihr Ohr gelegt, rief sie auch schon: »Roman, deine Schwester will mit dir sprechen!«

»Sag ihr, ich rufe später zurück«, sagte Malakoff entnervt.

Sonja trat ein paar Schritte auf ihn zu und sagte: »Sie weint aber.«

»Warum?«, fragte Malakoff unwirsch. »Hat sie etwa auch einen Baum zu beerdigen?«

Sonja antwortete, indem sie ihm wortlos das Telefon reichte.

»Hey, Alexa, wie geht's dir denn?«, fragte Malakoff betont fröhlich.

Im selben Moment nahm Sonja ihm wieder das Handy ab. Malakoff sah sie verstört an.

»Sie weint. Wie wird es ihr wohl gehen?«, fragte Sonja.

Da begriff er, dass seine Frage etwas unüberlegt gewesen war. Er nahm erneut das Telefon und versuchte es noch einmal. »Hey, was ist denn los?«, fragte er, diesmal mit bemüht ernster Stimme. Das Telefonat dauerte nur etwa eine Minute. Diese reichte aber vollkommen aus, um Malakoffs Miene in wahre Ernsthaftigkeit zu verwandeln und schließlich auch zu verfestigen.

»Ich komme, so schnell ich kann«, sagte Malakoff.

»Was ist denn los?«, fragte Sonja.

»Miroslav ist tot«, antwortete er.

Sonja sah ihn entsetzt an, atmete tief ein und sagte: »Beeil dich!«

Malakoff nahm sich nicht mal die Zeit, seine Kleidung zu wechseln, dabei war seine Hose vom Matsch im Garten ziemlich verdreckt. Er holte nur schnell seine Schlüssel aus der Laube und eilte zum Parkplatz der Gartenkolonie neben dem Signal Iduna Park. Überall hatte der Sturm gewütet, Laubendächer abgedeckt und Bäume wie Streichhölzer geknickt. Und die Gefahr war noch nicht vorüber. Denn gerade als Malakoff den Parkplatz betrat, krachte ein morscher Ast auf ein Auto – und zwar auf sein Auto. Als er das Geräusch hörte, mit dem der Ast den Wagen unter sich begrub, wusste Malakoff, dass auch sein Auto gerade sein Leben aushauchte. Das hieß für ihn, den verhassten Zug nehmen zu müssen. Ein Unglück kam selten allein!

Zähneknirschend ging er zu Fuß zur Haltestelle *Signal Iduna Park*, um dort auf die Hellweg-Bahn zu warten. Sie würde ihn nach Dortmund-Sölde bringen, wo seine Schwester Alexa mit ihrer sechzehnjährigen Tochter Marie und dem elfjährigen Sohn Luke wohnte.

Als Roman sich endlich wieder daran erinnert hatte, wie ein Ticketautomat funktionierte, und gerade Kleingeld in den Schlitz warf, kam auch schon die Bahn. Malakoff schaffte es gerade noch einzusteigen. Er setzte sich auf einen Fensterplatz. Mit Blick nach draußen ließ sich die Tatsache, dass er in einem Zug saß, am besten verdrängen.

2 Eine einzige Flasche

Piep, piep, piep! Die Türen der Hellweg-Bahn wollten sich gerade schließen, als plötzlich ein dicklicher Kerl angerannt kam und zwischen die Türflügel sprang. Er atmete tief durch und setzte sich dann geistesabwesend mir gegenüber hin. Irgendwie sah er müde aus, und was hatte er denn da auf seiner Hose? War das etwa Matsche? Er schob seine Fahrkarte in die Hosentasche, eine andere Tasche hatte er nicht dabei. Leider auch keine Flasche, stellte ich fest. Der heutige Tag brachte sowieso keine besondere Ausbeute, bis jetzt hatte ich nur eine einzige Flasche gefunden. Der Kerl mit den Flecken auf der Hose starrte stur aus dem Fenster.

3 Der Hunger muss warten

Malakoffs Gedanken kreisten um Miro, den Freund seiner Nichte Marie. Armer Junge, dachte Malakoff. Miro war noch nicht einmal 18 Jahre alt gewesen und musste schon sterben. Doch seine Nichte Marie tat ihm noch wesentlich mehr leid. Schließlich blieb sie zurück und trauerte um ihren Freund. Er wusste doch, wie gern sie ihn hatte. Manchmal, wenn Alexa keine Zeit gehabt hatte, um auf Luke aufzupassen, hatten Malakoff und Sonja das übernommen, damit Marie mit Miro allein sein konnte.

Dortmund-Aplerbeck. Er war wohl so in Gedanken versunken gewesen, dass er die Haltestelle *Dortmund-Hörde* gar nicht wahrgenommen hatte. Am neuen Aplerbecker Bahnhof sah er die rot-weißen Absperrungen der Baustelle und weiter hinten ein Treppengeländer aus Holz. Vielleicht sollte er seinen Baum spenden, dachte Roman traurig, damit der als Geländer weiterleben konnte.

Auf den Bahnhof folgte das Bild einer ländlichen Gegend, das Malakoff an Bauernbrot erinnerte. Wenig später erlebte dieses Bild eine Metamorphose, und das Grün wurde durch Ziegel, Fenster und Türen ersetzt. Dann durch Lärmschutzwände, die die Sicht versperrten. Na ja, Zugfenster sind ja auch eher zum Durchlüften und nicht so sehr zum Rausgucken gemacht, mutmaßte Malakoff. Man blickt von der einen Wand zur anderen, das kann man sich ja gleich sparen, dachte er.

Auf einer der Wände sah Malakoff ein Graffiti. *RSG* stand da in Blau und absolut hässlich, soweit Malakoff seinem Sinn für Ästhetik trauen konnte. Da fiel ihm ein, dass Miro auch oft gesprüht hatte. Hoffentlich war das nicht sein Werk. Denn wenn jemand schon Wände beschmieren musste, dann wenigstens mit Talent, fand Malakoff. Erst recht, wenn man keine Chance mehr haben würde, ein neues Graffiti zu malen.

Dortmund-Sölde. Endlich konnte er aussteigen. Er spürte, dass er allmählich Hunger bekam. Doch seine Familie rief ihn. Da musste der Hunger warten.

4 Doch noch ein guter Tag?

Als die Bahn kurz vor Sölde langsamer wurde, stand der dickliche Mann auf, ging zur Tür und drückte ungeduldig den Knopf. Ich wollte ihm gerade zurufen, dass er mit dem Aussteigen schon warten müsse, bis der Zug stand, als ich eine leere Pfandflasche unter einer der Sitzbänke entdeckte. Ich lächelte. Vielleicht wurde der Tag ja doch noch gut!

5 Zusammenprall der Schnüffler

»Wir haben heute Morgen eine Leiche in der Emscher gefunden. Gleich beim Phoenix-See. Wir glauben, dass es Miroslav ist.« Eine reine Lüge, hatte Martha Nath gedacht, während sie den Satz runterratterte. Nicht, dass sie eine Leiche gefunden hatten, sondern dass sie glaubten, es sei Miroslav. Sie *wussten* es. Der laminierte Personalausweis in seinem Portmonee war Hinweis genug gewesen.

Bereits zum zweiten Mal an diesem Tag hatte Martha brav ihren Standardsatz aufsagen müssen. Zuerst hatte sie Miroslavs Eltern in Unna informiert. Nun saß sie wieder in Dortmund. Bei Marie Malakoff, der Freundin des Opfers. Marie weinte, ihre Mutter versuchte sie zu trösten, der kleine Bruder hockte verwirrt daneben auf der Couch und schien nichts zu begreifen.

Martha hasste diese Situationen und wünschte sich, Laurent hätte diese Aufgabe übernehmen können, doch der war mit Miroslavs Vater bei der Leiche. Außerdem war Laurent in Sachen Empathie etwas eigen. Ein Schalke-Hooligan im Signal Iduna Park nach einer vernichtenden Niederlage von 0:10 und mit acht Bier intus wäre feinfühliger als er.

Abgesehen von dem üblichen Drama störte Marie hier aber noch etwas anderes. Nämlich dieser Onkel von Marie, der sich sofort als Privatdetektiv Roman Malakoff vorgestellt hatte. Sie erinnerte sich an ihn von der Aufnahmeprüfung bei der Polizeischule. Den kleinen Dicken, der vom Prüfer angeschrien wird, vergisst man nicht so schnell. Irgendwann hatte sie ihn mal in der Zeitung wiedergesehen, oder vielmehr über ihn gelesen, da war er aber dicker gewesen. Hatte er etwa abgenommen? War jetzt auch egal. So wie er bei den Keksen zulangte, die neben dem Tee standen, würde er bald wieder der alte Adonis sein.

»Wie ist es passiert?«, schluchzte Marie jetzt.

»Das müssen sie noch herausfinden«, kam Malakoff Martha zuvor, die etwa exakt dasselbe sagen wollte. Sie warf ihm einen warnenden, wütenden Blick zu. Immer diese Privatschnüffler, die zu unsportlich für die Polizei waren und sich dann bei erstbester Gelegenheit aufblasen mussten!

»Genau, deswegen bin ich hier«, grummelte Martha, bemüht, einen kühlen Ton zu bewahren. Fünfzehn Jahre Polizeidienst halfen bei so etwas. »Du warst seine Freundin, nicht wahr, Marie?«

Marie nickte.

Ihr Bruder Luke meldete sich zu Wort: »Ja, die küssen sich immer. Mega-eklig!«

»Luke!«, zischte die Mutter.

Luke war augenblicklich still und stopfte sich einen Keks in den Mund.

Marthas Lippe zuckte leicht, und sie hätte beinahe gelächelt. Luke erinnerte sie an ihren Neffen, doch sie musste sich zusammenreißen und sich auf das Verhör konzentrieren: »Hat Miroslav sich irgendwie anders verhalten? Seine Eltern sagten, er neige zu Extremen.«

»Anders verhalten ... nein, nicht wirklich«, stotterte Marie. »Er war in den letzten Tagen nicht so aufgedreht wie sonst oft, aber manchmal wurde er halt ruhiger. Das war ganz normal.« Sie brauchte ein wenig Zeit, um zu sprechen. Der Versuch, normal zu atmen, war schon anstrengend genug, und dann auch noch zu sprechen beinahe unmöglich. Martha hatte das schon oft gesehen.

»Er wohnte quasi hier, haben seine Eltern gesagt«, sprach Martha weiter. »Vielleicht kannst du mir ja sagen, wo er in der Nacht von Samstag auf Sonntag war.«

»Komm, ich weiß es ist schwer, aber versuch es«, sagte Malakoff zu seiner Nichte.

Martha funkelte ihn wütend an. Er sollte das Mädchen gefälligst allein sprechen lassen. Erst jetzt fiel ihr auf, dass der Privatdetektiv eine völlig verdreckte Hose trug. Wie konnte man nur so wenig auf seine äußere Erscheinung achten?

»Er war bei mir ... hat hier geschlafen«, sagte Marie.

»Habt ihr miteinander geschlafen?« Martha musste jede mögliche Information abchecken. Hatte Marie ihn vielleicht umgebracht? Ein Mord war nicht auszuschließen. Schließlich gab es an Miroslavs Körper Spuren, die auf einen Kampf hindeuteten. Es sah zwar mehr nach einer Prügelei aus, aber sie hatte schon einmal eine Frau unterschätzt.

»Ich glaube kaum, dass das von Wichtigkeit ist«, mischte Malakoff sich wieder ein.

»*Ich* glaube, dass Sie sich von nun an heraushalten, Sherlock«, knurrte Martha. »Ich möchte gerne meinen Job machen. Und wenn Sie mir weiter in die Quere kommen, werde ich Sie meinetwegen festnehmen lassen, wegen Behinderung einer Ermittlung.« Das wäre zwar völlig übertrieben und Martha würde wahrscheinlich nie damit durchkommen, aber sie hatte gerade einfach keinen Nerv auf diesen Privatschnüffler. Sie rieb sich über die Augen. Verdammt, hatte sie bei dem Unwetter schlecht geschlafen!

»Kam es dir nicht merkwürdig vor, dass Miroslav mitten in der Nacht gegangen ist?«, fragte Martha Marie.

»Ich wusste das nicht, ich hab geschlafen«, murmelte die.

Marthas Augenbraue schnellte ungläubig hoch. »Muss ja ein ziemlich tiefer Schlaf gewesen sein, wenn du nicht merkst, dass jemand neben dir aufsteht«, sprach sie vor sich hin und notierte sich etwas auf ihrem Tablet-PC, Marie nicht aus den Augen lassend.

»Verdächtigen Sie etwa meine Tochter, ihren eigenen Freund umgebracht zu haben?«, fragte die Mutter schockiert.

Scharfsinnige Frau. Martha setzte ein freundliches Lächeln auf. »Am Anfang versuchen wir nur, Verdächtige von der Liste zu streichen. Kannst du mir irgendwie beweisen, dass du nicht rausgegangen bist?«

»Also, das ist doch wohl wirklich übertrieben! Sie war seine Freundin, warum sollte sie ihn umbringen?«, polterte der Dicke.

Martha seufzte. Ignorieren, einfach ignorieren.

»Ich hab Miro gesehen«, murmelte Luke, der an einem Keks knabberte. Plötzlich waren alle Gesichter auf ihn gerichtet.

»Du hast doch geschlafen!«, behauptete die Mutter.

»Bin von dem Gewitter wach geworden. Miro ist rausgegangen, weiß nicht warum. Danach blieb die Tür aber zu.«

»Wie spät war es da?«, fragte Martha.

Luke zuckte mit den Schultern. »Es war schon lange dunkel.«

»Und wie konntest du überhaupt sehen, dass Miro wegging?«

»Sein Zimmer liegt direkt gegenüber der Haustür. Und er schläft immer mit offener Zimmertür«, erklärte die Mutter.

»Darf ich mir das mal angucken?«, fragte Martha.

Alexa Malakoff nickte.

Als Martha aufstand und versuchte, diesem Irrsinn aus kleinen Hockern und Beistelltischen zu entkommen, ohne sich zu stoßen, hatte sie den Eindruck, als würde Marie sich anstrengen, etwas ruhiger zu werden. Vielleicht konnte sie ihr gleich doch noch irgendetwas entlocken?

In Lukes Zimmer setzte Martha sich auf sein kleines Bett und sah aus der Tür. Wenn sie offen stand, konnte man durch den Flur direkt auf die Haustür sehen. Konnte man der Aussage eines Elfjährigen also trauen, wäre Maries Alibi halbwegs wasserdicht. Na ja.

Martha ließ ihren Blick über Poster von Fußballspielern und Autos, über das Chaos von Kinderspielzeug und Süßigkeiten wandern und dachte nach. Am besten sollte sie Marie zu einer richtigen Vernehmung ins Präsidium bestellen und jetzt lieber noch einmal zum Tatort gehen. Da vibrierte ihr Handy. Laurent: *Vater hat Leiche identifiziert. Totales Heulfest, glaub mir. Ich lass mir den Autopsiebericht geben und bring ihn dir.*

Martha schüttelte den Kopf und schrieb zurück: *Reiß dich zusammen. Danke. Kennen wir schon die Todesursache?*

Es dauerte nur kurz, dann kam seine Antwort: *Nein.*

Na toll. Martha steckte das Handy ein, stand vom Bett auf und ging zurück ins Wohnzimmer.

»Marie?«, fragte sie. »Kennst du irgendwelche Leute, die Miro vielleicht Böses wollten? Fällt dir irgendwas ein?«

Maries Augen waren vom Weinen verquollen, ihr Make-up verschmiert. Ein herzzerreißender Anblick, doch Martha war im Dienst. Wenn sie Mitleid zuließ, konnte das ihrer Ermittlung in die Quere kommen.

»Ich ... ähm ... ich«, stotterte das Mädchen mit gebrochener, rauer Stimme und schüttelte dann den Kopf. »Keine Ahnung.«

»Okay. Beruhig dich, trink noch einen Tee oder so, und dann würde ich mich freuen, dich morgen auf dem Präsidium zu sehen. Für eine offizielle Befragung.«

»Natürlich«, sagte die Mutter und legte ihrer Tochter beschützend einen Arm um die Schulter.

»Also, bis dann«, verabschiedete Martha sich, hielt jedoch noch einmal inne. »Ruf mich an, sollte dir heute noch irgendetwas einfallen.« Sie gab Marie ihre Karte und verließ die Wohnung, einen letzten Blick auf Malakoff werfend. Zu seinem Glück war der nach ihrer Warnung ruhig geblieben. Sie wäre ihm sonst noch an die Gurgel gegangen.

6 Für Miro!

Nachdem die Kommissarin gegangen war, blieb es eine Weile still. Dann brach alles aus mir heraus. Schließlich hatte ich meine Wut lange genug unterdrückt. »Endlich ist diese blöde Kuh weg!«, regte ich mich auf. »Wie kann sie mich so ausfragen, nachdem ich gerade meinen Freund verloren habe? Sie könnte wenigstens etwas Mitgefühl zeigen. Miro hätte ihr ordentlich die Meinung gesagt ...« Ich brach, wie schon so oft heute, in Tränen aus.

Meine Mutter und Luke nickten zustimmend.

»Sie erledigt halt ihren Job«, meinte mein Onkel. »Emotionen erschweren die Ermittlungen. Die Polizei geht von einem Mord aus. Da muss sie einen kühlen Kopf bewahren.«

»Mord?«, fragte mein Bruder neugierig.

»Das ist nichts für deine Ohren, Luke«, sagte meine Mutter.

Ich ignorierte Luke, der die Arme verschränkte und sich gegen die Rückenlehne des Sofas warf. Ich konnte die ganze Zeit nur an Miro denken. »Kannst du nicht auch in dem Fall ermitteln, Romi?«, fragte ich meinen Onkel. Wahrscheinlich würde er sich gleich aufregen, weil ich ihn Romi nannte. Er mochte den Spitznamen nicht.

Doch er riss sich zusammen. »Na ja, zwei Aufträge gleichzeitig, das wird schwierig ...«, meinte er.

»Bitte!«, unterbrach ich ihn flehend. »Tu es für mich! Tu es für Miro!«

»Du musst mich nicht unterbrechen«, erwiderte er. »Ich wollte gerade Ja sagen.«

»Siehst du«, mischte meine Mutter sich ein, »du musst Roman einfach mal ausreden lassen!«

»Ist doch gut!«, schrie ich, sprang auf und stürmte in mein Zimmer. Ich knallte die Tür hinter mir zu, schmiss mich aufs Bett und schnappte mir den Teddy, den Miro mir geschenkt hatte. Sofort fing ich wieder an zu heulen.

Da klopfte es an der Tür.

»Wer ist da?«, fragte ich patzig.

»Ich bin es!« Es war die Stimme meines Onkels. »Darf ich reinkommen?«

»Okay«, antwortete ich etwas ruhiger.

Er trat in mein Zimmer. »Wenn ich etwas über Miros Tod herausfinden soll«, sagte er vorsichtig, »muss ich dich noch ein paar Sachen fragen. Wäre das schlimm?«

»Nein, geht schon«, murmelte ich.

Roman zückte Stift und Notizbuch. »Gibt es irgendwas, das dir in letzter Zeit an Miro aufgefallen ist?«

Ich überlegte. »Na ja, es gibt da etwas, das ich der Kommissarin nicht erzählt habe«, verriet ich. »Miro hat manchmal so blöde Mutproben gemacht. Ich habe immer wieder versucht, ihn davon abzuhalten.«

»Was für Mutproben?«

»Total gefährliche Aktionen. Sich auf die Bahngleise legen und erst kurz bevor der Zug da ist zur Seite rollen. Solche Sachen – voll bescheuert!«

Mein Onkel zog die Augenbrauen hoch und machte sich säuberlich Notizen, während ich fortfuhr: »Er war dafür in einer Gruppe bei Facebook.«

»Okay, dann habe ich schon einmal eine Spur, der ich folgen kann. Vielleicht war es ja ein Unfall und ist bei so einer Mutprobe passiert. Ich werde mich mal an die Arbeit machen.« Mein Onkel schrieb noch die Telefonnummer von der Visitenkarte der Kommissarin ab und wandte sich dann zur Tür.

Bevor er unsere Wohnung verließ, hörte ich, wie meine Mutter ihn fragte, ob Luke bei ihm übernachten dürfe. Mein Onkel hatte nichts dagegen. Ich war gerade auf dem Weg ins Bad, als ich ihn sagen hörte: »Verdammt! Jetzt müssen wir uns aber beeilen, sonst verpassen wir den Zug! Obwohl ... ein kleiner Sprint wäre eigentlich ganz gut für meine Figur!« Dann fiel die Haustür ins Schloss.

Im Bad schaute ich in den Spiegel. Ich sah aus wie ein trauriger Clown.

7 Auf der Emscherbrücke

Ich wollte mir noch einmal den Tatort anschauen. Unter der Emscherbrücke, wo Miroslav gefunden worden war. Vielleicht würde ich dort neue Erkenntnisse gewinnen. Der Weg von Sölde, wo Marie Malakoff wohnte, war nicht weit. Was hatte Miroslav wohl dazu bewogen, mitten in der Nacht diesen Weg einzuschlagen? Tauben gurrten verärgert und hüpften zur Seite, als mein Dienstwagen mit quietschenden Reifen am Phoenix-See hielt. Ich schaute mich um und fand, dass die Idylle der Emscher und des Sees durch die riesigen Häuser ringsherum gestört wurde. Dann stieg ich aus und wanderte ein Stück die Emscher entlang. Es regnete immer noch, aber zum Glück nicht mehr so stark wie letzte Nacht. Bei jedem Schritt platschte es unter meinen Schuhsohlen. Nicht viele Menschen waren bei diesem Wetter draußen. Büsche und Bäume wiegten sich im Wind.

Ich stellte mich auf die Brücke, lehnte mich weit über das Geländer und fragte mich, wie man in einem so seichten Bächlein ertrinken konnte. Das Wasser ging einem hier ja nicht mal bis zum Knie! Dann erinnerte ich mich, was einer meiner Kollegen gesagt hatte: Bei Unwettern verwandelte sich die Emscher in kürzester Zeit zu einem reißenden Fluss. Kaum zu glauben. Trotzdem griffen meine Hände unwillkürlich nach dem Geländer.

Wie Miroslavs Eltern sich wohl gefühlt haben mussten, als ich ihnen die Nachricht überbracht hatte? Angeblich hatten sie ihren Sohn in letzter Zeit nicht oft gesehen. Ich hatte den Eindruck, dass sie kein besonders gutes Verhältnis zu ihm hatten, ja, dass sie richtig zerstritten waren. Kurz hatte ich sogar darüber nachgedacht, ob seine eigenen Eltern Miroslav umgebracht hatten. Als Ermittlerin muss man eben immer alle Möglichkeiten prüfen.

Vielleicht hatten sie aber auch nur deshalb so verbittert auf mich gewirkt, weil sie mit ansehen mussten, wie die Spurensicherung ihr ganzes Haus auseinander nahm. Und das, nachdem sie gerade erst vom Tod ihres Sohnes erfahren hatten. Das musste ein totaler Schock gewesen sein. Und bestimmt war es auch kein Vergnügen, dann meine ganzen Fragen zu beantworten. Marie Malakoff hatte mich ja auch behandelt, als wollte ich ihr etwas Böses. Dabei machte ich nur meinen Job.

Ich ließ das Geländer der Emscherbrücke los. Es war Zeit wieder ins Präsidium zu fahren.

Es regnete immer noch, und ich hasste Regen. Am Präsidium angekommen, sah ich, dass sich einige Tauben vor dem Regen unter das Vordach gerettet hatten. Sie hockten dicht beieinander, guckten mich an und gurrten leise. Ich stieg aus dem Wagen und begab mich wieder zu meinen Kollegen. Auch mir war nach Gesellschaft.

8 Aus dem Gleichgewicht

Roman Malakoff griff nach der Hand seines Neffen, als die Hellweg-Bahn in den Bahnhof rollte. Sobald die Bahn angehalten hatte, riss Luke sich los und stürmte auf die Tür zu. »Ich will auf den Türöffner drücken!«, rief er seinem Onkel über die Schulter zu.

Malakoff seufzte und folgte ihm durch die offene Tür in den Zug. Luke hatte sich bereits auf einen der Klappsitze im Gang gesetzt und grinste breit. Malakoff lächelte zurück und konnte gerade noch einem Flaschensammler ausweichen, den das Anfahren des Zuges aus dem Gleichgewicht gebracht hatte. Unter einer moosgrünen Weste trug dieser ein blau kariertes Hemd, dessen Ärmel er bis zu den Ellenbogen hochgekrempelt hatte. Die graue Hose schien ihm etwas zu klein zu sein, sie spannte an mehreren Stellen, als er bewegungsreich versuchte, sein Gleichgewicht wiederzufinden. Malakoff ließ sich kopfschüttelnd auf den Sitz neben Luke plumpsen, während der Mann sein grellbuntes Käppi in die Stirn zog und sich mit einer riesigen Plastiktüte in der Hand in Richtung des nächsten Waggons bewegte.

9 In meiner Bahn

Meine Bahn fuhr in Sölde ein. Sie war ziemlich leer, da heute Sonntag war. Bis jetzt hatte ich sechs Flaschen in meinem Beutel, für einen Sonntag eigentlich ganz in Ordnung.

Der Mann mit den Flecken auf der Hose, der vorhin schon in meiner Bahn gewesen war, stieg erneut ein. Diesmal hatte er einen Jungen dabei, aber immer noch keine Flasche.

Ich stand von meinem Platz auf und ging durch alle Waggons, um nach Leergut zu suchen.

10 Versteckte Kamera

»Was machen wir denn jetzt, Onkel Roman?«, fragte Luke.

»Wir fahren zuerst einmal zu meiner Detektei nach Hörde. Und da wäre es toll, wenn du mir ein bisschen bei der Arbeit helfen könntest. Was meinst du, hast du Lust?«

»Ja, super! Ich will nämlich auch mal Detektiv werden, weißt du, Onkel Roman? Genau wie du!«, freute Luke sich.

Malakoff lächelte seinen Neffen an, war jedoch nur halbherzig bei der Sache. Diese Kripo-Beamtin von vorhin, diese Martha Nath, warum kam sie ihm bloß so bekannt vor? Er konnte sich nicht erinnern, ihr bei einem seiner Jobs über den Weg gelaufen zu sein. Normalerweise klärte er ja auch nicht wie sie Todesfälle auf. Aber woher kannte er sie dann? Joggte sie vielleicht auch um den Phoenix-See? Immerhin hatte sie eine wirklich gute Figur für ihr Alter, und auch wenn sie keine zarte Erscheinung war, so sah man doch, dass sie Sport trieb.

In Gedanken versunken sah er hinaus in den verregneten Nachmittag. Da bemerkte er, dass Luke neben ihm aufgeregt auf und ab hüpfte.

»Was ist los, Luke? Musst du auf die Toilette?«

»Nein, Onkel Roman! Ich winke bloß«, erklärte der Elfjährige und winkte eifrig weiter in Richtung Decke.

»Und wem winkst du?«, fragte Malakoff verwirrt.

»Na den Leuten in dem Bahnbüro, die den ganzen Tag vor dem Computer sitzen und Fahrgäste angucken müssen! Das finden die doch bestimmt total langweilig, und ich versuche sie aufzuheitern!«, sagte Luke, als wäre es das Logischste auf der Welt. Was es vielleicht sogar war.

Auch Malakoff hatte inzwischen die runden Überwachungskameras entdeckt und sprang aufgeregt auf die Füße. »Das ist es!«

11 Immer diese Handys!

Als ich wieder an meinem Lieblingsplatz ankam, sprang der Mann mit der schmutzigen Hose gerade auf. Er starrte zur Decke, als wäre ihm dort etwas Wichtiges aufgefallen. Dann griff er in die Hosentasche, zog ein Handy heraus und fing an, darauf herum zu tippen.

Natürlich hatte auch er so ein Ding! Keine sauberen Sachen tragen, aber ein Handy, dafür hatte er Geld!

Immer diese Handys, ständig sind alle damit beschäftigt! Ich glaube fast, es gibt keinen Menschen mehr, wirklich keinen einzigen, ohne Handy – außer mir.

Ich war so beschäftigt damit, mich über diese Handys aufzuregen, dass ich für eine Weile glatt vergaß, nach leeren Flaschen Ausschau zu halten. Als die Bahn in Hörde hielt und der Mann und der Junge ausstiegen, wurde mir das bewusst. Ein paar neue Fahrgäste stiegen zu. Ich stand auf und begann, mich hoffnungsvoll umzuschauen.

12 Eine brandheiße Spur?

Ich wählte Raouls Nummer, um zu fragen, ob die Festplatte von Miroslavs Computer irgendwelche interessanten Informationen enthielt. Wahrscheinlich hatte er noch nichts herausbekommen, fürchtete ich. Sonst hätte er sich sicherlich schon gemeldet. Zwar arbeitete Raoul immer sehr gründlich, war dadurch aber furchtbar langsam. Ich schätzte seine Gründlichkeit, aber ohne weitere Hinweise kam ich mit dem Fall nicht voran.

Während ich darauf wartete, dass Raoul den Hörer abnahm, musste ich wieder einmal darüber schmunzeln, dass zufällig gleich zwei meiner wichtigsten Kollegen Franzosen waren. Laurent, Raoul ... Manchmal, wenn wir an einem besonders düsteren Fall arbeiteten, stellte ich mir vor, wir wären bloß Darsteller in einem alten französischen Krimi.

Endlich nahm Raoul ab. »Hey Süße, ich bin noch nicht fertig mit dem Computer«, sagte er ohne Umschweife. »Wenn ich soweit bin, sag ich dir Bescheid, okay?«

Ich legte einfach auf. Wahrscheinlich kam das unhöflich rüber, aber das war mir egal. Schließlich war Raoul selbst kurz angebunden. Nur ärgerlich, dass ich immer noch keinen Schritt weiter war. Ich setzte mich erstmal an meinen Schreibtisch.

»Okay, Martha, denk nach!«, sagte ich laut zu mir selbst. »Was weißt du bis jetzt?«

Miroslav hat spätabends das Haus von Maries Familie verlassen. Der kleine Bruder hat ihn gesehen. Warum hat er Miroslav nicht gefragt, wo er noch hinwollte? Und wie konnte Marie nicht bemerken, wenn jemand neben ihr aus dem Bett aufstand und aus dem Zimmer ging? Diese Marie musste ich auf jeden Fall im Auge behalten. Und was war, wenn ihr kleiner Bruder log, um sie zu schützen?

Das Klingeln des Telefons riss mich aus meinen Überlegungen.

»Martha Nath, Kripo Dortmund. Was kann ich für Sie tun?«

»Hier ist Roman Malakoff.«

Was wollte der denn? Vielleicht sich darüber beschweren, dass ich seine Nichte heute ins Verhör genommen hatte, statt tröstend ihre Hand zu halten?

»Was wollen Sie?«, fragte ich genervt.

»Ich habe eine Idee, die ihnen weiterhelfen könnte.«

»Und die wäre?« Ich glaubte nicht im Entferntesten daran, dass er mir weiterhelfen würde.

»Also, ich rufe sie aus dem Zug an und ...«

»Kommen sie zum Punkt!«

»Ist ja gut! Miro ist letzte Nacht wahrscheinlich mit der Hellweg-Bahn gefahren und ...«

»Woher wissen sie das?«

»Wenn Sie mich mal ausreden lassen, sage ich es Ihnen!«

Ich verdrehte die Augen. Der sollte sich mal nicht so anstellen. Aber ich blieb still.

»Miro hat kein Auto«, fuhr Malakoff fort, »und er war auch nicht mit dem Fahrrad bei Marie. Aber irgendwie muss er ja von Sölde nach Hörde gekommen sein, und das geht eben am schnellsten mit der Hellweg-Bahn.«

Das hätte ich wissen sollen, aber diesen Gedanken behielt ich für mich.

»Und in den Zügen sind doch Kameras installiert«, sagte Malakoff. »Vielleicht ist er ja auf einem der Filme zu sehen!«

Verdammt, er hatte recht. Auf die Polizeischule hatte er es zwar nicht geschafft, aber allzu dumm konnte er trotzdem nicht sein – was ich natürlich niemals laut sagen würde. Durch den Autopsiebericht wusste ich mittlerweile, dass Miroslav zwischen null und zwei Uhr gestorben war. Sollte dieser Privatschnüffler recht haben, musste Miroslav kurz vorher auf einem der Filme aus den Überwachungskameras zu sehen sein. Und vielleicht war da noch mehr zu sehen ... Ich hätte am liebsten sofort aufgelegt, um mir diese Aufnahmen zu besorgen, aber Malakoff war noch nicht fertig.

»Als Polizeibeamtin kommen Sie doch viel leichter an diese Filme ran als ich«, sagte er. »Können Sie mich nicht einen Blick darauf werfen lassen?«

Darüber musste ich nicht eine Sekunde lang nachdenken. Ich würde ihm diese Aufnahmen *nicht* zeigen. Zwar hatte er mich mit seinem Tipp weitergebracht, aber er sollte sich gefälligst nicht in Polizeiarbeit einmischen.

»Ich werde mal sehen, was sich machen lässt. Danke für die Info!«, sagte ich und legte auf.

Ich beschloss, sofort zur Leitstelle der Hellweg-Bahn zu fahren, statt erst dort anzurufen. Insgeheim fürchtete ich, Roman Malakoff könnte sonst vor mir dort sein. Denn ganz offensichtlich hatte er beschlossen, auf eigene Faust zu ermitteln. Offenbar traute er der Polizei nicht.

13 Martha ermittelt

Der Weg zur Leitstelle der Eurobahn in Hamm war nicht weit. Ich fuhr über Landstraßen, vorbei an alten, verlassenen Häusern und malte mir aus, wie diese Häuser früher einmal ausgesehen hatten. Der Gedanke an ein schönes Haus brachte mir meine längst anstehende Beförderung in Erinnerung. Damit es dazu kam, durfte ich mir von niemandem die Tour versauen lassen, erst recht nicht von Typen wie diesem Malakoff.

In Hamm angekommen, hatte es wieder angefangen zu regnen. Es war unangenehm kalt, nur wer etwas Dringendes zu erledigen hatte, ging heute vor die Tür. Die wenigen Menschen, die ich sah, rannten jedenfalls durch die Pfützen, als könnten sie gar nicht schnell genug wieder ins Trockene kommen. Wenn man das schlechte Wetter doch nur verhaften könnte, dachte ich.

Als ich das Gebäude betrat, wehte mir ein angenehm warmes Lüftchen entgegen. Ich schaute mich um und entdeckte einen alten Mann hinter einer Info-Theke. Er guckte gelangweilt und spielte mit einem Kugelschreiber.

»Tschuldigung, dass ich Sie bei der Arbeit störe«, sagte ich schroff. »Martha Nath, Kripo Dortmund.« Ich hielt ihm meinen Dienstausweis unter die Nase.

»Was kann ich für Sie tun?«, fragte der Mann.

»Ich brauche die Aufnahmen aus der Hellweg-Bahn von letzter Nacht. Richtung Dortmund, bis circa zwei Uhr.«

»Gut, folgen Sie mir! Hey, Walter, kannst du kurz für mich übernehmen?«, rief der Alte.

Wir gingen durch ein paar Türen und stiegen gefühlte zweitausend Treppenstufen hoch. Endlich gelangten wir in einen kleinen Raum, in dem nur ein einziger Computer stand. Es roch nach Kaffee und nach nassem Hund.

»So, so, die Polente will mal wieder einen Film sehen«, murmelte der Mann. »Was haben Sie gesagt? Die Nacht vom 25. auf den 26. Oktober? Vor zwei Uhr? Gut, ich gucke mal …« Er tippte auf der Tastatur rum, klickte ein paar Mal mit der Maus. »So, da sind die Filme«, sagte er schließlich und startete das erste Video.

»Können Sie bis zur Station *Dortmund-Sölde* vorspulen?«, bat ich.

Das tat er. Aber auf dem Film konnte ich niemanden entdecken, der Miro ähnelte. Sollte Malakoff sich getäuscht haben? Oder hatte er mich vielleicht sogar wissentlich in die Irre geführt, um einen Vorsprung zu gewinnen? Warum war ich auch auf seinen Hinweis eingegangen?

Als der Alte jedoch die Aufnahmen aus der nächsten Hellweg-Bahn der vergangenen Nacht bis zur Station *Sölde* vorgespult hatte, sah ich ihn: Miroslav. Er stieg in die Bahn ein und setzte sich gleich auf den erstbesten Platz. Außer ihm war nur ein älterer Mann mit Weste und Käppi in diesem Waggon. Offenbar ein Flaschensammler.

»Sie müssen entschuldigen, die Aufnahmen sind immer ohne Ton, ich hoffe, das stört Sie nicht«, sagte der Mitarbeiter der Eurobahn.

»Nee, schon okay«, sagte ich genervt, weil er mich ausgerechnet jetzt ansprechen musste. »Aber jetzt *pssst!* … Ich habe Ermittlungen anzustellen.«

Der Flaschensammler setzte sich in einiger Entfernung von Miroslav hin. Minutenlang tat sich nichts. Dann hielt die Bahn in Aplerbeck, und ein junger Mann stieg ein. Er schien Miroslav zu kennen, denn er ging direkt auf ihn zu und sprach ihn an. Miroslav schaute auf und erwiderte etwas. Einen kurzen Moment tat sich nichts, aber dann schlug der andere Miroslav voll ins Gesicht. Der prallte mit dem Hinterkopf gegen die Wand, sammelte sich aber schnell wieder, sprang vom Sitz auf und trat dem anderen in den Bauch, woraufhin dieser zusammenknickte. Die beiden gingen weiter brutal aufeinander los, schlugen immer wieder auf den anderen ein, bis die Bahn erneut zum Stehen kam. Als die Türen sich öffneten, stürmte Miroslav hinaus, der andere humpelte hinterher. Der Flaschensammler beobachtete die beiden und wirkte irritiert, vielleicht auch ängstlich. Er nahm seine riesige Plastiktüte, aus der leere Flaschen ragten, und verließ ebenfalls den Zug.

»Stopp!«, sagte ich. »Spulen Sie zurück! Ich will ihre Gesichter sehen.« Nachdem ich die Gesichter des Flaschensammlers und des jungen Mannes noch einmal in Zeitlupe betrachtet hatte, ließ ich mir eine Kopie der Aufnahmen anfertigen.

Zurück in meinem Auto beschloss ich, im Präsidium anzurufen.

»Laurent? Ja, hallo, Martha hier. Ich habe eine erste Spur. Miroslav ist gestern Nacht mit der Hellweg-Bahn gefahren. Und dort hat er sich kurz vor seinem Tod mit einem etwa Gleichaltrigen geprügelt und zwar nicht besonders sanft. In Hörde ist Miroslav dann aus dem Zug gerannt und der andere sofort hinterher. Mehr konnten die Überwachungskameras nicht zeigen.«

»Sehr gut, Martha«, sagte Laurent am anderen Ende der Leitung. »Geniale Idee von dir mit den Kameras! Gibt es Zeugen?«

»Auf dem Überwachungsvideo ist auch ein Flaschensammler zu sehen. Er könnte uns vielleicht sagen, worüber die beiden gestritten haben.«

»Perfekt! Lass dir eine Kopie von dem Film geben.«

»Schon erledigt.«

»Kannst du mir den Schläger beschreiben?«, fragte Laurent.

»Die Qualität dieser Videos ist echt mies, da erkennt man nicht viel. Aber er hat Dreadlocks, fast bis zum Hintern. Und gestern Nacht trug er einen langen Mantel, zerrissene Hosen und Schnürstiefel.«

»Gut gemacht!«, sagte Laurent.

14 Ins Netz gegangen

Auf dem Weg vom Hörder Bahnhof zur Detektei machen Roman Malakoff und Luke einen kleinen Umweg an der Emscher entlang. Auf einer der Emscherbrücken bleibt Malakoff kurz stehen, greift nach dem Geländer und lehnt sich vornüber. Hier ist es also passiert, denkt er, ohne Luke zu verraten, was es mit diesem Ort auf sich hat. Der Wind weht Reste vom Absperrband der Polizei über den Asphalt. Die Emscher war während des starken Gewitters der letzten Nacht von einem schmalen Bach zu einem reißenden Fluss mutiert. Jetzt hat sie sich wieder beruhigt, der Wasserstand ist gesunken, aber die Folgen des

Gewitters sind noch gut zu sehen. Überall liegen abgerissene Äste. Roman merkt, dass Luke ihn komisch ansieht, also geht er schnell weiter. Er will nicht, dass sein Neffe mehr als nötig von der Sache mitbekommt.

Sie gehen zum Hafen des Phoenix-Sees. Malakoffs Detektei liegt über einer Bäckerei direkt am See. Es war lange sein Traum, eine Detektei mit Blick auf den See zu betreiben. Und als es in seinem Job gerade sehr gut lief, erfüllte er sich diesen Traum. An dem Haus, in dem die Detektei liegt, angekommen, steigt ihm der süße Geruch von Apfelkuchen in die Nase.

»Hey, Luke! Hast du Hunger?«, fragt er. »Komm, wir machen erstmal einen Abstecher in die Bäckerei.«

In der Bäckerei bestellen sie für Luke ein Schweineohr und für Malakoff ein großes Stück Apfelkuchen mit einer Extraportion Sahne.

»Wolltest du dich nicht gesünder ernähren?«, fragt Luke mit einem verschmitzten Lächeln.

»Also, wenn Äpfel nicht gesund sind, was dann?«, wirft Malakoff ein.

Nachdem sie die zahlreichen, nach Malakoffs Meinung viel zu steilen Treppenstufen zur Detektei hochgestiegen sind, wirft er sich erst einmal erschöpft aufs Sofa gegenüber dem Fenster. Obwohl er seit dem letzten Sommer einige Kilo abgenommen hat, ist seine Kondition noch immer nicht besonders gut.

Luke kann sich ein Lächeln nicht verkneifen.

»Jetzt grins nicht so!«, sagt Malakoff. »Komm du erstmal in mein Alter!«

»Sicher, dass es an deinem Alter und nicht an dem großen Stück Apfelkuchen liegt?«

»Ist doch egal«, meint Malakoff. »Jetzt ruft die Arbeit!«

Er fährt seinen alten Computer hoch und regt sich wieder einmal lauthals darüber auf, wie lange das dauert.

»Warum kaufst du dir denn keinen neuen?«, fragt Luke stirnrunzelnd.

»Dafür hab ich kein Geld. Der Großteil meiner Honorare geht für die Miete drauf. Ein Büro am See, das ist echt ganz schön teuer«, erklärt Malakoff.

»Ach so«, sagt Luke.

»Hast du eigentlich Facebook?« fragt Malakoff.

»Yo!«, antwortet Luke lässig.

»Aber du weißt, dass du dafür eigentlich mindestens dreizehn Jahre alt sein musst, oder? Und du bist erst elf!«

»Och, Roman! Sei mal nicht so spießig! Jeder in meinem Alter hat Facebook.«

»Ich bin überhaupt nicht spießig!«, erwidert Malakoff. »Ich mein ja nur ... Dann könnte dein Job heute sein, einen Facebook-Account für mich einzurichten.«

»Für dich?« Jetzt grinst Luke übers ganze Gesicht. Schnaubend wendet sich Malakoff dem Computer zu, um *Facebook* in die Suchleiste einzugeben. Wenige Klicks später erscheint die Website auf dem Bildschirm. Der Detektiv liest:

Melden Sie sich jetzt kostenlos bei Facebook an. Zur Anmeldung hier klicken.

Er klickt auf den Pfeil und findet sich auf der Anmeldungsseite wieder.

Vorname:
Nachname:
Deine E-Mail:
E-Mail nochmals eingeben:
Neues Passwort:
Ich bin: Geschlecht wählen
Geburtstag:
REGISTRIEREN

»Warum wollen die so viel wissen? Ich werde denen ganz bestimmt nicht sagen, wie ich heiße und wann ich Geburtstag habe!«, ruft Malakoff empört.

»Musst du aber. Oder du nimmst einfach einen Nickname«, schlägt Luke vor.

»Einen Namen mit Nick?«, Malakoff sieht seinen Neffen irritiert an.

»Wo lebst du eigentlich? *Nickname* bedeutet, dass man sich einen anderen, manchmal total irrsinnigen Namen ausdenkt. Ein Spitzname halt«, erklärt Luke.

»Oh.« Malakoff schaut peinlich berührt auf den Boden.

»Also, wie willst du dich denn nennen?«

Malakoff denkt nach.

»Vielleicht irgendwas, das du gern magst«, schlägt Luke vor.

»Wie wär's mit ... *Kohlroulade*?«, fragt Malakoff zaghaft.

Luke verdreht die Augen. »Kohlroulade? Mehr fällt dir nicht ein? Wie uncool!«

»Findest du? Hm ... dann vielleicht *Coolroulade*?«

Luke muss laut lachen. »Noch schlimmer!«, sagt er. »Du möchtest doch in eine Gruppe, in der Jugendliche über Mutproben schreiben – hab ich das richtig verstanden?«

»Ja, völlig richtig!«

»Und da willst du dich als *Coolroulade* einloggen?«

»Warum nicht?«, fragt Malakoff.

»Die werden sich total über dich lustig machen. Oder dich gleich aus der Gruppe werfen!«

»Hast du 'ne bessere Idee?«, fragt Malakoff.

Luke muss nicht lange überlegen. »Wie wär's mit *Mad Manni?*«

»*Mad Manni?* Hm ... na gut.«

Roman Malakoff tippt den Namen in die entsprechende Zeile ein und ergänzt die restlichen Daten. Beim Geburtsdatum stockt er kurz und schreibt dann *4.10.1997*, was ihm einen verwunderten Blick von Luke einbringt. Als er die

Anmeldung erfolgreich abgeschlossen hat, tippt er *Mutproben* in die Suchleiste ein. Verschiedene Gruppen werden auf dem Bildschirm angezeigt. Malakoff scrollt herunter und entdeckt eine Gruppe mit dem Namen *Mutproben im Pott.*

»Was muss ich machen, wenn ich da rein will?«, fragt Malakoff.

Luke schnappt sich die Maus und klickt auf *Einfügen.*

Es erscheint ein Vorschlag für eine Nachricht an den Admin, in der um Aufnahme in die Gruppe gebeten wird. Luke sendet die Nachricht ab.

»Warum machst du das eigentlich?«, fragt Luke neugierig, während sie auf eine Antwort warten, und fügt traurig hinzu: »Hat das was mit Miros Tod zu tun?«

Malakoff hat einen Kloß im Hals. Was soll er darauf antworten? Soll er einfach so tun, als hätte er die Frage überhört? Aber Luke würde ja doch weiterbohren.

»Also ...«, fängt Malakoff an.

»Also ...?«, fragt Luke ungeduldig.

»Es ist so ... Marie hat erzählt, dass Miro manchmal ziemlich waghalsige Mutproben gemacht hat.«

»Mit mir ist er oft zum Fußballspielen in den Park gegangen, wenn Marie noch Hausaufgaben machen musste«, sagt Luke und macht ein trauriges Gesicht. »Miro war immer so lustig!«

»Ja. Aber er hat auch diese gefährlichen Mutproben gemacht. Und ich muss herausfinden, ob er dabei ums Leben gekommen ist«, erklärt Malakoff ruhig.

»Oh«, sagt Luke. Dann herrscht erst einmal Stille.

»Da«, sagt Malakoff schließlich und zeigt auf den Bildschirm.

»Die Zusage des Admins«, bestätigt Luke.

Im nächsten Moment erscheint der Verlauf der Gruppe.

»Schreibst du jetzt was?«, fragt Luke.

»Nein, ich gucke mich erstmal um«, antwortet Malakoff. »Vielleicht entdecke ich irgendwelche Hinweise.«

Eine Weile lesen die beiden stumm. Plötzlich ruft Malakoff: »Da!« Mit dem Zeigefinger deutet er auf den Bildschirm. »Jemand hat ein Gruppenmitglied namens Miro97 zu einer Mutprobe herausgefordert. Das muss unser Miro sein!«, sagt Malakoff. »1997 war sein Geburtsjahr, dazu der Name ...«

Die Nachricht lautet: *Balanciere auf dem Geländer einer mindestens 15 Meter hohen Brücke.* Malakoff ist schockiert. Hat Miro solche Herausforderungen etwa angenommen? Ist das der Grund für seinen Tod? Malakoffs Kopf ist voller Fragen. Er liest weiter:

Miro97: Kein Problem!
Christian: Wie immer mit Kamerabeweis.
Miro97: Meine Kamera liegt bereit!
Christian: Warum nimmst du eigentlich nicht dein Handy?

Miro97: Hab nur so ein altes Handy ohne Kamera): Außerdem ist die Quali besser.

Christan: lol

Lol. Was soll das denn jetzt heißen, fragt sich Malakoff. Lampe ohne Licht? Leben ohne Luft?

»Ähm, Luke, was heißt denn *lol*?«, fragt er unsicher.

»Laughing out loud«, erklärt sein Neffe.

Malakoff guckt Luke verständnislos an, doch bevor dieser noch etwas sagen kann, klingelt Malakoffs Handy. Als er rangeht, hört er Sonjas säuerliche Stimme. »Wo bleibt ihr denn?«, fragt sie. »Das Essen steht auf dem Tisch und wird langsam kalt!«

»Ach herrje, das Abendessen!«, sagt er. »Tut mir leid, ich hab total die Zeit vergessen. Wir sind in zwanzig Minuten da.«

»Denk dran, dass ihr die Bahn nehmen müsst!«

»Ach ja! Dann dauert es vielleicht ein bisschen länger«, sagt er und gibt Luke Handzeichen, damit der den Computer herunterfährt.

»Dann muss ich euch die Kohlrouladen wohl noch mal aufwärmen«, sagt Sonja.

»Macht nichts«, findet Malakoff. »Es gibt nichts Besseres als deine Kohlrouladen – ob frisch oder aufgewärmt!«

15 Kaffee

Martha saß in ihrem Büro. Die Rollläden waren heruntergelassen und ließen nicht ein bisschen Sonnenlicht herein. Es roch nach verbrauchter Luft in dem stickigen kleinen Raum. Martha trank bereits ihre fünfte Tasse Kaffee, während sie die Akten durchging und sich wieder und wieder die Videos der Überwachungskamera ansah. Eine so brandheiße Spur durfte ihr nicht durch die Lappen gehen! Da war er, der Hauptverdächtige, aber außer diesem unscharfen Film hatte sie nichts in der Hand. Und der Flaschensammler musste auch noch ausfindig gemacht werden. Aber darum kümmerte sich irgendein Frischling. Müde fuhr sie sich durch Gesicht und Haare und massierte ihre Schläfen. Von dem künstlichen Licht bekam sie Kopfschmerzen. Sie legte ihre Lesebrille ab und rieb sich seufzend über die Augen. Irgendwas war fischig an der Sache, an dem ganzen Fall. Aber sie kam einfach nicht darauf, was es war.

Da klopfte es an ihrer Tür. Laurent, der Fettnäpfchenkönig, stand mit schlampig gebundener Krawatte in der Tür und lächelte sie an: »Warst du gar nicht zu Hause? Ich meine, du weißt schon, dass du hier nicht wohnst, oder?«

»Wie spät ist es?«, gähnte Martha.

»Montag«, antwortete Laurent knapp und betrat das Büro.

»Scheiße, ernsthaft?«

»Mais oui!« Er grinste breit und zeigte ihr eine Akte, die er hinter dem Rücken versteckt gehalten hatte. Dabei sah er aus wie ein Kind, das gerade eine Einladung nach Hogwarts bekommen hat.

»Was ist das?«, fragte Martha. Lass es bitte irgendetwas von Bedeutung sein, dachte sie, irgendetwas, das uns weiterhilft!

»Das hier«, sagte Laurent und präsentierte die Akte wie in einer Teleshoppingsendung, »sind die Daten von Miroslavs Computer!«

»Wie? Raoul ist schon fertig?«, staunte Martha. Raoul war vieles, einer ihrer besten Computertechniker, Kampfsportler und ein ziemlich guter Koch, aber seine Analysen dauerten immer ziemlich lange. So schnell war er noch nie gewesen.

»Du darfst mir danken«, sagte Laurent in gespielt eingebildetem Ton.

»Danke! Wie hast du das geschafft?«

»Na ja, ich hab ihm gesagt, wenn er den Fall vorzieht und so schnell wie möglich die Ergebnisse rausrückt, könnten wir ja Freitag einen trinken gehen«, erklärte er breit grinsend.

»Na, Glückwunsch!« Martha klatschte in die Hände und griff nach der Akte.

»Ah, il est magnifique! Na ja, er könnte ein bisschen weniger Zeit vorm Computer verbringen«, murmelte Laurent und guckte auf sein Handy.

Manchmal nervte Laurents Ambivalenz Martha. Einerseits war er das kälteste Arschloch unter den Kollegen, andererseits ein hoffnungsloser Romantiker, wenn es um Privates ging. Wie schaffte er es, Beruf und Privatleben so klar zu trennen, dass er zwei komplett verschiedene Gesichter besaß?

»Ich befrage gleich noch mal die Eltern«, sagte er, »und dann muss ich mich wieder um den Raubmord kümmern. Den mit den Fernsehern.«

»Okay, ich komme schon allein klar.«

»Aber geh irgendwann mal schlafen!«

»Jaja ...«, sagte Martha und öffnete die Akte.

Mit neuem Tatendrang und einer Energiequelle, die weitaus stärker als Kaffee war, blätterte Martha den Aktenordner durch. Suchverläufe im Internet, einige nicht jugendfreie Seiten – nichts von Bedeutung. Auf eines der Blätter hatte Raoul jedoch einen pinken Notizzettel mit dem Hinweis *Wichtig!* geklebt. Ausgedruckte E-Mails, die sich über acht Seiten erstreckten.

16 Kuchen

Ich stieg in Unna aus der Hellweg-Bahn. Marie hatte mir erzählt, dass Miros Sprayerkollegen genau wie er selbst aus Unna kamen. Deshalb wollte ich mich hier ein bisschen umsehen.

Ein wirklich herrlicher Tag, dachte ich und schaute in den wolkenlosen Himmel. Kaum vorstellbar, dass vorgestern noch so ein Unwetter getobt hatte. Die Oktobersonne schien warm auf mich herab. Eine angenehm milde Brise blies mir sanft ins Gesicht.

Der Augenblick, als ich in Unna aus der Bahn stieg, entschädigte mich für diese grauenhafte Bahnfahrt. Die Klimaanlage war ausgefallen und das ausgerechnet am wärmsten Tag seit langem. Wenn das Laub der Bäume nicht schon bunt verfärbt wäre, hätte man meinen können, der Sommer wäre noch einmal zurückgekommen.

Ich lief seufzend los in Richtung Stadtmitte.

Meinen Adleraugen fiel sofort das saubere Stadtbild auf. Statt Graffitis sah ich alte, aufwendig gestaltete Fassaden und westfälische Fachwerkhäuser. Wunderschön. Das Kopfsteinpflaster unter meinen Lederschuhen hallte ungewöhnlich laut. Ich bedauerte beim Anblick dieser schönen Stadt, dass ich bisher keine Zeit gefunden hatte Unna zu besichtigen. Das werde ich nachholen, sagte ich mir. Aber erst würde ich Miros Tod aufklären müssen. Bloß wie? Nirgendwo sah ich ein Graffiti. Auch keine Jugendlichen, denen ich zutrauen würde, zu sprayen oder sich gar gegenseitig zu waghalsigen Mutproben herauszufordern.

Ich beschloss, mich im Café auf der gegenüberliegenden Straßenseite nach Sprayern umzuhören.

Wenig später ließ ich mich mit einem Latte Macchiato und zwei Malakoffschnitten im Café nieder. Als ich diese Kuchensorte in der Auslage entdeckt hatte, hatte ich laut lachen müssen. Ein Kuchen wie für mich gemacht. Und dann noch im Angebot: zwei Stücke zum Preis von einem. Da hatte ich einfach nicht widerstehen können.

Leise meldete sich mein schlechtes Gewissen. Ich seufzte bei dem Gedanken daran, wie viele Runden um den Phoenix-See ich laufen müsste, um den Kuchen abzubauen.

Dann lauschte ich den Gesprächen der Gäste. Aber Fehlanzeige: Kein einziger redete über Graffitis oder leichtsinnige Jugendliche. Sollte Unna wirklich ein Hotspot der Sprayer-Szene sein? Immerhin war der Kuchen köstlich.

17 Eine neue Spur

»Scheiße«, flüsterte Martha, als sie sich die E-Mails durchlas: Lauter Nachrichten, die niemand bekommen wollen würde. Drohungen, Miroslav zu verprügeln ... und sogar ihn umzubringen. Martha rieb sich das Kinn. Was brachte jemanden nur dazu, so etwas zu schreiben?

Ein Blick auf die E-Mail-Adresse des Absenders der Drohungen verriet ihr, was sie brauchte. Anscheinend war er nicht unbedingt ein kriminelles Superhirn. Zumindest hatte er nicht daran gedacht, sich wenigstens eine Adresse zuzulegen, aus der kein vollständiger Name herauszulesen war: *thomas.birkelbach@hotmail.com*

Andererseits hatte er wohl auch nicht damit gerechnet, dass seine Mails irgendwann den Weg ins Polizeirevier finden würden. Und dass Miroslav den Absender der Mails ohnehin kannte, stand außer Frage.

Martha rief eine Kollegin an. »Karin? Kannst du bitte nachschauen, ob wir schon mal was mit einem Thomas Birkelbach zu tun hatten?«, sagte sie und legte sofort wieder auf.

Dann schnappte sie sich ihren Laptop und sah nach, was im Internet über Thomas Birkelbach zu finden war. Das erste Suchergebnis war eine Facebookseite. Facebook – Fluch und Segen zugleich! Sie klickte die Bilder an und war froh, gleich mehrere hochaufgelöste Bilder von Thomas Birkelbach zu finden. Der Typ war anscheinend ziemlich von sich überzeugt. Sie kopierte eines der Porträts und zog es auf den Desktop. Dann öffnete sie das Video der Überwachungskamera und verglich den Verdächtigen mit dem Foto von Thomas Birkelbach. Zwar war das Gesicht des jungen Mannes in der Hellweg-Bahn nur schwer zu erkennen, da die Qualität der Kameras zu wünschen übrig ließ, aber schon wegen der langen Dreadlocks war Martha sich sicher. Sie hatte ihn!

18 Unnas zweites Gesicht

Gestärkt verließ ich das Café und lief immer meiner Spürnase nach, bis mir ein Mädchen ins Auge fiel, das mir vielleicht weiterhelfen konnte. Ihr Haaransatz war schwarz, der Dutt blau gefärbt, die Haarspitzen, die sich daraus hervorringelten, waren pink. Eine Punkerin, dachte ich.

Sie trug eine schwarze Lederjacke, darunter ein *I-Love-Emscher*-T-Shirt. Verrückt. Wo es diese T-Shirts wohl zu kaufen gab? Ihre rot karierte Punkhose sah ganz unmöglich aus.

Ihr großer deutscher Schäferhund knurrte mich bedrohlich an, als ich mich näherte. Das hielt mich nicht davon ab, mit laut dröhnender Stimme zu sagen: »Hey! Bleib mal stehen! Ich hab da eine Frage!«

Der Hund brach in lautes Bellen aus.

»Was willst du von mir, Alter?«, fragte die Punkerin herausfordernd und versuchte den Hund zu beruhigen, der weiter kläffte.

»Malakoff vom Hellweger Anzeiger«, log ich schamlos. Ich hatte mich entschieden, die Lage erst einmal undercover zu sondieren. »Ich schreibe einen Artikel über Sprayer und wollte ein paar Interviews in der Unnaer Szene führen.«

»Da kann ich vielleicht wirklich weiterhelfen.« Betont lässig holte sie eine Spraydose aus ihrem Rucksack. »Die Sprayer hängen alle am Westfriedhof ab. Da malen wir auch.«

Dass sie mir die Spraydose so demonstrativ vor die Nase hielt, erstaunte mich. Graffitis galten doch immerhin als Sachbeschädigung. Vielleicht war die Unnaer Jugend also doch waghalsiger, als ich vermutet hatte.

»Kannst du mir auch sagen, wie ich zum Westfriedhof komme?«, fragte ich. »Ich kenn mich hier nicht so aus.«

»Geht klar. Folge mir unauffällig.« Sie lachte und mich beschlich das Gefühl, dass sie mich nicht sonderlich ernst nahm.

»Wie heißt du eigentlich?«, wollte ich wissen.

»Elisa«, antworte sie.

Der augenscheinlich uralte Westfriedhof war von großen Steinziegelmauern umgeben, die über und über mit Graffitis bedeckt waren. Einige Jugendliche sprühten gerade neue Schriftzüge darauf. Ich staunte. Hier also zeigte sich das zweite Gesicht dieser Stadt, die mir bis jetzt so überaus sauber und aufgeräumt vorgekommen war.

»Habt ihr keine Angst, Ärger für diese *Kunstwerke* zu bekommen?«, fragte ich Elisa und betonte das Wort Kunstwerke dabei besonders.

Sie lachte. »Nee, hier sprühen wir ganz legal. Die Stadt stellt uns die Flächen zur Verfügung. Dafür malen wir in Unna nicht an anderen Orten.«

In Unna nicht, dachte ich. Aber ich wusste von Marie, dass Miro und seine Freunde nicht nur legal unterwegs gewesen waren.

»Die Fläche wird regelmäßig gereinigt, damit wir weiter hier malen können. Außerdem gibt's jedes Jahr einen Graffiti-Contest«, fuhr sie in atemberaubender Geschwindigkeit fort.

Ich musste ihren Redefluss unterbrechen, wenn ich von Elisa etwas über Miro erfahren wollte. Ich entschied mich für den direkten Weg, fischte ein Foto von Miro, das Marie mir gegeben hatte, aus der Tasche und hielt es Elisa hin: »Kennst du diesen Jungen?«

Das Lachen auf Elisas Gesicht erstarb mit einem Mal. »Kenn ich nicht«, sagte sie patzig. »Warum fragst du mich das überhaupt? Journalist bist du wohl kaum. Etwa Undercover-Polizist?«

Es war offensichtlich, dass Elisa log. Um das zu erkennen, musste man kein Detektiv sein. Aber warum log sie? Und wusste sie bereits, dass Miro tot war?

»Du bist keine gute Lügnerin, Elisa«, sagte ich. »Ich brauche deine Hilfe. Miroslav ist in der Emscher ertrunken, in der Nacht von Samstag auf Sonntag.«

»Ertrunken?«, fragte Elisa entsetzt und dieses Mal machte sie mir nichts vor. Der Schock und der Schmerz in ihrem Gesicht konnten unmöglich gespielt sein.

»Du hast recht«, fuhr ich so sanft und freundlich wie möglich fort. »Ich bin kein Journalist. Ich bin Detektiv und ermittle im Auftrag meiner Nichte. Marie ist am Boden zerstört ...«

»Marie?«, schrie Elisa wütend auf. »Ich will nichts wissen von dieser ...« Sie zog mit Schimpfwörtern über meine Nichte her, die ich in meinen Leben noch nicht gehört hatte. Ich war entsetzt und beeindruckt zugleich.

»Was hat Marie denn gemacht, dass du so sauer auf sie bist?«, unterbrach ich die Schimpftirade.

»Sie hat mir meinen Freund Thomas ausgespannt!«, spuckte Elisa mir förmlich ins Gesicht.

Das war mir neu. Aber ehe ich nachhaken konnte, schimpfte Elisa weiter: »Dabei war sie doch mit Miro zusammen. Thomas und Miro haben sich nur noch in die Haare bekommen und andauernd unsere Aktionen versaut ...«

Sie schlug sich erschrocken die Hand vor den Mund, als hätte sie zu viel gesagt. »Ich muss los«, sagte sie abrupt, drehte sich um und zog den knurrenden Hund hinter sich her.

»Warte, Elisa«, rief ich. »Bleib stehen! Du sollst es ja nicht für Marie tun. Aber für Miroslav.«

Sie blieb plötzlich stehen. Vielleicht erinnerte sie sich erst jetzt wieder daran, dass ich ihr eben von Miros Tod erzählt hatte. Als sie sich umdrehte, weinte sie. »Ist Miro wirklich ertrunken?«

Langsam ging ich auf sie zu: »Ja, Miro ist tot. Pass auf, ich mach dir einen Vorschlag. Wir setzen und in ein nettes Café und dann reden wir in Ruhe über alles.«

19 Alibi?

Thomas Birkelbach. Martha hatte recht interessante Informationen über ihn von Karin erhalten. Er hatte vor Kurzem wegen Wandschmierereien eine Anzeige bekommen. Sachbeschädigung. Eine Lappalie. Spannend daran war jedoch, dass Miroslav wohl auch irgendwie in die Sache verwickelt war. Karin wollte ihr das alles später im Detail erklären. Die beiden Frauen hatten schließlich nicht viel Zeit gehabt. Martha wollte möglichst bald mit Thomas sprechen, ehe der sich das passende Alibi für die Nacht zurechtgelegt hätte.

Sie hatte noch schnell bei Malakoffs zu Hause angerufen, um Maries Besuch im Präsidium zu verschieben – Thomas Birkelbach war eindeutig die heißere Spur – und sich dann auf den Weg nach Unna gemacht.

Jetzt bog Martha in die Straße ein, in der Thomas wohnte. Bereits von Weitem sah sie, wie er aus der Haustür trat und seinen Rucksack aufsetzte. Zielstrebig ging sie auf ihn zu, ignorierte alles um sich herum.

»Thomas Birkelbach?«, fragte sie und beäugte ihn mit unnachgiebigem Blick. »Martha Nath, Kripo Dortmund. Ich wüsste gern, wo du in der Nacht von Samstag auf Sonntag warst.«

Thomas war offensichtlich überrumpelt und stotterte zuerst nur vor sich hin, ein nervöses Lächeln auf den Lippen. Es dauerte einen Moment, bis er sich richtig artikulieren konnte. »Woher kennen Sie meinen Namen? Wollen sie was wegen Miro wissen? Ich hab nichts damit zu tun!«, brabbelte er vor sich hin.

Martha verschränkte die Arme vor der Brust. Überrascht musterte sie ihn: »Woraus ziehst du den Schluss, dass mein Besuch etwas mit Miroslav zu tun haben könnte?«

Dass Thomas sofort an Miroslav dachte, wenn sie die Nacht von Samstag auf Sonntag erwähnte, musste natürlich nichts bedeuten. Wenn er unschuldig war, wusste er vielleicht noch gar nichts von Miros Tod und hatte nur an die Schlägerei in der Hellweg-Bahn gedacht.

»Der Typ baut dauernd Scheiße. Irgendwann musste mal etwas passieren«, murmelte Thomas nur und wich ihrem Blick aus. Er rieb sich die Hände an der Hose ab. Schwitzte er? Gut, dachte Martha, Schwitzen ist gut! Schwitzen deutet auf Schuldgefühle hin!

»Beantworte einfach nur die Frage: Wo warst du?«

»Weiß nicht mehr.« Thomas zuckte mit den Schultern und kickte einen Stein weg.

Martha gab vor, sich Notizen zu machen. »Und wieso weißt du das nicht mehr?«

»Zuviel getrunken oder so. Hangover.«

Martha nickte nur und steckte ihr Tablet weg. »Wie war dein Verhältnis zu Miroslav?«

»Was soll denn die Frage? Und wieso war?«, zischte Thomas sichtlich verstimmt.

»Miros Leiche wurde gestern in der Emscher gefunden.«

»Was? Scheiße.« Thomas wirkte erschüttert. Vorgetäuscht oder echt? Martha war sich nicht sicher.

»Also noch einmal: Wie war euer Verhältnis?«

»Ja, normal halt, ne?«, murrte Thomas und kickte noch einen Stein weg. Er verfiel wieder in seine Abwehrhaltung.

»Keine Auseinandersetzungen? Keine Streitigkeiten?«, fragte Martha nachdrücklich.

Thomas schüttelte den Kopf.

»Ich muss dich nicht daran erinnern, dass du mit Lügen Ermittlungen behinderst, oder? Immer noch nichts?«

Thomas schüttelte weiter den Kopf.

Martha seufzte und holte Kopien der Drohmails heraus. »Kommen dir die hier bekannt vor?«

Thomas' Augen weiteten sich. Vermutlich war ihm klar, dass Leugnen zwecklos war. Er sprach kein Wort, schmiss Martha jedoch die Kopien vor die Füße.

Sie entschied sich, diesen Ausbruch unkommentiert zu lassen und fragte stattdessen nur: »Warum diese Mails?«

»Ich war sauer«, zischte Thomas.

»Was ist in der Nacht von Samstag auf Sonntag nach eurer Prügelei passiert?« Ehe Thomas protestieren konnte, fügte Martha noch hinzu: »Ich hab die Überwachungsvideos aus der Hellweg-Bahn gesehen, red dich also nicht raus.«

»Nichts! Ich bin ausgestiegen und weggegangen! Ich hatte Hunger und hab mir was zu essen gekauft.«

»Und warum habt ihr euch überhaupt geprügelt?«, hakte Martha nach. Sie hatte ihr Tablet wieder aus der Tasche gezogen und notierte nun wirklich.

»Das tut nichts zur Sache.«

»Nun, ich denke, ich entscheide, was etwas zur Sache tut und was nicht«, konterte Martha schroff. »Wenn du es mir nicht hier sagen willst, kannst du gerne mit aufs Revier kommen.«

Thomas schien kurz zu überlegen. »Er hat Marie nicht verdient«, gab er schließlich klein bei.

Martha seufzte. Immer diese Eifersuchtsdramen! Durchaus ein Grund, jemanden umzubringen. Und sei es im Affekt. Aber sie musste Thomas' Alibi überprüfen. Sie traute ihm nicht. Das durfte sie jedoch nicht davon abhalten, professionell zu handeln und ihren Job ordentlich zu machen. Wer könnte Thomas' Alibi bestätigen? Sie könnte diesen Flaschensammler befragen, der war doch mit Miro und Thomas ausgestiegen. Wenn sie nur herausfände, wo der Typ steckte ...

»Warum Miro Marie deiner Meinung nach nicht verdient hat, kannst du mir dann morgen früh auf dem Revier erzählen. So um acht Uhr.« Martha lächelte Thomas an und wandte sich ab. Er zischte ihr eine Beleidigung hinterher, doch ihr war das egal.

20 Zwei zum Preis von einer

Der fragende Blick der Verkäuferin, als ich zum zweiten Mal an diesem Tag zwei Malakoffschnitten zum Preis von einer bestellte, war die gerechte Strafe für meine Verfressenheit. Ich schämte mich in Grund und Boden. Dieses Café würde ich kein drittes Mal betreten, schwor ich mir.

»Also gut, was kannst du mir denn über Miro erzählen«, fragte ich Elisa Kuchen mampfend.

»Er ist ein guter Freund von mir«, schluchzte Elisa. Sie war sichtbar mitgenommen. Ihr Make-up verschmiert. Bei ihrem Anblick musste ich an Marie denken, die gestern genauso am Boden zerstört dagesessen hatte.

»Warst du in Miro verliebt?«, fragte ich vorsichtig.

Elisa schüttelte den Kopf: »Er war der talentierteste Künstler, den ich kenne. Hat jedes Jahr den Graffiti-Contest gewonnen. Außerdem war er unglaublich mutig.«

»Mutig?«, fragte ich mit lauerndem Unterton.

»Ja, Miro, Thomas und ich haben eine Facebookseite für Jugendliche im Ruhrgebiet, wo wir uns gegenseitig zu Mutproben rausfordern. Planking, mit einem Mountainbike in die Emscher springen und so. Natürlich filmen wir alles, als Beweis.«

Ich machte mir Notizen. *Planking? Emscher!*

Laut sagte ich: »Du sagtest, ihr filmt die Mutroben immer. Wer hat Miro gefilmt?«

»Er selbst«, sagte Elisa. »Seine Kamera war so was wie ein Talisman. Ohne die hätte er keine Mutprobe durchgezogen.«

Ich notierte: *Wo ist Miros Kamera?*

»Irgendwelche Auffälligkeiten auf der Facebookseite in der letzten Zeit?«, fragte ich.

»Nee.« Elisa dachte kurz nach. »Abgesehen davon, dass sich seit gestern irgendein Loser auf der Seite rumtreibt, ohne selbst zu posten. Mad Manni, schon der Name ist bescheuert.«

Ich lächelte gequält. Von wegen unauffällig.

Elisa quasselte weiter: »Er war so unglaublich mutig! Und jetzt ist er ausgerechnet in so einem kleinen Fluss ertrunken. Was für eine Ironie! Mit Miro wird auch sein Blog Ambiscara sterben. Schade um die ganzen Graffitis und Mutprobenvideos, die er da gepostet hat.«

Ich horchte auf: »Ambis ... was?«

»Ambiscara«, sie langte nach meinem Notizblock und dem Stift. »Warte, ich schreib es auf.«

»Schreib mir doch auch die Anschrift von Thomas auf«, bat ich.

Ich schaute zu, wie Elisa notierte: Thomas Birkelbach. Dann zögerte sie: »Hör mal, Malakoff ...«

»Ja?«, ich merkte, dass Elisa noch etwas auf dem Herzen lag.

»Das mit Marie war nicht so gemeint. Sie hat mir Thomas nicht ausgespannt. Thomas hat zwar mit mir Schluss gemacht, weil er in Marie verschossen war, aber die hatte nur Augen für Miro. Vorher waren Marie und ich echt gute Freundinnen gewesen ...«

»Ruf sie doch einfach mal an. Sie kann eine Freundin gerade gut gebrauchen«, schlug ich vor.

»Eine gute Freundin war ich in letzter Zeit nicht«, sagte Elisa leise. »Vielleicht ruf ich sie echt mal an.«

»Mach das!« Ich stand auf. »Danke für die Informationen, Elisa, ich muss jetzt weiter.« In der Tat hatte ich es plötzlich sehr eilig. Am Fenster hatte ich eine Person vorbeigehen sehen, die mir nur allzu bekannt war.

21 Engel und Teufel

»Warten Sie«, schrie ich Martha Nath hinterher. Sie fuhr erschrocken herum. Ihr Blick verfinsterte sich, als sie mich sah. Schade eigentlich. Einen kurzen Augenblick hatte sie wie ein Engel ausgesehen mit ihren blonden Locken. Der äußere Eindruck täuschte. Martha Naths teuflisches Wesen kam schnell wieder hervor. »Ach, der Herr Privatschnüffler. Schön, Sie zu treffen«, sagte sie mit übertriebener Freundlichkeit.

»Gibt es schon Neuigkeiten im Falle Miroslav? Wir könnten ja unsere Informationen austauschen«, stellte ich mich dümmer als ich war. »Ich habe zum Beispiel herausgefunden, dass Miro mit einem gewissen Thomas Birkelbach Mutprobenfilme drehte. Aber da erzähle ich Ihnen sicherlich nichts Neues. Miros Kamera haben Sie ja bestimmt schon untersucht.«

Ich freute mich diebisch über Martha Naths erstaunten Gesichtsausdruck. Ganz offensichtlich wusste sie nichts von irgendeiner Kamera. Das sprach dafür, dass bisher noch keine am Tatort gefunden worden war.

»Ja, klar, die Kamera untersucht mein Kollege Laurent.« Sie log anders als Elisa, schmückte ihre Lügen aus, um sie glaubwürdiger zu machen.

Wieder fragte ich mich, warum Martha Nath mir so bekannt vorkam. Ehe ich aber weiter darüber nachdenken konnte, funkte sie mir dazwischen: »Leider habe ich keine Zeit, länger mit Ihnen zu plaudern, denn ich habe noch viel zu tun. Mein Fall ruft.« Sie betonte das »mein« besonders nachdrücklich.

Ohne ein weiteres Wort drehte sie sich um und stapfte wütend davon. Unpassenderweise fand ich das irgendwie sexy.

Plötzlich erfüllte Glockenläuten die Stadt mit ihren hübschen Fachwerkhäusern. Ich blickte auf die Uhr. Schon fünf. Ein Besuch bei Thomas Birkelbach würde bis morgen warten müssen. Ich musste los, wenn ich vor dem Abendessen noch einen kleinen Abstecher in die Detektei machen wollte. Zu Hause hatte ich aus Prinzip keinen PC. Aber ich wollte dringend noch einen Blick ins Internet werfen.

22 Ambiscara

Die Dämmerung bricht schon herein, als Malakoff sich an seinen Schreibtisch setzt und den Computer einschaltet. »Ach, komm schon!«, grummelt er, als sein PC ein notwendiges Update installieren muss und damit das Hochfahren noch mehr als sonst herauszögert. Die Fortschrittsanzeige ruckelt nur gemächlich vorwärts und als sie auch nach zehn Minuten erst 15 Prozent erreicht hat, entscheidet Malakoff sich für eine schnelle Joggingrunde. Er hat seinem Hobby in letzter Zeit leider viel zu selten nachkommen können. Und die Malakoff-schnitten drücken auf sein Gewissen. Vorher muss er aber zumindest kurz bei Sonja anrufen und sich fürs Abendessen abmelden.

Als er eine knappe Stunde später verschwitzt und erschöpft zurück in sein Büro kommt, hat das Update 100 Prozent erreicht und der Computer fährt summend hoch. Na endlich! Ich glaube, ich brauche wirklich mal einen schnelleren Computer, denkt er, während er sich seufzend auf seinen Stuhl fallen lässt.

Er öffnet den Browser und gibt die Adresse ein:

www.ambiscara.wordpress.com

Ambiscara – ein seltsames Wort. Was das wohl zu bedeuten hat?, fragt er sich und trinkt gierig aus seiner Wasserflasche. Offenbar hat es für Miro ja eine Bedeutung gehabt, überlegt er weiter. Vielleicht finde ich ja auf seinem Blog einen Hinweis.

Die Seite ist fertig geladen. Das Foto eines kleinen Baches begrüßt ihn. Er stellt die nunmehr leere Flasche zur Seite und vertieft sich in das Bild – dieser Bach kommt ihm bekannt vor – als sich das Bild plötzlich verändert. Es zeigt zweifellos noch immer dieselbe Stelle, doch diesmal ist der Himmel im Hintergrund wolkenverhangen und das Foto verbreitet insgesamt eine düstere und unheimliche Stimmung. Auch der Bach hat sich verändert – eben noch hat er sich lieblich und ruhig durch die Landschaft geschlängelt, jetzt ist daraus ein reißender Fluss geworden, der jeden Moment aus seinen Deichen auszubrechen droht, um alles mit sich zu reißen, was ihm in den Weg kommt. Wieder verändert sich das Bild. Aus dem Foto wird eine Schwarzweißzeichnung, auf der sich in blauer Schrift die Worte »AMBISCARA – herzlich Willkommen auf meinem Blog!« formen. Ein kleiner Button fordert Malakoff zum Klicken auf. Als er der Aufforderung folgt, verschwindet das Bild komplett und er wird auf den eigentlichen Blog geleitet.

In chronologischer Reihenfolge sind Miros Einträge mit Überschrift und Datum aufgelistet. Malakoff klickt auf den neuesten. Miro hat den Eintrag *Engel* Ende September, also vor knapp drei Wochen geschrieben.

Engel
Letzte Nacht den Friedhof verschönert. Ein Engel. Knapp drei Meter hoch. Grün, blau, gelb, pink – neon. Mega. Von der Mitte der Mauer schaut er auf uns herab. Erzählt vom Himmel. Oder der Hölle. Mit Sicherheit gibt es auch dort Engel. Dunkel wie die Nacht. Wobei die gestrige gar nicht so dunkel war. Voller Energie. Energie ist gut. Ich sollte das Licht anmachen. Neonlicht. Wie in der U-Bahn. Wo wir schon bei Bahn sind – schaut euch mein letztes Video an (klick hier)! War echt eine krasse Aktion, voll fun! Aber heute Nacht war auch geil! Vielleicht sogar noch geiler. 4 Stunden sprayen! Der Himmel auf Erden! Mein Himmelsgeschöpf – bitte liken!

Unter dem Text ist ein Foto angefügt. Es zeigt einen strahlendweißen Engel, der auf eine Mauer gesprayt worden ist. Das Gesicht ist nur grob gezeichnet, wohingegen bei den Flügeln auf winzigste Details geachtet wurde.

Wow, Sprayen ist ja tatsächlich eine richtige Kunst, staunt Malakoff. Er vergrößert das Bild und sieht es sich noch einmal genauer an. Unten rechts, gleich neben dem Fuß des Engels, ist das Graffiti mit einer Signatur versehen. Ein Wort – vermutlich ein Name – in schwarzer, zackiger Schrift auf einer Art blauer Wolke. Das gleiche Symbol befindet sich auch in einem Infokasten an der rechten Seite des Blogs, der mit *Mein Zeichen* betitelt ist. Also so eine Art Unterschrift, vermutet Malakoff. Er versucht zu entziffern, was in der Wolke geschrieben steht, gibt aber nach kurzem Rätselraten auf und schließt den Artikel wieder. Er scrollt einige Einträge nach unten und stolpert schließlich über einen fünf Wochen alten Eintrag von Mitte September, der *I love PLANKING* heißt. Planking, das hatte Elisa doch erwähnt und Malakoff konnte sich keinen Reim auf dieses seltsame Wort machen. Neugierig klickt er auf den Weiterlesen-Button.

I love PLANKING
Wer nicht? Dieser Nervenkitzel ist einfach unglaublich! Man kann es gar nicht beschreiben. Wobei ihr das eh nicht versteht, so lange ihr es nicht gemacht habt. Mutprobe, Bullshit. Man braucht keinen Mut, es geht wie von allein. Man braucht nur einen Entschluss. Oder eine gute Freundin, die einen überredet. Aber dann – Leute, ihr wollt echt wissen, wie geil das ist!!! Glaubt mir, diese Erfahrung wird euer Leben bereichern! Lasst euch nicht stoppen von all den Losern, die euch davor warnen. Sie sind nur zu feige! Mal ehrlich, warum sonst sollten sie euch von so bereichernden Erfahrungen abhalten wollen? Ihr dürft euch davon nicht runterziehen lassen! Ihr müsst diese krasse Erfahrung echt selbst machen! Da helfen euch auch Videos nicht! Ihr müsst es selbst machen! Ihr müsst es wollen! Ihr könnt alles schaffen, wenn ihr es nur wollt! Wir alle können das! Mein Video widme ich allen, die auch neue Erfahrungen sammeln und Abenteuer erleben wollen, allen, denen das »normal sein« nicht genug ist. Außerdem derjenigen, die mich dazu gebracht hat, dieses krasse Erlebnis zu haben, und natürlich auch mir selbst ;-). So, Leute, jetzt schaut euch schön an, wie man das macht!

Diesmal ist ein Video unter dem Text eingefügt, es ist nur knapp zwei Minuten lang, und Malakoff klickt auf den Wiedergabe-Button. Auf dem Bildschirm sind Gleise zu sehen. Offenbar eine Bahnstrecke. Entgeistert verfolgt er, wie Miro in dem Video erscheint und sich zielstrebig auf die Schienen legt. Ganz ruhig und gerade liegt er da, auch als von hinten ein Zug näher heranbraust. Malakoff hält den Atem an. Der Lokführer hat den Jungen auf den Schienen offenbar noch nicht entdeckt und behält sein Tempo bei. Malakoff sieht den Crash bereits vor seinem inneren Auge. Doch im letzten Moment rollt Miro sich geschickt zur Seite und aus der Reichweite des Zugs. Der Bildschirm wird wieder schwarz und Malakoff atmet auf. Ganz schön gefährlich, was die jungen Leute heutzutage so in ihrer Freizeit machen, denkt er und schließt auch diesen Blog-Eintrag wieder.

Er seufzt. Der arme Junge. Er wirkt so lebensfroh, so glücklich. Ein Teenager, der sein Leben liebt. Umso tragischer sein Tod.

Es ist spät geworden, schon nach neun, wie Malakoff mit einem erschrockenen Blick auf die Uhr feststellt. Und so beschließt er, für heute Schluss zu machen und lieber den Rest des Abends mit Sonja und Luke zu verbringen.

23 Dienstagmorgen

Malakoff mochte Montagmorgen nicht besonders. Noch weniger mochte er allerdings Dienstagmorgen. Der Stress und die Qual, aus dem Bett zu kommen, die Malakoff ausnahmslos jeden Montag erreichten, wiederholten sich dienstags. Und weil Malakoff am Dienstag fast immer vom Montag noch so geschwächt war, grenzten die Dienstage an den blanken Horror. Die Selbstständigkeit verlangte dem Detektiv eine Menge Selbstdisziplin ab. Schließlich wartete in seiner Detektei kein Arbeitgeber auf ihn, der mit der Kündigung drohen konnte. Einzig die Notwendigkeit, sich um Ermittlungen zu kümmern, und so seine Detektei am Laufen zu halten, half ihm da weiter.

Nun war noch Miro als Problemfall, der ihm Kopfzerbrechen bescherte, dazwischen gekommen. Marie zuliebe machte er erhebliche Einbußen. Natürlich ermittelte er kostenlos für sie. Die Zeit fehlte ihm aber dringend bei den Fällen, mit denen er seinen Lebensunterhalt bestritt.

Malakoff stöhnte schwerfällig und hob seinen müden Körper unter der karierten Bettdecke hervor. Das Muster bestand aus Sonjas Lieblingsfarben. Sonja, die natürlich schon auf den Beinen war. Das hatte Malakoff noch nie verstanden. Das schöne, weiche Bett war doch einfach unwiderstehlich.

Der Geruch von frischen Brötchen stieg ihm in die Nase. Wahrscheinlich hatte Sonja seinem Neffen Luke schon ein leckeres Frühstück bereitet. Malakoff lief das Wasser im Mund zusammen. Schnell schritt er ins Bad und kam wenig später frisch geduscht die Treppe hinuntergepoltert. Gerade wollte er die Küche betreten, da drang der schrille Klingelton seines Handys durch die morgendliche Ruhe.

Düdeldüdeldüh! Malakoff hatte nicht die geringste Ahnung, wie man diese nervige Melodie umstellen konnte.

»Malakoff«, meldete er sich.

»Ha-Hallo, Onkel Roman«, antwortete eine dünne Stimme am anderen Ende der Leitung. »Hier ist Marie.«

»Marie! Wie geht es dir? Was ist los?«

»Na ja, den Umständen entsprechend. Ich habe gerade einen Anruf vom Emscherquellhof in Holzwickede bekommen. Miro ...« Sie klang nun reichlich verschnupft, wahrscheinlich hatte sie seit Sonntag dauernd geweint. »Miro hat ja dort ein Praktikum gemacht. Wegen dem dauernden Stress mit seinen Eltern hatte er dort meine Nummer als Kontakt angegeben.«

»Der Emscherquellhof, sagst du? Wenn da mal nicht die Quelle der Emscher in der Nähe liegt!«, schlussfolgerte Malakoff spitzfindig. »Aber warum Hof? Ist das ein Bauernhof?«

»Früher ja«, sagte Marie. »Jetzt ist es eher so ein Seminarhaus der Emschergenossenschaft.«

Mit einem Ruck wurde die Küchentür geöffnet und Luke grinste ihm fröhlich entgegen: »Guten Morgen, Onkel Roman!«

»Morgen, Luke! Pscht, sei mal kurz still, ich telefoniere gerade mit deiner Schwester! Entschuldige, Marie, sprich weiter«, forderte Malakoff seine Lieblingsnichte auf.

»Miro hat dort im Pausenraum am Freitag seinen Rucksack liegen lassen. Und den soll ich halt abholen. Aber irgendwie ... na ja, ... ich weiß auch nicht, ich fühl mich nicht gut dabei. Er wollte mir die Emscherquelle und den Hof irgendwann mal zeigen. Aber jetzt ohne ihn dorthin zu gehen ...«

Sonja streckte den Kopf aus der Küchentür. Malakoff konnte Rührei mit Speck riechen. »Roman, setz dich doch erstmal zu uns und klär die Sachen später in der Detektei!«, sagte sie vorwurfsvoll.

»Nein, Sonja, das ist Marie!«, schnaubte Malakoff genervt. »Marie, ich kann den Rucksack selbstverständlich für dich abholen. Wenn ich schon da bin, nutz ich gleich die Gelegenheit, mit ein paar Leuten dort zu sprechen.«

Marie klang erleichtert: »Genau darum wollte ich dich bitten. Vielen Dank, Onkel Romi!«

Wieder verkniff Malakoff sich jeden Kommentar zu diesem unliebsamen Spitznamen. »Mach ich doch gerne«, sagte er stattdessen. »Dann noch viele Grüße an Alexa!«

»Richte ich Mama aus. Bis bald!«, schloss Marie das Gespräch.

»Sonja, Luke, ich kann leider nicht mit euch frühstücken. Muss los«, informierte Malakoff die beiden, langte schnell nach einer Brötchenhälfte vom Küchentisch und belegte sie mit warmem Rührei.

»Immer deine Fälle, Roman!« Sonja schien enttäuscht. Sie schnappte ihm das Brötchen aus der Hand. »Außerdem war das meine Brötchenhälfte. Wann haben wir das letzte Mal entspannt zusammen vor deiner Arbeit gefrühstückt?«

Auch Luke öffnete den Mund, um zu protestieren. Doch Malakoff war schneller: »Tut mir wirklich leid, ihr beiden. Aber der Fall ist wichtig! Es geht um Miro. Sein Rucksack wartet in Holzwickede auf mich! Und ich muss vorher noch in der Detektei vorbei. Den Weg zum Quellhof nachschauen.«

Schnell schnappte sich Malakoff seinen grünen Mantel und schritt schwungvoll zur Haustür.

»Onkel Romi«, rief Luke ihm hinterher. »Ich hab' dir doch extra eine Routenplaner-App aufs Handy geladen. Einfach das Ziel eingeben, schon geht es los!«

Doch Malakoff erwiderte: »Nee! Erstens mal bitte nicht Onkel Romi, das weißt du genau, Luke. Das ist echt kein cooler *Nickname*. Und das mit dem Handy ist mir jetzt gerade wirklich zu kompliziert. Entschuldige, aber ich kann das besser am Computer! Außerdem muss ich sowieso nach der Post schauen. Andrea ist doch krank. Viel Spaß euch beiden heute!«

Draußen wollte Malakoff schnurstracks zu seinem Wagen stiefeln. Aber halt – wo war das verflixte Auto?

Hinter sich hörte er Sonjas Stimme: »Der Wagen ist doch in der Werkstatt, Roman!«

»Oh, nein«, jaulte Malakoff missgelaunt auf und trat schweren Schrittes den Weg zur Bahnstation an. Eigentlich wunderte ihn gar nichts. Schließlich war Dienstagmorgen. Am Bahnsteig glitt sein Blick die Schienen entlang, während er auf die Hellweg-Bahn nach Hörde wartete. Diesmal dauerte es ewig lange, bis endlich eine schnaufende Bahn vor ihm hielt. Von Aplerbeck, seinem Wohnort, war es nur eine Station bis zu seiner Detektei. Dort angekommen eilte er im Laufschritt weiter. Andrea, seine Sekretärin, war schon seit ein paar Tagen krank und die Büros waren einsam und kalt.

Wenig später stand Malakoff wieder am Hörder Bahnhof. Glücklicherweise fuhr diesmal gleich eine Bahn ein und hielt quietschend vor ihm an. Malakoff drückte auf den grünen Knopf und mechanisch öffneten sich die gelben Türen. Aufatmend nahm er auf einem Sitz neben den Toiletten Platz. Die Zugtüren schlossen sich mit einem satten Sauggeräusch.

24 Weggegangen, Platz vergangen

Ich saß auf meinem Lieblingsplatz in der Hellweg-Bahn und schaute versonnen in meinen Flaschenbeutel. Er war schon sehr voll, ich sollte bald aussteigen, um die Flaschen wegzubringen.

Ich blickte aus dem Fenster. Die nächste Haltestelle war bereits zu sehen. Als die Bahn in Hörde hielt und sehr viele Leute ausstiegen, entschied ich mich, noch eine Runde zu machen und nach Flaschen zu schauen.

Die Bahn war nun fast leer, so dass ich ziemlich schnell wieder zurück war. Aber was war das? Da hatte sich jemand auf meinem Platz gesetzt! Es war der Mann, den ich schon am Sonntag hier gesehen hatte. Erleichtert stellte ich fest, dass er dieses Mal keine Matschflecken auf der Hose hatte. Sonst hätte er mir womöglich noch meinen Lieblingsplatz verdreckt. Ich schaute mich nach einem annehmbaren Ersatzsitzplatz um, entschied mich dann aber dafür, einfach an der Tür stehen zu bleiben, da ich ja ohnehin an der nächsten Haltestelle aussteigen wollte, um das Pfand einzulösen.

Von meinem Platz an der Tür aus bemerkte ich eine Frau mit blonden Locken in der Bahn sitzen. Auffällig an ihr war, dass sie sich vor irgendwem zu verstecken schien. Vielleicht fuhr sie schwarz und hoffte, so dem Kontrolleur zu entgehen.

25 Ein schrecklicher Gedanke

Malakoff hatte mich nicht bemerkt, als ich ihm von seiner Detektei aus gefolgt und in Hörde in die Bahn gestiegen war. Superdetektiv. Merkte nicht einmal, wenn er selbst beschattet wurde.

In der Bahn suchte ich mir einen Platz, von dem aus ich ihn gut beobachten konnte, ohne von ihm gesehen zu werden. Die Bahn war so gut wie leer, keine guten Bedingungen für eine Observation. Niemand, hinter dem ich mich verstecken, keine Menschenmenge, in der ich untertauchen konnte.

Das Einzige, das mir Deckung geben würde, war die Zeitung, die ich noch schnell am Bahnhof gekauft hatte, während Malakoff am Steig auf den Zug wartete. Die Fahrt war relativ ereignislos. Bis ich einen Mann erspähte, der durch das Abteil schlenderte. Ganz in meiner Nähe blieb er stehen. Beißender Biergeruch stieg mir in die Nase. Ich wusste nicht, ob das von den Bierflaschen kam, die er in seiner Tüte gesammelt hatte, oder ob er selbst so stank.

Aber das war nicht das eigentlich Interessante an ihm. Ich kannte diesen Mann mit dem Schnurrbart, der abgenutzten Kappe und der Weste. Ich war mir ganz sicher. Das war der Flaschensammler aus dem Video! Der Mann, der ein Zeuge sein konnte, für die Nacht, in der Miroslav starb. Der Mann, den ich unbedingt noch befragen musste. Was sollte ich jetzt tun?

Ich wollte Malakoff verfolgen, weil ich sicher war, dass er eine Spur hatte, während ich selbst auf der Stelle trat. Das Verhör von Thomas hatte keine neuen Erkenntnisse gebracht. Andererseits konnte dieser Zeuge wirklich wichtig sein! Wenn er denn überhaupt mehr als die Prügelei gesehen hatte ...

Die Bahn wurde langsamer. Ich war so in Gedanken gewesen, dass ich verpasst hatte, wie Malakoff aufgestanden und auf mich zugekommen war. Weil mir nichts Besseres einfiel, hielt ich mir die Zeitung vor das Gesicht. Jetzt ist es vorbei, dachte ich. Jetzt hat er mich gesehen. Fieberhaft versuchte ich, mir eine Ausrede auszudenken.

Aber nichts passierte. Vorsichtig ließ ich die Zeitung sinken. Malakoff schien mich nicht gesehen zu haben! Holzwickede. Der Flaschensammler stieg aus, Malakoff hinterher. Im letzten Moment sprang auch ich aus der Bahn. Ich sah, dass Malakoff den Flaschensammler ansprach und sich dabei Notizen machte.

Und plötzlich kam mir ein schlimmer Gedanke: Malakoff musste irgendwie an die Videos der Überwachungskamera aus der Hellweg-Bahn gekommen sein, hatte den Flaschensammler auch gesehen und befragte ihn jetzt. Was, wenn er gerade wichtige Fragen stellte, die ihn zur Lösung des Falles bringen würden? Dann konnte ich meine Beförderung vergessen.

Nein, Martha, jetzt drehst du völlig am Rad, sagte ich mir. *Ich* würde den Fall lösen, nicht dieser nervige Privatdetektiv!

26 Orientierungslos

Seufzend stieg Malakoff aus der Bahn. Wie er das Bahnfahren doch hasste! Zum Glück hatten heute nicht so viele schwitzende Menschen die Luft in der Hellweg-Bahn verbraucht. Wenn doch bloß sein Auto nicht kaputt wäre ...

Er schaute sich um. Wo genau musste er jetzt lang? Er war doch extra noch zur Detektei gefahren, um sich die Wegbeschreibung herauszusuchen. Doch der Drucker hatte gestreikt und Malakoff hatte sich den Weg offenbar nicht gut genug eingeprägt. Ratlos schaute er sich um. Da war wieder dieser Flaschensammler. Er war ebenfalls in Holzwickede ausgestiegen. Seine prall gefüllte Plastiktüte ließ darauf schließen, dass er ausgestiegen war, um Pfand einzukassieren. Malakoff beschloss, ihn nach dem Weg zu fragen.

Während der Flaschensammler ihm den Weg zum Quellhof erklärte, machte Malakoff sich auf seinem Block Notizen, um nicht wieder alles zu vergessen. Mit einem »Danke« stapfte er dann zur Straße, nicht ohne dem Snackautomaten einen sehnsüchtigen Blick zuzuwerfen.

27 Wär ich doch schon in Hörde ausgestiegen

Die Bahn wurde langsamer und stoppte schließlich ganz. Ich drückte mit meiner freien Hand den Knopf, der dafür sorgte, dass die Türen sich mit einem Zischen öffneten. Wieder schaute ich in meinen Flaschenbeutel. Ich war schon jetzt zufrieden mit meiner heutigen Ausbeute. Dabei war noch nicht einmal Mittagszeit.

Der Mann, der meinen Lieblingsplatz geklaut hatte, war ebenfalls in Holzwickede ausgestiegen. Er stand nun leicht verwirrt schauend neben mir auf dem Bahnsteig. Dann sprach er mich an und fragte nach dem Weg zum Emscherquellhof. Natürlich konnte ich ihm weiterhelfen.

Ich wollte mich gerade selbst auf den Weg machen, als sich mir die Frau mit den blonden Locken, die sich in der Bahn so auffällig unauffällig verhalten hatte, in den Weg stellte. »Was wollte der Mann eben von Ihnen?«

Verwirrt starrte ich sie an. Ich war so überrumpelt, dass ich gar nicht protestierte, sondern sofort stotternd Auskunft gab: »Der wollte den Weg zum Emscherquellhof wissen.«

Sie schien mit meiner Antwort mehr als zufrieden. Dann hielt sie mir einen Polizeiausweis unter die Nase: »Martha Nath, Kripo Dortmund. Ich hätte da ein paar Fragen.«

Wäre ich doch bloß schon in Hörde ausgestiegen, dachte ich.

28 Stalkerin?

Malakoff hatte sein Gespräch mit dem Flaschensammler beendet und stapfte endlich weiter. Wenn seine Befragung erfolgreich gewesen wäre, dachte ich, hätte er sich doch sicher sofort in die nächste Bahn zurück nach Dortmund gesetzt, oder nicht? Was wollte er hier in Holzwickede? Ich musste schnell eine Entscheidung treffen. Wenn ich den Flaschensammler jetzt gehen ließ, würde es vielleicht ewig dauern, ihn wiederzufinden ... Ich lief zu ihm und fragte, was der Mann eben von ihm gewollt habe.

»Der wollte den Weg zum Emscherquellhof wissen«, sagte der Flaschensammler sichtlich überrumpelt. Vielleicht hielt er mich für eine Stalkerin.

Mir fiel ein Stein vom Herzen. Malakoff schien nur zufällig mit dem Flaschensammler geredet zu haben, ohne zu ahnen, dass der ein wichtiger Zeuge war. Außerdem kannte ich jetzt Malakoffs Ziel. Ich entschied daher, erst einmal den Flaschensammler in Bezug auf Miroslavs Todesnacht zu befragen und dann mit einem Taxi zum Emscherquellhof zu fahren. Ich zeigte meinen Polizeiausweis vor und begann mit der Befragung.

»Ich bräuchte zunächst Ihren Namen«, sagte ich.

»Herbert Nicolai«, antwortete der Flaschensammler.

»Ich habe Sie auf einem Überwachungsvideo aus der Hellweg-Bahn von der Nacht zum letzten Sonntag gesehen. Erinnern Sie sich noch an die zwei Jungen, die sich geprügelt haben?«, fragte ich.

»Ja, natürlich! Die haben sich wirklich heftig gestritten. Ich bin mit ihnen in Hörde ausgestiegen. Der eine ist danach noch mit demselben Bus gefahren wie ich.«

Ich wurde ganz aufgeregt: »Welcher der beiden?«

»Er hatte hellbraune ... wie heißen diese verfilzten Haare?«

»Dreadlocks?«

»Genau, die meine ich! Und eine blaue Jacke«, erklärte Herbert Nicolai.

Die Beschreibung passte auf Thomas! »Und Sie sind sich ganz sicher, dass es der Junge aus dem Zug war, der noch mit Ihnen im Bus gefahren ist?«, fragte ich nervös.

»Na hör'n Sie mal! So alt bin ich nun auch nicht! Ich weiß doch wohl, was ich gesehen habe. Er ist hundertprozentig mit dem Bus bis zur Endstation gefahren. Genau wie ich.«

»Vielen Dank! Sie haben mir wirklich sehr geholfen. Schönen Tag noch!«

Schnell lief ich zu einem Taxi, aus dem gerade eine Familie ausstieg, um einen am Bahnhof wartenden Mann stürmisch zu begrüßen. Ich wurde kurz traurig. Ich hätte gern einen Mann gehabt, vielleicht sogar ein Kind, die mich zum Bahnhof brachten, wenn ich zu Fortbildungen musste. Aber leider hatte ich einfach noch nicht den Richtigen gefunden.

Egal, sagte ich zu mir selbst. Du musst jetzt zum Quellhof. Nachdem sich Thomas' Alibi als wasserfest erwiesen hatte, war Malakoff meine letzte Hoffnung auf eine heiße Spur.

Ich fragte den Taxifahrer, ob er mich zum Emscherquellhof bringen könne. Er bejahte und ich stieg ein.

29 Zur Quelle zurück

Wie gern hätte er jetzt etwas gegessen. Ein lecker belegtes Brötchen oder eine Kohlroulade ... Wie war er bloß auf die blöde Idee gekommen, ohne Frühstück loszufahren? Vielleicht traf er ja auf dem Weg einen Essensdealer ... der mit Kohlrouladen dealte! Das wäre es, eine echte Marktlücke! Malakoff musste über seine eigenen Gedanken schmunzeln. Konzentrier dich auf den Fall, herrschte er sich im Stillen selber an. Für Hunger ist jetzt keine Zeit!

Also, sagte sich Malakoff, was hab ich bisher schon rausgefunden und welche Fragen sind noch offen? Miro hatte einen Blog namens Ambiscara. Dem Blog nach zu urteilen könnte Miros Tod ein Unfall infolge einer Mutprobe gewesen sein. Aber wenn es eine Mutprobe war, wäre Miros Kamera am Tatort gefunden worden. Martha Nath hatte nicht den Anschein gemacht, als wüsste sie etwas von einer Kamera. Also doch Mord? Hatte vielleicht dieser Thomas, der auf Marie stand, die Finger im Spiel? Unwahrscheinlich. Auch wenn Marie meine Lieblingsnichte ist, dachte der Detektiv ... dass jemand Miro gleich umbringt, um sich an sie heranzumachen, scheint doch sehr an den Haaren herbeigezogen.

Was war bloß in dieser Nacht passiert, in der Miro sich davongeschlichen hatte, ohne Marie Bescheid zu geben? Als er einfach mitten im schlimmsten Unwetter abgehauen war? Vielleicht gab es Hinweise auf den Filmen der Überwachungskameras in der Hellweg-Bahn. Aber wie sollte er an die gelangen?

Malakoff musste sich eingestehen, dass er auf der Stelle trat. Blieb noch der Quellhof als letzte Hoffnung auf nützliche Informationen.

In dem Moment fuhr ein leeres Taxi an Malakoff vorbei in Richtung Bahnhof. Ein Taxi hätte er ja auch nehmen können, dachte Malakoff. Aber am Bahnhof hatte er keins stehen sehen.

Der alte Bauernhof war schon zu sehen. Wieder so ein schönes Fachwerkhaus, ganz wie in Unna. Malakoff ging einen Schritt schneller und schaute auf die Uhr. Schon elf, dachte er, und außer dem Biss ins Brötchen noch nichts gegessen.

Er klingelte am Tor, das zum Quellhof führte.

»Wer da?«, erklang es aus der Gegensprechanlage.

»Roman Malakoff mein Name. Ich komme im Auftrag von Marie Malakoff, um die Sachen von ihrem Freund Miroslav abzuholen.«

Der Summer ertönte und das Tor ließ sich aufdrücken. Malakoff ging hindurch. Kurz meinte er, aus den Augenwinkeln einen Schatten wahrzunehmen, der ebenfalls durchs Tor glitt. Doch als er sich umdrehte, war dort nichts. Nicht, dass ich anfange zu fantasieren, dachte er. Ich sollte schleunigst etwas essen.

Eine Mitarbeiterin der Emschergenossenschaft bat ihn ins Haus. »Warten sie doch kurz hier, ich hole die Sachen.« Mit diesen Worten verschwand sie hinter einer Tür. Wenig später kam sie mit einem Rucksack wieder, den sie Malakoff reichte.

»Danke«, sagte er. »Ich habe später vielleicht noch ein paar Fragen über Miro und sein Verhalten in den letzten Wochen.«

»Sie können unsere Kollegen gern ansprechen. Und sich natürlich auch auf dem Gelände umschauen.«

Nachdem die nette Frau wieder hinter der Tür verschwunden war, hockte Malakoff sich auf den Boden des Eingangsbereiches (der eine Fußbodenheizung hatte, wie er erfreut feststellte) und fing an, den Rucksack auszuräumen. Im kleinen Fach fand er ein Schweizer Taschenmesser und den üblichen Kleinkram: einen Kuli, eine angebrochene Kaugummipackung, Taschentücher.

Im großen Fach war eine Sprühdose, auch das war für Miro nichts Ungewöhnliches. Eine Spraydose dabei zu haben, gehörte sich eben für einen Graffiti-Künstler, vermutete Malakoff.

Im Seitenfach des Rucksacks jedoch machte er einen Fund, der ihn innehalten ließ. Eine kleine Videokamera. Das musste die sein, mit der Miro seine Mutproben gefilmt hatte. Wenn die Kamera aber in der Nacht von Samstag auf Sonntag hier im Rucksack gelegen hatte, war eine Mutprobe als Todesursache ausgeschlossen. Oder hatte er dieses Mal eine andere Kamera benutzt? Nein. Elisas Worte klangen Malakoff im Ohr: *Die Kamera war ein Talisman. Ohne die hätte er keine Mutprobe durchgezogen.*

Also war keine Mutprobe der Grund für Miros Tod. Malakoff seufzte. Ein Punkt weniger auf seiner Liste. Eine weitere Spur, die ihn nicht weitergebracht hatte.

Er stand auf, schaute sich um. Rechts und links standen Schaukästen mit Infos zum Haus und zur Emscher. Die Emscher, Miros nasses Grab. Welche Rolle spielte sie in dem Fall? Gedankenverloren betrachtete Malakoff die Infokästen.

Dann stutzte er. Hatte er richtig gelesen? Ja, tatsächlich! Aufgeregt fing Malakoff an, den Erläuterungstext unter der Überschrift *AMBISCARA* zu lesen:

Bedeutung: zwei Gesichter, zweigesichtig
Hintergrund: Die Emscher wurde aufgrund ihrer Wandlungsfähigkeit früher auch ‚Ambiscara' genannt. Dies kommt daher, dass sie in trockenen Zeiten ein kleiner Bach ist, bei Unwetter allerdings zu einem reißenden Strom anschwillt. So wird die sonst so ungefährliche Emscher zu einem unberechenbaren, manchmal tödlichen Fluss.

Malakoff runzelte die Stirn. Was wollte ihm diese Erklärung über Miro sagen? Warum hatte er seinem Blog diesen Namen gegeben? Kaum war eine Frage beantwortet, folgte schon die nächste. Natürlich, es konnte sein, dass er einfach so ein großer Fan der Emscher war, dass er sich deshalb nach ihr benannte. Malakoff musste schmunzeln, als er an Elisas *I-love-Emscher*-T-Shirt dachte. Die Einstellung der jungen Leute zur Emscher war offenbar nicht mehr die, die Malakoff als junger Kerl noch gehabt hatte. Vermutlich, weil sie heute kein betonierter Abwasserkanal mehr war, sondern – zumindest im östlichen Ruhrgebiet – wieder ein sauberer, schöner Fluss. Doch reichte das als Grund, um seinen Blog danach zu benennen?

Vielleicht konnten die Mitarbeiter des Quellhofs ihm weiterhelfen. Malakoff machte sich auf die Suche. Er wurde schnell fündig und sprach (nach einem kurzen Blick auf das Namensschild) einen Herrn an: »Guten Tag, Herr Schmidt, können Sie mir vielleicht etwas über Miro erzählen, der hier Praktikant war? Ich ermittle wegen seines Todes.«

»Was woll'n Se denn wissen, Herr ...?«

»Malakoff. Roman Malakoff. Erzählen Sie einfach, was Ihnen einfällt. Wie er so war. Was ihnen aufgefallen ist. Welchen Bezug er zur Emscher hatte.«

»Oh, hm ... Lassen Se mich mal nachdenken ... Der Miro war oft sehr still. Nur wenn's um die Emscher ging, da hat er uns regelrecht mit Fragen gelöchert. Seine Pausen hat er allein verbracht. Nicht, weil wir ihn nicht gemocht hätten, war ein netter Kerl, aber war wohl lieber für sich.«

Herr Schmidt zeigte aus dem Fenster, als er fortfuhr: »Da hinten war er gern. Am Quellteich vorbei, bei der kleinen Holzbrücke. Saß da, in Richtung Wasser und hat in die Ferne geblickt. Hab mich manchmal gefragt, ob er erstarrt ist, der Miro. Aber war fleißig, hat immer angepackt, wenn was zu tun war. Hilft Ihnen wahrscheinlich alles nicht viel.«

»Doch, doch, Sie haben mir weitergeholfen, danke.«

»Keine Ursache, helf' doch gern, Miros Tod aufzuklären. War doch so ein feiner Kerl.«

Malakoff lief am Quellteich vorbei und auf einem kleinen Weg die Emscher entlang, die hier in unmittelbarer Nähe der Quelle wirklich ein winziges Bächlein war. Schließlich bog er auf eine kleine Holzbrücke ab. Es war im Grunde genommen keine richtige Brücke, denn sie führte nicht zum anderen Ufer, beziehungsweise endete sie auf der anderen Uferseite mit einem Geländer, das den Zugang auf das Feld dahinter versperrte. Eine Sackgasse, dachte Malakoff. Wie jede Spur in diesem Fall.

Er schaute sich um. Auffallend war der Weißdorn, dessen rote Beeren im Kontrast zu den noch grünen Blättern standen. Trotzdem: Was hatte Miro hier dauernd hingezogen? Malakoff machte zwei weitere Schritte auf die Brücke und schaute sich um. Nichts Auffälliges außer der Aussicht. Die war wirklich schön. Malakoff versuchte sich den Jungen vorzustellen, wie er hier still saß und in die Ferne blickte.

Die Beschreibung, die Herr Schmidt von Miro gegeben hatte, wollte so gar nicht zu dem Eindruck passen, den Malakoff selbst von dem Freund seiner Nichte bekommen hatte. Und erst recht nicht zu dem lebensfrohen Jungen, der in seinem Blog fast schon überdreht über Mutproben geschrieben hatte. Als hätte Miro zwei Gesichter ...

Ambiscara!, dachte er.

Im selben Moment rutschten seine Füße auf einem der nassen Bretter weg, und Malakoff schlitterte seitwärts auf das Geländer zu. Beim Versuch, sich daran festzuhalten, gab es nach und Malakoff fiel in die Emscher.

So ein Mist! Schnell wollte er aufstehen. Doch etwas unter der Brücke erregte seine Aufmerksamkeit. Dort, unter den Brückenbohlen, zwischen Stützpfeiler und Querstrebe, klemmte es. Er stand auf, watete zu der Stelle und schaute sich das Ding genauer an. Es war offenbar ein Buch, gut in Plastiktüten verpackt und mit Panzerband unter der Brücke befestigt. Schnell löste er das Klebeband und kletterte zurück auf die Brücke. Er öffnete die Tüte. Neben dem Buch – anscheinend ein Notiz- oder Tagebuch – kam auch noch ein Stift zutage. Malakoff freute sich. Von wegen Sackgasse!

Gerade als er die erste Seite aufschlagen wollte, hörte er eine Stimme hinter sich.

Erschrocken fuhr er herum.

Martha Nath!

30 Herr und Frau Malakoff

Mit lautem Knacksen und Krachen gab das Geländer der kleinen Emscherbrücke nach. Von meinem Beobachtungsposten zwischen den hohen Pflanzen des angrenzenden Feldes aus hatte ich einen Platz in der ersten Reihe beim Theaterstück »Roman Malakoff fällt in die Emscher«.

Tatsächlich war der nervige Privatschnüffler offenbar auf den Holzbohlen ausgeschmiert, krachte durch das Geländer und platschte einen Meter tiefer ins Nasse. Ich hörte ihn lauthals fluchen und biss mir auf die Fingernägel, um nicht in lautes Gelächter auszubrechen. Fast wäre mein frisch gefeilter Zeigefingernagel draufgegangen. Manchmal hatte ich einen härteren Biss, als mir lieb war.

Ich war im Fall Miroslav zwar keinen Schritt weiter. Aber Malakoffs Sturz mitzuerleben war die Verfolgung allemal wert gewesen.

Doch was war das? Statt gleich wieder aus dem Wasser zu klettern, streckte Malakoff den Arm aus und fingerte zwischen den Holzpfeilern der maroden Brücke herum. Er förderte ein Päckchen zutage. Zurück auf der Brücke öffnete Malakoff es vorsichtig. Zum Vorschein kam ein abgewetztes Buch. Das musste ein wichtiges Beweisstück sein, denn ich sah die Freude in Malakoffs Gesicht aufleuchten.

Gerade wollte er mit seinen vermutlich noch emschernassen Händen das Buch aufschlagen, da hielt ich es nicht mehr aus. Ich hatte zwar keine Ahnung, ob dieses Buch wirklich mit dem Fall Miroslav zu tun hatte, aber ich konnte kein weiteres Risiko eingehen: »He, stopp, das ist ein Beweisstück! Das müssen Sie der Polizei übergeben!«

Malakoff blickte überrascht auf: »Was machen Sie denn hier?« Er runzelte die Stirn. »Vor allem da im Feld. Sie haben mich doch nicht etwa beschattet, oder?«

»Wieso sollte ich Sie denn bitte beschatten? So etwas zu unterstellen ist ja fast Beamtenbeleidigung!«, log ich bellend. »Und jetzt fordere ich Sie erneut auf, mir dieses Buch zu geben!«

»Bestimmt nicht, Sie Schnüfflerin! Miros Tagebuch geht in erster Linie mich als Finder, aber vor allem Miros Eltern und Marie etwas an!«, verschanzte sich Malakoff.

Miroslavs Tagebuch! Mein Herz klopfte schneller vor Aufregung. Ich musste es haben. Dieser sture Esel konnte einen echt zur Weißglut treiben. Obwohl seine Sturheit nicht unbedingt gegen ihn sprach. Ich mochte Männer mit starkem Charakter.

Martha, du bist verdammt noch mal im Dienst, konzentriere dich auf das Wesentliche!, herrschte ich mich an.

Laut sagte ich: »So fangen wir gar nicht erst an, Freundchen. Ich habe im Gegensatz zu Ihnen eine Dienstwaffe dabei und vor allem tue ich hier nur meine Arbeit. Und jetzt geben Sie mir das Tagebuch, aber dalli!«

»Ganz ruhig, meine liebe Frau Nath, wir wollen doch nicht gewalttätig werden! Ich bringe das Buch jetzt zu Miros Eltern. Und Sie können gern Ihre Arbeit tun, aber ohne mich!« Entschlossen wandte Malakoff sich ab und stiefelte mit nassen Hosenbeinen und nassem Hosenboden den breiten Pfad in Richtung Quellhof davon.

»Wo bleibt Ihr Respekt gegenüber einer Kommissarin? Geben Sie mir sofort Miroslavs Tagebuch, Sie unverfrorener Privatschnüffler!«, keifte ich ihm nach.

»Sie haben recht, vor Ihnen fehlt es mir an Respekt und deshalb gehorche ich auch nicht«, antwortete Malakoff bestimmt und beschleunigte sein Lauftempo.

Trotz meiner guten Kondition hatte ich Mühe, ihn einzuholen.

»Ich hab keine Lust, Ihnen noch länger nachzulaufen, Malakoff. Jetzt halten Sie doch mal an!«, befahl ich, doch er hatte das Grundstück bereits durch das Gittertor verlassen und zückte sein Handy. Ein Smartphone! Ich war erstaunt.

Aus Höflichkeit gegenüber seinem Gesprächspartner hielt ich den Mund, während der Detektiv nach umständlichem Wählen das Mobiltelefon ans Ohr hielt.

»Hallo, bin ich richtig bei Taxi Theobald? Roman Malakoff hier. Ich würde gerne ein Taxi zum Emscherquellhof in Holzwickede bestellen.«

Die Antwort konnte ich nicht hören, doch sie schien Malakoff zufrieden zu stellen. »Prima, dann erwarte ich Sie in zehn Minuten vor dem Tor!«, schloss er das kurze Telefongespräch.

»Und jetzt zu Ihnen, liebe Martha! Sie können meinetwegen mit zum Bahnhof kommen. Sie sind ja auch mit der Bahn da, wie es mir scheint. Aber die Taxifahrt zahlen Sie zur Hälfte. Und danach trennen sich unsere Wege endgültig, verstanden?«

»Nettes Angebot«, erwiderte ich eisig. »Aber ich darf gehen, wohin ich will, da sind wir uns doch hoffentlich einig. Und da ich gerne selbst noch mit Miros Eltern ein Wort wechseln würde, treten wir wohl oder übel den gleichen Weg an.«

»Da lässt sich dann wohl nichts machen«, antwortete Malakoff.

Wenig später rollte ein gelbes Taxi auf den Vorhof. Malakoff hielt mir die Beifahrertür auf und klemmte sich beim Zuschlagen fast die Finger ein. Mit den triefenden Hosen gab er ein ziemlich lachhaftes Bild ab, aber ich war im Dienst. Da gab es nichts zu lachen. Er selber nahm hinter mir Platz.

»Herr und Frau Malakoff«, begrüßte uns der Fahrer, »wohin soll es denn gehen?«

»Tut mir leid, Sie enttäuschen zu müssen«, nahm ich das Ruder in die Hand. »Aber wir sind nicht verheiratet und auch kein Paar! Und wir würden gern zum Bahnhof von Holzwickede.«

Aus den Augenwinkeln nahm ich wahr, dass Malakoff den zum Sprechen geöffneten Mund wieder schloss und zustimmend nickte.

»Verzeihung! Zum Bahnhof, geht klar«, erwiderte der Taxifahrer und drehte die Musik lauter. Auf der restlichen Strecke wechselte niemand von uns ein Wort, nur das Dudeln des Radios war zu hören. Am Bahnhof angekommen bezahlten Malakoff und ich jeweils die Hälfte der Fahrtkosten. Der Wolkenvorhang ließ nicht den schmalsten Sonnenstrahl hindurch.

»Dann warten wir mal auf die nächste Bahn Richtung Unna«, sagte ich, um dem Detektiv nicht völlig wortlos gegenüberzustehen.

»Genau, und zwar getrennt!«, sagte Malakoff abweisend und setzte sich weit entfernt auf eine Sitzbank. Na gut, ich ließ mich auf die Bank daneben fallen. Der Bahnhof war verlassen, nur ein verloren wirkendes kleines Mädchen mit prallem Schulrucksack wartete auf einem anderen Steig. Blätter tanzten im Wind. Malakoff blätterte in Miros Tagebuch.

Ich seufzte. Wenn *ich* das Buch gefunden hätte, wäre der Fall längst geklärt und die Beförderung in meiner Tasche. Dieser Traum zerplatzte wie eine Seifenblase, als quietschend die Hellweg-Bahn vor mir hielt.

Ich drückte den grün aufleuchtenden Knopf und klappernd öffneten sich die Türen. Malakoff tat es mir an einer der anderen Türen gleich und wir betraten gleichzeitig den Zug. Ich suchte mir einen Platz, von wo aus ich den Privatdetektiv gut im Blick hatte. Er durchblätterte interessiert Seite für Seite das Tagebuch und las so langsam, als ob er jeden Buchstaben einzeln entzifferte.

Wenn ich das Buch doch nur hätte, dachte ich.

31 Gutes Zeichen

Der Flaschenbeutel war endlich wieder leer. Ich wartete in Holzwickede auf meine Bahn. Noch fünf Minuten. Ich schaute mich nach herumliegenden Flaschen um. Im Mülleimer wurde ich fündig. Aber die Flasche fiel mir fast aus der Hand, als ich die merkwürdige Kommissarin, die mich vorhin befragt hatte, auf den Bahnsteig treten sah. Sie war in Begleitung dieses Mannes, der neuerdings ständig in meiner Bahn herumlungerte. Sie kamen zusammen, warteten dann aber getrennt auf en Zug.

Manche Menschen waren doch wirklich seltsam. Mir blieb nur kurz Zeit, mich darüber zu wundern, dann fuhr die Bahn langsam ein. Die Türen öffneten sich mit einem Zischen und die beiden stiegen ein, genau wie ich. Ich beeilte mich, da ich sah, dass mein Lieblingsplatz frei war. Die Frau und der Mann setzten sich ein Stück voneinander entfernt. Ihr Verhalten blieb mir ein Rätsel. Vielleicht ein verkrachtes Ehepaar?

Der Mann holte ein Buch aus seiner Tasche und fing an, es langsam durchzublättern. Kurz vor Unna klappte er es zu, steckte es wieder in die Tasche zurück und kramte stattdessen sein Handy hervor. Ich hatte kaum Zeit, mich wieder über diese Mistdinger und das ewige Telefonieren in der Bahn aufzuregen, denn der Zug fuhr bereits in den Bahnhof Unna ein, wo die Kommissarin und der Mann ausstiegen.

Wo der Mann gesessen hatte, schaute ich in den Mülleimer und fand dort tatsächlich eine Flasche. Das wertete ich als gutes Zeichen für den Nachmittag.

32 Außer Atem

Eine kühle Frauenstimme verkündete Unna als nächstes Ziel. Die Bahn hielt quietschend. Ich erhob mich und trat auf den Bahnsteig hinaus. Malakoff witschte erst in letzter Sekunde mit Handy am Ohr und Buch in der Jackentasche aus der Hellweg-Bahn.

»Dann kommst du jetzt gleich zu Miros Eltern, Marie? Super! Tschüss«, waren die letzten Worte, ehe er auflegte.

»Und, was steht im Tagebuch?«, versuchte ich ihm Infos zu entlocken.

»Genug, um schlussfolgern zu können, wie Miro ums Leben gekommen ist«, sagte Malakoff.

Was? Nein, das konnte doch nicht wahr sein! Dieser Dickwanst hatte doch nicht etwa den Fall gelöst? Nein, nein, nein! Ganz ruhig, Martha, das ist völliger Quatsch, was der da sagt! Ich folgte ihm die Treppe hinunter zum Ausgang durch eine übel riechende Unterführung.

»Sicher doch«, sagte ich spöttisch, »als ob Sie das so schnell hätten aufklären können.«

»Wenn Sie's nicht glauben, was soll's?« Achselzuckend betätigte Malakoff den Aufzugknopf am Ende des Ganges. Die Glastüren öffneten sich surrend und er betrat den Fahrstuhl. »Pff«, schnaubend joggte ich die Stufen der Treppe hinauf, die direkt neben dem Aufzug aus dem Bahnhof führte, und kam noch vor Malakoff oben an. Ohne ihn eines Blickes zu würdigen, trat ich den kurzen Fußmarsch zum Haus von Miroslavs Eltern an. Dort angekommen blieb ich unschlüssig stehen und drehte mich um. Von Malakoff noch immer nichts zu sehen. Sollte ich einfach klingeln? Aber was hätte ich den Eltern dann erzählen sollen? Dass Malakoff auf dem Weg hierher sei, mit dem Tagebuch ihres Sohnes, von dem ich selbst nicht wusste, was darin stand?

33 Wer ist hier der Elefant?

Als Malakoff in den Aufzug stieg, war er tief in Gedanken versunken. Bis er das Tagebuch gefunden hatte, hatten alle Spuren in die Irre geführt. Nun hatte er zwar immer noch keine endgültige Gewissheit, aber das Tagebuch bot einen plausiblen Erklärungsansatz. Er wusste, dass es damit ein wichtiges Beweismittel war. Doch er sträubte sich, Martha Nath das Buch zu überlassen, ehe nicht Miros Eltern und Marie es hatten lesen können.

Aber er fragte sich, wie er es Miros Eltern überbringen sollte. Ihnen daraus vorlesen? War es überhaupt richtig, sie unvorbereitet mit dem Seelenleben ihres Sohnes zu konfrontieren? Würde es sie nicht zu tief erschüttern? Malakoff kannte Miros Eltern nur flüchtig, hatte sie wenige Male auf Feiern getroffen. Er hatte das Gefühl, dass er ihnen das Buch nicht einfach so in die Hand drücken konnte. Dass er Miros Gedanken schützen und die Übergabe würdig gestalten musste. Es waren schließlich die intimsten Gedanken ihres Sohnes. Geschenkpapier wäre sicher unpassend. Aber zumindest einpacken müsste er das Buch doch.

Malakoff betrat den kleinen Schreibwarenladen am Bahnhof in Unna in der Hoffnung, dort eine geeignete Verpackung zu finden.

Martha Nath empfing Malakoff vor dem Haus von Miros Eltern. Als sie den Umschlag in Malakoffs Hand erspähte, zog sie eine Augenbraue hoch: »Was soll das denn? Geben Sie ihnen das Tagebuch doch einfach so. Wozu der blöde Umschlag?«

»Ich glaube, von uns beiden sind Sie der Elefant«, sagte Malakoff vorwurfsvoll und fuhr dann versöhnlicher fort: »Wissen Sie, ich glaube, wenn ich ihnen das Tagebuch einfach so in die Hand drücke, wäre das primitiv. Es ist ja nicht irgendein Buch, sondern das Tagebuch ihres verstorbenen Sohnes. Wenn ich es ihnen verpackt überreiche, gibt es dem Ganzen noch einen Hauch von Würde. Wenn etwas verpackt ist, dann will man es doch nur schützen. Finden Sie nicht, dass Miros Tagebuch etwas Schützenswertes ist?«

»Da haben Sie wohl recht«, musste Martha zugeben und hätte Malakoff fast anerkennend auf die Schulter geklopft. Wenn sie die traurigen Nachrichten, die sie den Hinterbliebenen immer wieder zu übermitteln hatte, doch auch wenigstens in große, braune Umschläge stecken könnte.

Für Malakoff fühlte es sich wie ein Ritterschlag an, dass Martha ihm zustimmte. Das hätte er nie erwartet.

»Und?«, fragte Martha. »Was ist jetzt die Lösung des Falles? Was werden Sie den Eltern sagen?«

»Ich denke, dass Miro es seinen Eltern selbst sagen sollte«, sagte Malakoff. »Seine letzte Botschaft.«

Martha bohrte nicht weiter nach. Natürlich wollte sie wissen, was die Lösung des Falles war. Aber jetzt konnte sie auch genauso gut warten, bis sie selbst die Antwort in Miroslavs Tagebuch lesen würde. Ob sie nun sofort oder erst im Laufe des Tages die Antwort wüsste, nichts davon würde den Tod eines jungen Mannes ungeschehen machen.

Sie atmeten beide einmal tief durch, ehe Malakoff klingelte.

»Ich möchte gar nicht lange drum herumreden«, erklärte Malakoff, nachdem Miros Mutter die Tür geöffnet und die beiden ins Wohnzimmer gebeten hatte, wo Marie und Miros Vater warteten. Er hielt den braunen Papierumschlag hoch: »Das hier ist Miroslavs Tagebuch. Es gibt recht eindeutig Antworten auf die Fragen nach den Umständen von Miroslavs Tod.«

»Sein Tagebuch«, sagte Miroslavs Mutter und starrte auf den braunen Umschlag in Malakoffs Hand.

Er nickte. Dann reichte er ihr den Umschlag: »Wir lassen Sie jetzt erst einmal alleine.«

Malakoff und Martha gingen schweigend. Malakoff hatte ihr in groben Zügen erklärt, was er im Tagebuch gelesen hatte. Von den Problemen mit Thomas, die Miro darin beschrieben hatte. Und davon, dass Malakoff den Verdacht hegte, Miro hätte unter einer manischen Depression gelitten. Martha war wie benommen. Später würde sie das Tagebuch bei Miroslavs Eltern abholen. Es blieb dabei: Das Tagebuch war ein wichtiges Beweismittel. Aber erst sollten Marie und Miroslavs Eltern es in Ruhe lesen dürfen.

Malakoff und Martha wollten die Zeit in einem Café in der Nähe überbrücken, in dem es, laut Aussage Malakoffs, hervorragenden Kuchen gab. Zwei Stück zum Preis von einem.

34 Miros Tagebuch

23.08.2014
Letzte Nacht war ich mit Thomas sprayen. Das haben wir schon lange nicht mehr gemacht. Ich hatte meist einfach keine Lust. Keine Ahnung, warum. Auch heute Nacht hatte ich eigentlich keine Lust gehabt, aber Thomas wollte es unbedingt.

Als ich gerade erst angefangen hatte, tauchte die Polizei auf. Ich war so voller Panik, dass ich einfach stehen blieb. Wie dumm von mir! Aber wie hätte ich auch damit rechnen sollen? Thomas hatte mich nicht gewarnt, dabei sollte er doch eigentlich Wache halten. Er hatte mich im Stich gelassen wie alle anderen auch.

Die Polizisten haben mich gefragt, ob ich alleine war. Ich war so wütend auf Thomas, dass ich gesagt habe, dass er dabei war. Ich hätte das nicht tun sollen. Damit hab ich unsere Freundschaft kaputt gemacht.

Ich mach auch alles kaputt.

Nach dem Verhör nahm die Polizei mich mit zu meinen Eltern. Diese Idioten! Ich wollte gar nicht zu denen.

Nachdem die Polizei meinen Eltern erzählt hatte, was passiert war, haben die mich voll zur Schnecke gemacht. Ich soll die Geldstrafe selbst bezahlen. Dabei hab ich doch überhaupt gar kein Geld. Ich mach ein unbezahltes Praktikum. Das Praktikum könne ich dann halt nicht weitermachen, hat mein Vater gedroht. Ich solle mir halt einen Job suchen, bei dem ich was verdiene. Aber ist mir doch egal. Sollen meine Eltern doch selbst sehen, wie sie an das Geld kommen.

Sie haben ja immer was an mir zu meckern. Ich bin ihnen doch nie gut genug.

Kann ich aber irgendwie auch verstehen. Als Sohn hab ich versagt. Deswegen gehe ich ihnen aus dem Weg. Um sie nicht zu verletzen mit meinem Verhalten. Mit dem Sprayen und den Mutproben. Die neuste Herausforderung von Elisa: Ich soll mich auf ein Gleis legen, warten bis ein Zug kommt und so lange liegen bleiben, wie ich kann. Ich will diese Mutprobe machen. Ich kann das, ich bin doch kein Feigling!

Aber was wird Marie dazu sagen? Ich erzähl ihr lieber nichts davon, sonst kriegt sie nur Angst. Und auch daran wäre wieder ich Schuld.

So wie beinahe immer schlafe ich heute wieder bei Marie. Manchmal frage ich mich, ob Marie und ihre Mutter mich überhaupt so oft bei sich haben wollen. Ich bin bestimmt eine Last und nervend. Wieso tue ich ihnen das an? Ich wohne ja eigentlich gar nicht da. Lieg denen nur auf der Tasche. Es wäre besser, wenn ich alle in Ruhe lassen würde.

Aber ich weiß nicht, wo ich sonst hin soll.

Wenn mich Marie und ihre Mutter nicht mehr bei sich haben wollten, könnten sie mich doch auch einfach rauswerfen. Bestimmt machen sie das nur aus Mitleid nicht. Aber ich will kein Mitleid. Von niemandem. Ich brauch das nicht.

19.09.2014
Ich hab die Mutprobe gemacht.

Ich wollte liegen bleiben, ich bin auch beinahe liegen geblieben. Dieses Gefühl, dass gleich alles vorbei sein würde, war so befreiend. Keine Probleme mehr, alles wäre gelöst.

Bloß wollte ich es dann Marie nicht antun.

Aber ich hätte es tun sollen.

Als ich vorhin meine E-Mails gecheckt habe, war eine von Thomas dabei, in der stand, dass er mich verprügeln wird. Ich wär' so ein Verräter. Wie ich ihn so hätte verpfeifen können. Er würde das Marie erzählen, damit die auch weiß, was für ein Verräter ich bin. Und dass mich Marie sowieso nicht mehr will, wenn er mit mir fertig ist.

Was soll ich denn jetzt tun?

Soll ich Marie selbst davon erzählen?

Wenn ich das tue, kriegt sie wieder Angst. Und daran wäre wieder ich Schuld.

Thomas ist verknallt in sie. Ich weiß das, man sieht es ihm an, wenn er in ihrer Nähe ist. Bestimmt will er mir Marie ausspannen. Bestimmt ist er deshalb weggerannt, als er eigentlich Schmierestehen sollte. Thomas will mich doch nur fertig machen. Alle sind gegen mich. Kein Wunder. Ich verbock ja auch alles.

Ich hätte den Polizisten nichts sagen sollen. Es ist alles meine Schuld. Hätte ich nichts gesagt, dann hätte ich jetzt diese ganzen Probleme nicht.

Wieso muss mir immer so was passieren?

Am einfachsten wäre es, wenn ich gar nicht mehr leben würde. Dann wären alle anderen glücklich.

Ich will das alles nicht mehr.

Und ich kann das auch nicht mehr.

24.10.14

Ich bekomme immer noch Mails von Thomas. Er hört einfach nicht auf. Droht weiterhin, dass er mich verprügeln will. Dabei ist Thomas gar nicht mein eigentliches Problem. Sondern diese Traurigkeit, die mich immer wieder überfällt. Die schon lange vor der Sache mit Thomas da war. Dieses Gefühl, dass doch eigentlich alles egal ist.

Ich will nicht mehr. Ich leide jeden Tag.

Ich könnte alles so einfach zu Ende bringen.

Warum tue ich es nicht?

Die Emscher wäre ein guter Ort. Sie ist so wechselhaft. Ganz ruhig. Und im nächsten Moment total aufbrausend und wild. Manchmal richtig gefährlich. So wie ich.

Ich kann nichts dafür. Ich will ja auch gar nicht so sein. Oft bin ich abweisend, aber ich kann nicht anders. Ich wohne immer noch bei Marie und ihrer Mutter. Im Grunde genommen hab ich überhaupt kein Zuhause. Ich bin wie ein Waisenkind und fühl mich allein.

Jeden Tag hab ich Angst, dass wieder irgendein Scheiß passieren könnte. Und dann passiert auch was.

Warum immer ich? Wann hat das ein Ende?

All diese Fragen, auf die es keine Antwort gibt.

Doch es gäbe eine Lösung, die alle Probleme auf einmal beseitigen würde. Die mich glücklich machen würde.

Doch was ist danach? Was, wenn es nach dem Tod genauso schlimm ist wie jetzt? Obwohl ich mir das nicht vorstellen kann.

Denn diesen Moment, von allem befreit zu sein, hatte ich schon mal. Beim Planking, als ich kurz überlegt hab, einfach liegen zu bleiben.

Ich wünschte, ich wäre liegen geblieben.

Между нами – Zwischen uns

Действующие лица	**Personen**
Элла Димитри, 17 лет	Ella Dimitri, 17 Jahre
Галина Димитри, бабушка Эллы	Galina Dimitri, Ellas Oma
Катя Димитри, двоюродная сестра Эллы, 16 лет	Katja Dimitri, Ellas Cousine, 16 Jahre
Эмшер, река в Германии	Emscher, Fluss in Deutschland
Наташа Димитри, мать Эллы	Natascha Dimitri, Ellas Mutter
Иван Димитри, отец Эллы	Iwan Dimitri, Ellas Vater
Илья Алексеевич Лайфаров, 19 лет	Ilja Aleksejewitsch Lajfarow, 19 Jahre
Ольга Алексеевна Лайфарова, сестра Ильи, 14 лет	Olga Aleksejewna Lajfarowa, Iljas Schwester, 14 Jahre
Мария (Маша) Петровна Лайфарова, мать Ильи и Ольги	Marja (Mascha) Petrowna Lajfarowa, Iljas und Olgas Mutter
Феликс Лук, друг Эллы, 17 лет	Felix Luck, Ellas Freund, 17 Jahre
Подруга 1, подруга Эллы	Freundin 1, Ellas Freundin
Подруга 2, подруга Эллы	Freundin 2, Ellas Freundin
Подруга 3, подруга Эллы	Freundin 3, Ellas Freundin
Алекс, друг Ильи, 19 лет	Alex, Iljas Freund, 19 Jahre
Соседка Ильи	Iljas Nachbarin
Барселона, кошка Ильи	Barcelona, Iljas Katze
Алина, подруга Алекса	Alina, Alex' Freundin
Человек в поезде	Mann im Zug
Вера Димитри, мать Кати	Vera Dimitri, Katjas Mutter
Саша Димитри, отец Кати	Sascha Dimitri, Katjas Vater
Виктор	Viktor
Сергей, друг Виктора	Sergej, Freund von Viktor
Друг Виктора	Ein Freund von Viktor
Кошка в Нижнем Новгороде	Katze in Nischni Nowgorod
Незнакомец	Unbekannter

Сцена 1 // Германия // Кастроп-Рауксель

На чердаке. Сумеречно. Повсюду всякий хлам: коробки, пара предметов мебели, в углу, будто спрятанный, запылённый чемодан.

Элла поднимается на чердак, оборачивается в дверном проёме.

Элла: *(кричит)* Бабушка, я уже на чердаке! *(проходит в середину помещения,осматривается)* Ва-а-у-у, сплошная готика. *(пересекает комнату)* Здесь могла бы стоять моя кровать, а здесь ... Фу! Паутина! *(отступает)* Бабуля могла бы и убраться здесь! *(отступает назад, спотыкается о запылённый чемодан, чемодан опрокидывается, Элла падает)* А! Блин! *(поднимается, стряхивает пыль с джинсов, наклоняется, чтобы осмотреть чемодан, стирает с него пыль, показывается большая буква «В», тихо смеётся)* «В» – винтаж до самого верха. *(хочет приподнять чемодан и отставить в сторону, тут он раскрывается, различные предметы с шумом высыпаются на пол)* О, нет! *(хватает предмет одежды, который выпал из чемодана)* Эй, крутая куртка. *(кладёт куртку в сторону, встаёт на колени перед чемоданом)* Что это всё за барахло? *(берёт газету)* По-русски. *(листает)* 1995 ... меня тогда ещё и на свете не было. *(читает заголовок)* Виктор «Молоток» уплывает от всех. *(качая головой)* Кому это может быть интересно? *(берёт грамоту, читает)* 1-ое место. Чемпионат по плаванию, Виктор Кузнецов ... *(бормочет)* Снова Виктор ... *(держит в руках видеокассету, разглядывает её с удивлением)* Такое ещё существует? *(кричит в сторону двери)* Бабушка, у тебя есть видеомагнитофон? *(не дождавшись ответа, откладывает кассету в сторону)* Может, позже когда-нибудь посмотрю. *(роется в чемодане, кончиками пальцев держит зубную щётку)*. Фу-у! *(бросает щётку на пол, берёт пачку писем, развязывает ленту, которой они перевязаны, бормочет)* Тоже по-русски. Дорогой Виктор, я скучаю по тебе ... Да кто же этот Виктор? Друг бабушки? Вау ... так много писем. Такая большая любовь ... *(смотрит удивлённо в чемодан)* О, вау! Как круто! *(достаёт из чемодана револьвер, держит его перед собой, взвешивает его на ладони, целится в потолок)* А вдруг он заряжен? *(быстро кладёт револьвер в сторону, берёт из чемодана толстую пачку денег)* Доллары ... Почему здесь валяется так много денег? *(перелистывает пачку, испуганно)* Ужас! Кровь? *(быстро кладёт деньги рядом с револьвером, медлит, снова роется*

Szene 1 // Deutschland // Castrop-Rauxel

Auf einem Dachboden. Es ist dämmrig. Hier und da steht Gerümpel herum: Kartons, ein paar Möbel, etwas versteckt in einem Winkel ein verstaubter Koffer.

Ella betritt den Dachboden, dreht sich im Türrahmen noch einmal um.

Ella: *(ruft)* Babuschka, ich bin schon mal auf dem Dachboden! *(geht in die Mitte des Raumes, blickt sich um)* Woahhh, total die Gothic-Location. *(durchquert den Raum)* Hier könnte mein Bett stehen und hier ... Bah! Spinnweben! *(weicht zurück)* Oma könnte hier mal putzen! *(stolpert dabei rücklings über den verstaubten Koffer, der Koffer fällt um, Ella stürzt zu Boden)* Aua. So ein Mist! *(rappelt sich hoch, klopft Staub von ihrer Jeans, beugt sich vor, um den Koffer zu begutachten, wischt Staub vom Koffer, ein großes »V« kommt zum Vorschein, lacht leise)* V – wie voll vintage. *(will den Koffer anheben und beiseite stellen, da klappt er auf, Gegenstände poltern zu Boden)* Oh, nee! *(greift nach einem Kleidungsstück, das aus dem Koffer gefallen ist)* Hey, coole Jacke. *(legt die Jacke beiseite, kniet sich vor den Koffer)* Was ist das denn alles für ein Zeug? *(greift nach einer Zeitung)* Russisch. *(blättert darin)* 1995 ... da war ich ja noch gar nicht auf der Welt. *(liest eine Schlagzeile vor)* Viktor »Molotok« schwimmt allen davon. *(kopfschüttelnd)* Wer interessiert sich denn für sowas? *(greift nach einer Urkunde, liest)* 1. Platz, Schwimmmeisterschaft, Viktor Kusnezow ... *(murmelt)* Wieder Viktor ... *(hält eine VHS-Videokassette hoch, betrachtet sie erstaunt)* Sowas gibt's noch? *(ruft in Richtung Tür)* Babuschka, hast du einen Videorekorder? *(als keine Antwort kommt, legt sie die Kassette beiseite)* Guck ich mir vielleicht irgendwann mal an. *(wühlt im Koffer, hält eine Zahnbürste mit spitzen Fingern hoch)* Igitt! *(wirft die Zahnbürste zu Boden, greift nach einem Stapel Briefe, löst das Band, mit dem sie zusammengebunden sind, murmelt)* Auch auf Russisch. Lieber Viktor, ich vermisse dich ... Wer ist bloß dieser Viktor? Ein Freund von Oma? Wow ... so viele Briefe. So viel Liebe ... *(schaut überrascht in den Koffer)* Oh, wow! Wie cool. *(zieht einen Revolver aus dem Koffer, hält ihn hoch, wiegt ihn in der Hand, zielt an die Decke)* Ob der geladen ist? *(legt den Revolver schnell zur Seite, nimmt ein dickes Bündel Geld aus dem Koffer)* Dollar ... Warum liegt hier so viel Geld rum? *(blättert durch das Bündel, entsetzt)* Krass! Ist das Blut? *(legt das Bündel schnell neben den Revolver, zögert, wühlt noch einmal im Koffer, murmelt)* Ein Abholschein ... Ein

в чемодане, бормочет) Квитанция ... Записная книжка ... Что за почерк? Как курица лапой ... Фотографии. *(оторопев)* Это же папа! *(рассматривает фотографию обстоятельнее, переворачивает её, читает)* Иван и Виктор, 1995 год.

Со стороны двери слышатся шаги.

Бабушка: *(зовёт)* Элла? Ты ещё наверху? Елена?

Элла: *(вскакивает, быстро заталкивает деньги и револьвер под старую куртку, чемодан дальше в угол)* Да, бабушка, я здесь. *(идёт к двери, фотография ещё в руке)*

Бабушка входит в помещение.

Элла: *(протягивает ей фотографию)* Кто этот тип рядом с папой?

Бабушка: *(бросает короткий взгляд на фотографию)* Ах, да я и не вижу без очков. *(осматривает чердак)* Ну? Как тебе? Здесь мы определённо можем всё уютненько обставить для тебя.

Сцена 2 // Германия // Кастроп-Рауксель

Элла и бабушка в кухне. Бабушка хлопочет. Элла сидит за столом, теребит фотографию.

Элла: Бабушка, скажи мне, наконец, ты знаешь этого мужчину?

Бабушка продолжает хлопотать, не реагирует.

Элла: Бабушка!

Бабушка: *(через плечо, в сторону)* Скажи-ка, что мы теперь с тобой дальше будем делать? Ты сменишь школу, или какие там у вас планы?

Элла: Нет, я и дальше буду ходить в мою старую школу в Дортмунде. Это же недалеко. Я о мужчине: у меня на чер ...

Бабушка: *(перебивает её)* О, Боже! Мне же ещё к соседям надо! Госпожа Кёлер обещала одолжить нам матрац, а то где ты будешь спать?

Элла: На кушетке. Сойдёт вполне. Скажи мне лучше ...

Бабушка: *(перебивает)* Ну, вот ещё! Только спину себе загубишь на этой старой развалюхе. Нет, нет, я сейчас же пойду к ним и попрошу господина Кёлера принести нам матрац. А завтра мы поедем в этот мебельный магазин ... ну, ты знаешь ... в этот, где можно вкусно позавтракать. А потом мы купим тебе ещё пару краси ...

Элла: Бабушка! Теперь выслушай меня, наконец! Там какой-то странный чемодан на чердаке.

В этот момент на кухне появляется Катя.

Notizbuch ... Was für eine Sauklaue ... Fotos *(stutzt)* Das ist doch Papa! *(betrachtet das Foto eingehender, dreht es um, liest)* Iwan und Viktor, 1995.

Von der Tür her hört man Schritte.

Oma: *(ruft)* Ella? Bist du noch da oben? Elena?

Ella: *(springt auf, schiebt Geld und Revolver schnell unter die alte Jacke, den Koffer tiefer in die Ecke)* Ja, Babuschka, ich bin hier. *(geht auf die Tür zu, das Foto noch in der Hand)*

Oma betritt den Raum.

Ella: *(streckt ihr das Foto entgegen)* Wer ist denn der Typ neben Papa?

Oma: *(wirft nur einen kurzen Blick auf das Bild)* Ach, das seh ich doch so ohne Lesebrille nicht. *(blickt sich auf dem Dachboden um)* Und? Was meinst du? Hier können wir es dir bestimmt gemütlich einrichten.

Szene 2 // Deutschland // Castrop-Rauxel

Ella und Oma in der Küche. Oma werkelt. Ella sitzt am Tisch, zupft am Foto herum.

Ella: Babuschka, jetzt sag schon, kennst du den Mann?

Oma werkelt weiter, reagiert nicht.

Ella: Babuschka!

Oma: *(über die Schulter hinweg)* Sag mal, wie geht es denn jetzt mit dir weiter? Wechselst du die Schule, oder wie war das?

Ella: Nein, ich besuche weiterhin meine alte Schule in Dortmund. Ist ja nicht weit. Aber zu dem Mann: Ich hab auf dem Da-

Oma: *(fällt ihr ins Wort)* Ach, Himmel, ich muss ja noch nach nebenan! Frau Köhler wollte uns eine Matratze leihen, wo sollst du sonst schlafen?

Ella: Auf der Couch. Ist schon in Ordnung. Sag mir lieber-

Oma: *(unterbricht)* Nichts da! Du machst dir nur den Rücken kaputt bei dem ollen Ding. Nein, nein, ich geh gleich rüber und bitte Herrn Köhler, uns die Matratze zu bringen. Und morgen fahren wir zu diesem einen Möbelgeschäft ... du weißt schon ... das, wo man so lecker frühstücken kann. Und dann kaufen wir dir noch ein paar hübsch-

Ella: Babuschka! Jetzt hör mir doch endlich mal zu! Da ist so ein komischer Koffer auf dem Dachboden.

In dem Moment platzt Katja in die Küche.

Катя: Что за чемодан? На чердаке? Звучит интригующе!
Элла: *(закатывает глаза)* Не лезь, Катя.
Бабушка: *(вздыхает)* Почему вы, девочки, никак не подружитесь?
Элла: *(раздражённо)* Знаешь что? Всё равно ... Я иду гулять.

Сцена 3 // Германия // Кастроп-Рауксель

Элла у моста через р. Эмшер. В руке она держит конверт.
Элла: Привет, Эмшер.
Эмшер: Привет! Ты здесь, не в Дортмунде?
Элла: Не-е, я уже неделю живу в Кастроп-Рауксele. У бабушки на чердаке. Теперь он уже почти полностью обставлен. Не хватает ещё только дивана. А пока мои друзья сидят на полу.
Эмшер: Звучит хорошо.
Элла: Чердак намного больше, чем моя старая комната. Весь дом такой большой. К тому же я живу здесь с бабушкой одна. Правда, Катя частенько заходит. Вот она достаёт.
Эмшер: Вообще-то, она твоя двоюродная сестра.
Элла: Ну и что? Вот с бабушкой у меня всё прекрасно. Она всегда на моей стороне и понимает меня. Не то, что мама и папа. Они всё ещё непременно хотят в Россию.
Эмшер: Ясное дело. Потому что они тоскуют по родине.
Элла: Но иначе ведь будет то же самое со мной, если я вместе с ними поеду в Россию. Тогда именно я всё потеряю. Бабушку, друзей. И, в первую очередь, Феликса. *(с нажимом)* Я же не могу оставить Феликса! Как могут мои родители не понимать этого?
Эмшер: Просто они не всегда способны признать свою неправоту.
Элла: Точно! Когда я вспоминаю нашу последнюю ссору ...

Ретроспектива

Элла и её родители Иван и Наташа.
Наташа: *(успокаивающе)* Послушай, Леночка, ведь в России живёт моя мамочка. Я так скучаю по ней. И она была бы рада почаще видеться со своей единственной внучкой. Она слишком стара для долгих путешествий.
Иван: *(строго)* Наше место – в России.
Элла: *(с грустью)* Но я выросла здесь. Что будет со школой? С бабушкой Галиной и моими друзьями? И как будет с Феликсом?

Katja: Was für ein Koffer? Auf dem Dachboden? Klingt spannend!
Ella: *(verdreht die Augen)* Nichts für dich, Katja.
Oma: *(seufzt)* Warum ihr beiden Mädchen euch nicht besser versteht.
Ella: *(gereizt)* Weißt du was? Egal ... Ich geh spazieren.

Szene 3 // Deutschland // Castrop-Rauxel

Ella an der Emscher-Brücke. In der Hand hält sie einen Briefumschlag.

Ella: Hallo Emscher.
Emscher: Hey! Du hier und nicht in Dortmund?
Ella: Nee, ich wohn seit einer Woche in Castrop-Rauxel. Bei Babuschka auf dem Dachboden. Schon beinahe fertig eingerichtet jetzt. Fehlt nur noch eine Sitzecke. Sonst müssen meine Freunde auf dem Boden sitzen.
Emscher: Klingt gut.
Ella: Der Dachboden ist viel größer als mein altes Zimmer. Das ganze Haus ist so schön groß. Außerdem wohne ich mit Babuschka hier allein. Wenn auch Katja oft vorbei kommt. Die nervt voll.
Emscher: Sie ist immerhin deine Cousine.
Ella: Na und? Aber mit Babuschka komm ich super klar. Sie steht immer hinter mir und versteht meine Entscheidungen. Nicht so wie Mama und Papa. Die wollen immer noch unbedingt nach Russland.
Emscher: Klar, weil sie Heimweh haben.
Ella: Aber andersrum wär's doch das gleiche für mich, wenn ich mit nach Russland ziehe. Dann wär ich es, die alles vermisst. Babuschka, meine Freunde. Und vor allem Felix. *(mit Nachdruck)* Ich kann doch Felix nicht verlassen! Wie können meine Eltern das erwarten?
Emscher: Sie sind halt manchmal etwas uneinsichtig.
Ella: Kannste laut sagen! Wenn ich an unseren letzten Streit denke ...

Rückblende

Ella und ihre Eltern Iwan und Natascha.

Natascha: *(besänftigend)* Schau, Lenotschka, in Russland wohnt doch meine Mamotschka. Ich vermisse sie so. Sie wäre auch froh, ihre einzige Enkelin öfter zu sehen. Sie ist zu alt für so lange Reisen.
Iwan: *(streng)* Außerdem gehören wir nach Russland.

Наташа: *(нежно)* Со школой мы всё уладим. И друзей себе новых найдёшь.

Иван: Да и парня себе другого найдёшь. *(скорее себе самому)* В любом случае я предпочёл бы русского ...

Элла: *(гневно)* Но я не хочу другого парня!

Наташа: *(успокаивающе)* Доча, доченька ... Не кричи так.

Элла: Вы не понимаете! Я не хочу в Россию! Германия – моя родина.

Конец ретроспективы

Элла на реке Эмшер.

Элла: После ссоры я перебралась к бабушке, и там я уж выплакалась. Что мне делать в России? Я и родилась-то не там.

Эмшер: Но что отец твой себе в голову вбил ...

Элла: Скоро мне исполнится 18, тогда уже он больше не покомандует мной! А пока я поживу здесь, у бабушки на чердаке.

Эмшер: Хорошо, что я протекаю не только через Дортмунд, а?

Элла: *(смеётся, затем снова серьёзно)* С отцом я со времени переезда не разговаривала.

Эмшер: Он как-нибудь ещё одумается.

Элла: Бабушка то же самое сказала. Уж она-то знает. В конце концов, это её сын. Но чувство всё-таки какое-то нехорошее.

Эмшер: А что Феликс на это говорит? Сидит часто на моём берегу в Дортмунде. Один. Играет на гитаре и поёт. Давно уже не видела вас вместе.

Элла: Да, как раз сейчас у нас какие-то непонятки.

Эмшер: А что с ним?

Элла: Он обижается, что я переехала, прежде не поговорив с ним об этом. Я могу его понять. В последнее время мы и так с ним нечасто виделись, потому что школа напрягает. Теперь мы даже больше не в одном городе. Легче не становится. И удостоверения водительского нет. Но он ведь тоже мог бы просто поддержать меня.

Эмшер: Что это у тебя там за письмо?

Элла: Одной женщине, которая в 90-е годы писала любовные письма какому-то Виктору. Его чемодан стоит у бабушки на чердаке. *(смотрит на часы)* Я должна идти, почта скоро закроется. *(уходит)*

Ella: *(traurig)* Aber ich bin hier aufgewachsen. Was ist mit der Schule? Mit Babuschka Galina und meinen Freunden? Und was ist mit Felix?

Natascha: *(sanft)* Mit der Schule kriegen wir das schon hin. Und du findest neue Freunde.

Iwan: Einen neuen Freund findest du auch. *(mehr zu sich selbst)* Ein Russe wäre mir sowieso lieber ...

Ella: *(wütend)* Ich will aber keinen neuen Freund!

Natascha: *(besänftigend)* Dotscha, Dotschenka ... Jetzt schrei doch nicht so.

Ella: Ihr versteht das nicht! Ich will nicht nach Russland! Deutschland ist meine Heimat.

Ende der Rückblende

Ella an der Emscher.

Ella: Nach dem Streit bin ich zu Babuschka und hab mich erstmal ausgeweint. Was soll ich in Russland? Da bin ich nicht einmal geboren.

Emscher: Aber was sich dein Vater in den Kopf gesetzt hat ...

Ella: Bald bin ich 18, dann kann der mir gar nichts mehr vorschreiben! Und solange werde ich hier bei Babuschka auf dem Dachboden wohnen.

Emscher: Gut, dass ich nicht nur durch Dortmund fließe, was?

Ella: *(lacht, wird dann wieder ernst)* Mit Papa hab ich seit dem Umzug nicht geredet.

Emscher: Der kriegt sich schon wieder ein.

Ella: Hat Babuschka auch gesagt. Die muss es ja wissen. Ist schließlich ihr Sohn. Fühlt sich trotzdem nicht gut an.

Emscher: Und was sagt Felix dazu? Sitzt oft in Dortmund allein an meinem Ufer. Spielt Gitarre und singt. Hab euch länger nicht zusammen gesehen.

Ella: Ja, ausgerechnet jetzt verstehen wir uns nicht gut.

Emscher: Was hat er denn?

Ella: Er ist sauer, dass ich umgezogen bin, ohne vorher mit ihm drüber zu sprechen. Ich kann ihn ja irgendwie verstehen. Wir haben uns in letzter Zeit sowieso nicht oft gesehen, weil die Schule stresst. Jetzt wohnen wir nicht einmal mehr in einer Stadt. Macht es nicht leichter. Ohne Führerschein. Aber er könnte mich doch auch einfach unterstützen.

Emscher: Was hast du da eigentlich für einen Brief?

Сцена 4 // Россия // Село Харабали

Илья заходит в кухню с сумкой с дороги и встречает там свою младшую сестру Ольгу.

Илья: *(тихо)* Привет Лёлик! Письмо у тебя?
Ольга: Да.
Илья: Ничего матери не говорила?
Ольга: Нет, как договаривались.
Илья: *(треплет её по голове)* Умница моя! Ты всегда была верным оком стаи!

Появляется мама.
Ольга уходит.

Илья: Привет мам, как здоровье?
Мария: Нормально. Ты голодный?
Илья: Ужасно!
Мария: Тебе нужно бывать дома почаще. Мы видимся так редко. Посмотри на себя, какой ты худой. Ты вообще что-то ешь?
Илья: Не хлебом единым жив человек, мамулечка! Не переживай, нормально я питаюсь.
Мария: Как работа, учёба?
Илья: Да всё в порядке. *(садится)* Давай сначала поговорим. Ты уже что-то решила по поводу Ольги?
Мария: А что тут решать? Либо в 11-ый класс, либо в колледж.
Илья: У меня есть идея получше! Только, пожалуйста, сначала выслушай меня. Я, отправил письмо по программе обмена в музыкальную школу. Это замечательная возможность ...
Мария: В музыкальную школу? И куда??
Илья: Мам, только спокойствие. В Германию.
Мария: В какую Германию! Девочке 14 лет! Она никуда дальше, чем к тебе в гости в Астрахань не ездила! И то – только со мной! Придумал тоже! В Германию ...
Илья: В 14 лет я поехал и поступил. Сам. Чем она хуже? Была бы возможность, я и в Германию рванул бы. Только у меня такой возможности не было, а у неё есть.
Мария: Нет!
Илья: Мам, я всё продумал. У меня есть деньги. Я оплачу и дорогу и взносы! А там она будет со своими сверстниками на полном пансионе! Не век же ей в Харабалях сидеть!
Мария: А чем тебя Харабали не устраивают?
Илья: У меня такое ощущение, что у тебя старый советский комплекс: ты не любишь немцев!

Ella: An eine Frau, die in den 90ern Liebesbriefe an einen Viktor geschrieben hat. Sein Koffer steht bei Babuschka auf dem Dachboden. *(schaut auf die Uhr)* Ich muss los, die Post macht gleich zu. *(ab)*

Szene 4 // Russland // Kleinstadt Kharabali

Ilja betritt die Küche mit einer Reisetasche in der Hand und trifft auf seine jüngere Schwester Olga.

Ilja: *(leise)* Hallo Löllchen, Schwesterherz! Hast du den Brief?
Olga: Ja.
Ilja: Hast du Mama auch nichts gesagt?
Olga: Nein, wie abgesprochen.
Ilja: *(tätschelt ihr den Kopf)* Gut gemacht! Auf dich war schon immer Verlass!

Marija kommt herein.
Olga ab.

Ilja: Hallo Mama, alles klar?
Marija: Wie immer. Hast du Hunger?
Ilja: Tierisch!
Marija: Du musst öfter heimkommen. Wir sehen uns so selten. Sieh mal, wie mager du geworden bist. Isst du überhaupt?
Ilja: Der Mensch lebt nicht vom Brot allein, Mama! Mach dir keine Sorgen, ich verhunger schon nicht.
Marija: Und wie läuft die Arbeit, das Studium?
Ilja: Alles in Ordnung. *(setzt sich)* Lass uns erstmal reden. Hast du schon entschieden, wie es mit Olga weitergeht?
Marija: Was gibt's da zu entscheiden? Entweder sie geht in die 11. Klasse oder in die Berufsschule.
Ilja: Ich hab eine bessere Idee! Hör mir erstmal nur zu, bitte. Ich hab für sie eine Bewerbung für ein Austauschprogramm bei einer Musikschule eingereicht. Das ist eine tolle Möglichkeit ...
Marija: Musikschule? Und wo?
Ilja: Ganz ruhig, Mama. In Deutschland.
Marija: Wie bitte?! Sie ist doch erst 14! Sie war doch noch nie weiter weg als bei dir zu Besuch in Astrachan! Und das auch nur zusammen mit mir! So ein Blödsinn! Nach Deutschland ...
Ilja: Mit 14 bin ich auch weg, hab mein Studium angefangen. Ganz alleine. Warum soll sie das nicht können? Wenn ich die Möglichkeit gehabt hätte, wär ich auch sofort nach Deutschland. Nur hab ich die Chance nicht gehabt, und sie schon.

Мария: Думай, что хочешь, но в Германию я её не пущу! Всё, хватит болтать. Садись за стол.

Сцена 5 // Россия // Село Харабали

Илья и Ольга дома одни.

Ольга: Почему письмо так долго не приходило? Как ты думаешь, это плохой знак?

Илья: Не волнуйся, Лёлик, это нормально. Почта из Германии в Россию иногда занимает несколько недель. *(распечатывает письмо, читает, удивлённо)* Я ничего не понимаю. Это другое письмо. Фотография какая-то ...

Ольга: Дай посмотреть. *(забирает фото)* Ой, этот дядька на тебя похож!

Илья: Странно, адрес наш. «Марии Петровне Лайфаровой» *(читает письмо вслух).*

«Здравствуйте, Мария Петровна! Меня зовут Елена Димитри и я пишу Вам из Германии. На чердаке дома моей бабушки, Галины Димитри, я нашла старый чемодан. Судя по всему, чемодан принадлежит некоему Виктору, так как обнаруженные в нём письма адресованы именно ему. В качестве подтверждения я отправляю копии фотографий, которые я также обнаружила в чемодане. На фото изображены мой отец с Виктором. Возможно, Вы сможете мне рассказать, откуда мой отец и Виктор знают друг друга. Или объяснить мне, как этот чемодан оказался у нас на чердаке. В случае, если это письмо вообще дойдёт до Вас. Может быть, Вы также хотите получить обратно письма, адресованные Виктору. Я буду очень рада, если получу от Вас ответ. Елена Димитри»

Ольга: Давай маме покажем?

Илья: Подожди. *(задумчиво)* У мамы есть знакомые в Германии? Она никогда не говорила.

Ольга: Тогда, давай у неё спросим!

Илья: Это действительно странно. Старые письма от мамы в Германии?

Ольга: Давай спросим! Чего тут такого?

Илья: Не торопись. Есть идея!

Marija: Nein!

Ilja: Mama, ich hab alles durchdacht. Ich habe Geld. Ich bezahle die Anfahrt und die Programmgebühren! Und dort wird sie wie die anderen Teilnehmer Vollverpflegung haben. Sie kann ja nicht ihr ganzes Leben lang in Kharabali rumsitzen!

Marija: Was gefällt dir denn nicht an Kharabali?

Ilja: Ich glaube, du hast diesen alten sowjetischen Spleen: Du magst keine Deutschen!

Marija: Glaub, was du willst, aber nach Deutschland lasse ich sie nicht! Genug gequatscht. Komm essen.

Szene 5 // Russland // Kleinstadt Kharabali

Ilja und Olga zu Hause allein.

Olga: Warum hat das mit dem Brief so lange gedauert? Glaubst du, es ist ein schlechtes Zeichen?

Ilja: Keine Sorge, Löllchen, ist ganz normal. Briefe brauchen schonmal drei Wochen von Deutschland nach Russland. *(öffnet den Brief, liest, verwundert)* Das verstehe ich nicht. Das ist ein anderer Brief. Irgendein Foto ...

Olga: Zeig mal. *(nimmt das Foto)* Oh, der Typ da sieht dir ähnlich!

Ilja: Seltsam, aber da steht unsere Adresse. »An Marija Petrowna Lajfarowa«. *(liest den Brief laut vor)* »Hallo Marija Petrowna, ich bin Elena Dimitri und schreibe Ihnen aus Deutschland. Auf dem Dachboden meiner Großmutter Galina Dimitri habe ich einen alten Koffer gefunden. Darin lagen Briefe, die Sie an einen gewissen Viktor geschrieben haben. Als Beweis schicke ich Ihnen die Kopie eines Fotos, das ich ebenfalls im Koffer gefunden habe. Es zeigt Viktor mit meinem Vater Iwan. Vielleicht können Sie mir ja sagen, woher mein Vater und Viktor sich kannten. Oder mir erklären, warum dieser Koffer bei uns auf dem Dachboden steht. Falls dieser Brief Sie überhaupt erreicht. Vielleicht hätten Sie ja auch die Briefe an Viktor gern zurück. Über eine Antwort von Ihnen würde ich mich sehr freuen. Elena Dimitri«.

Olga: Wollen wir den Brief Mama zeigen?

Ilja: Warte mal. *(nachdenklich)* Kennt Mama etwa jemanden in Deutschland? Davon hat sie nie was erzählt.

Olga: Fragen wir sie doch einfach!

Ilja: Das ist echt seltsam. Alte Briefe von Mama in Deutschland?

Olga: Fragen wir sie! Was ist denn dabei?

Ilja: Warte doch mal. Ich hab eine Idee!

Сцена 6 // Германия // Кастроп-Рауксель

Чердак. Уже почти полностью обставленный. Несколько коробок стоят вокруг. Стопки книг. Чемодан Виктора стоит в углу, наполовину скрытый из вида.

Элла и Феликс поднимаются на чердак.

Элла: Ну? Что скажешь?

Феликс: *(впечатлённый)* Вау! Сколько места! *(осматривается)*

Элла: Круто, да?

Феликс: *(теперь несколько ворчливо)* Хм ... Да, сойдёт.

Элла: Ты всё ещё сердишься. Послушай, мне, действительно, очень жаль, но ... Ты же знаешь, как это с родителями ...

Феликс: *(всё ещё ворчливо)* Да. Знаю.

Элла: И я ...

Феликс: *(перебивает её с раздражением)* Но так же хорошо я знаю, что с друзьями можно и нужно говорить о проблемах!

Элла: *(несколько раздражаясь)* И для меня это всё было не просто ...

Бабушка: *(зовет за сценой, поднимается по лестнице)* Еле-ена-а-а.

Феликс осматривается на чердаке, ходит туда-сюда.

Бабушка входит, в руках несколько писем.

Элла: *(с некоторым раздражением)* Что такое, бабушка?

Бабушка: *(протягивает письма)* Почта для тебя.

Элла: *(равнодушно)* Ага, что-нибудь особенное?

Бабушка: Понятия не имею ... *(отдаёт письма Элле)* Есть хотите? Я собиралась блинов нажарить.

Элла: *(Феликсу)* Блины будешь?

Феликс: Хм, да. Почему бы и нет?

Элла смотрит на письма.

Бабушка: Хорошо, тогда поставлю тесто. *(поворачивается, чтобы уйти)*

Элла: Постой ... Бабуля, погоди-ка ...

Бабушка: *(поворачивается снова)* Да?

Элла: *(протягивает письмо)* Почему оно уже открыто?

Бабушка: *(неуверенно)* Как, открыто? Хм ... Отправитель же русский. Вот я и подумала ... в общем, я не так уж много ... Лишь когда письмо уже было открыто, я заметила, что оно адресовано тебе ...

Феликс: Кто это тебе пишет из России? Какой-нибудь кузен?

Элла издаёт возглас, который должен означать согласие, смесь из «Хм» и «Мм».

Szene 6 // Deutschland // Castrop-Rauxel

Der Dachboden. Mittlerweile fast fertig eingerichtet. Ein paar Kartons stehen herum. Stapel mit Büchern. Viktors Koffer steht halb versteckt in einer Ecke.

Ella und Felix betreten den Dachboden.

Ella: Und? Was sagst du?

Felix: *(beeindruckt)* Wow! Voll groß hier. *(schaut sich um)*

Ella: Cool, oder?

Felix: *(etwas mürrisch jetzt)* Hm ... Ja, ganz okay.

Ella: Du bist immer noch sauer. Hör mal, es tut mir echt leid, aber ... Du weißt doch, wie Eltern sind ...

Felix: *(immer noch mürrisch)* Ja. Weiß ich.

Ella: Und ich ...

Felix: *(fällt ihr gereizt ins Wort)* Aber genauso gut weiß ich, dass man mit Freunden über Probleme reden kann und soll!

Ella: *(leicht gereizt)* Das war auch für mich alles nicht einfach ...

Oma: *(ruft aus dem Off, kommt die Treppe rauf)* Eelenaaaa.

Felix sieht sich auf dem Dachboden um, geht herum.

Oma kommt herein, mit mehreren Briefen in der Hand.

Ella: *(etwas genervt)* Was ist denn, Babuschka?

Oma: *(hält die Briefe hoch)* Du hast Post.

Ella: *(desinteressiert)* Aha, irgendwas Besonderes?

Oma: Keine Ahnung ... *(gibt Ella die Briefe)* Habt ihr Hunger? Ich wollte Bliny machen.

Ella: *(zu Felix)* Bock auf Pfannkuchen?

Felix: Hm, ja, wieso nicht.

Ella guckt sich die Briefe an.

Oma: Schön, dann mach ich mal Teig. *(wendet sich zum Gehen)*

Ella: Du ... Babuschka, warte mal ...

Oma: *(dreht sich noch mal um)* Ja?

Ella: *(hält Brief hin)* Wieso ist der schon geöffnet?

Oma: *(unsicher)* Was, offen? Hm ... der Absender ist ja russisch. Da dacht ich ... also, ich hab nicht so richtig ... Erst als der Brief schon offen war, hab ich gemerkt, dass der an dich adressiert war ...

Felix: Wer schreibt dir denn aus Russland? Irgendein Cousin?

Ella macht ein Geräusch, das Zustimmung bedeuten könnte, eine Mischung aus »Hm« und »Mh«.

Oma mustert Ella skeptisch, ohne dass Felix das sieht. Oma ab.

Ella: Babuschka, warte ...

Oma ist schon aus dem Zimmer. Keine Antwort.

Бабушка мерит Эллу скептическим взглядом, но так, что Феликс этого не видит. Бабушка уходит.

Элла: Бабушка, подожди ...

Бабушка уже покинула комнату. Ответа нет.

Феликс: Ты не хочешь прочесть письмо?

Элла: Позже. Не так важно. *(откладывает письмо в сторону)*

Феликс: Сейчас же выкладывай, от кого оно?

Элла: *(медлит)* Я же рассказывала тебе об этом чемодане.

Феликс: Со стволом и деньгами? *(осматривается)* А где он, собственно говоря?

Элла: *(кивает в направлении угла, где стоит чемодан)* Вон там.

Феликс: *(направляется к чемодану)* Можно?

Элла кивает.

Феликс: *(выносит чемодан вперёд и открывает его, роется в нём, в восторге от оружия)* Круто ... Но какое отношение это имеет к письму?

Элла: Эти письма тоже там. Любовные письма ...

Феликс: *(держит в руке пачку писем)* Вот эти?

Элла: *(кивает, снова медлит, прежде чем начинает говорить)* Я написала отправительнице и уже неделю жду ответа.

Феликс: *(ошеломлённо, с упрёком)* Ах, я и не знал, что ты ей написала. Зачем, вообще?

Элла: Я хочу знать, какое отношение это всё имеет к папе.

Феликс: Ну, тогда давай, наконец, прочтём письмо.

Элла: *(берёт письмо, достаёт сложенный лист из конверта, переводит)* «Здравствуйте, Елена. Получила Ваше письмо. К сожалению, я ничего не знаю о связи Вашего отца и Виктора». *(останавливается)* Супер. *(читает дальше)* «Я уже давно не общаюсь с Виктором. Но если Вы перешлёте мне письма и фотографии, я, может быть, что-нибудь вспомню».

Феликс: *(язвительно)* Понятно: никакой информации, а письма и фотографии требует. Не ведись на это!

Элла: *(кивает, продолжает переводить)* «Буду Вам признательна, если Вы пришлёте их по моему новому адресу: г. Астрахань, ул. Татищева, д.21, кв. 44» *(останавливается)* Адрес в Астрахани. С какой стати по другому адресу?

Феликс: *(заинтересованно)* Читай дальше!

Элла: *(переводит)* «Если Вас не затруднит, не могли бы Вы помочь мне в одном деле?» *(останавливается)* Интересно, однако. *(переводит)* «Я хотела бы отправить свою дочь в Германию для продолжения музыкального образования. Для этого она сначала должна пройти несколько этапов конкурсного отбора».

Felix: Willst du den Brief nicht lesen?

Ella: Später. Nicht so wichtig. *(legt den Brief zur Seite)*

Felix: Jetzt sag schon, von wem ist der?

Ella: *(zögert)* Ich hab dir doch von diesem Koffer erzählt.

Felix: Der mit der Knarre und dem Geld? *(schaut sich um)* Wo ist der eigentlich?

Ella: *(macht Kopfbewegung Richtung Ecke, in der Koffer steht)* Da hinten.

Felix: *(geht zum Koffer)* Darf ich?

Ella nickt.

Felix: *(trägt Koffer weiter nach vorne und öffnet ihn, wühlt darin, begeistert von der Waffe)* Cool ... Aber was hat das mit dem Brief zu tun?

Ella: Da sind auch diese Briefe drin. Liebesbriefe ...

Felix: *(hält ein Bündel Briefe in der Hand)* Die hier?

Ella: *(nickt, zögert wieder, ehe sie spricht)* Ich hab an die Absenderin geschrieben und warte seit ein paar Wochen auf Antwort.

Felix: *(überrascht und etwas vorwurfsvoll)* Ach, wusste gar nicht, dass du der geschrieben hast. Wieso überhaupt?

Ella: Ich will wissen, was das alles mit Papa zu tun hat.

Felix: Na, dann lass uns doch mal endlich den Brief lesen.

Ella: *(nimmt den Brief, holt den Bogen aus dem Umschlag, übersetzt)* »Guten Tag Elena. Ich habe Ihren Brief erhalten. Leider weiß ich nichts über die Beziehung Ihres Vaters zu Viktor.« *(hält inne)* Na, super *(liest weiter)* »Ich habe zu Viktor schon lange keinen Kontakt mehr. Aber wenn Sie mir die Briefe und Fotos zuschicken könnten, fällt mir vielleicht doch noch etwas ein.«

Felix: *(spöttisch)* Ja klar, keine Informationen rausrücken, aber die Briefe und Fotos fordern. Mach das bloß nicht!

Ella: *(nickt, übersetzt weiter)* »Ich wäre Ihnen dankbar, wenn Sie sie an folgende Adresse senden könnten: Stadt Astrachan, Tatischewstraße 21/44« *(hält inne)* Eine Adresse in Astrachan. Wieso an eine andere Adresse?

Felix: *(gespannt)* Lies weiter!

Ella: *(übersetzt)* »Wenn es Ihnen nicht zu viel Mühe macht, könnten Sie mir vielleicht noch in einer anderen Angelegenheit helfen« *(hält inne)* Da bin ich aber gespannt. *(übersetzt)* »Ich möchte meine Tochter zur Musikausbildung nach Deutschland schicken. Dafür muss sie zunächst mehrere Runden bei einem Auswahlverfahren durchlaufen.«

Felix: Ja und? Soll sie doch!

Феликс: Ну и что? Действительно, должна!

Элла: *(переводит)* «Для получения визы нам необходимо приглашение гражданина Германии. Не могли бы Вы помочь нам в этом деле?»

Феликс: *(возмущённо)* Я бы в любом случае не связывался!

Элла: Но я очень хочу знать, почему этот чемодан здесь ...

Феликс: Но ведь ясно, что она ни фига не знает о твоём отце.

Элла: *(медля)* Не знаю ...

Феликс: Всё это, однако, странно, Элла. *(берёт у неё письмо)* Чёрт! По-русски! Читай дальше!

Элла: *(переводит)* «Не могли бы Вы помочь нам в этом деле? Я дам Вам адрес электронной почты моего старшего сына: Lajfarow_ilja@mail.ru».

Феликс: *(раздражённо)* Её сына! С какой стати теперь её сына? Тебе не кажется, что тут дурно пахнет? Другой почтовый адрес, ... странный адрес электронки ...

Элла: *(переводит)* «С нетерпением жду Вашего ответа и заранее Вам благодарна. Мария Петровна».

Феликс: Мария ... но это совершенно не похоже на женский почерк!

Элла: Хмм ... *(хватает старые письма, сравнивает)* Ты прав, это почерк не Марии ...

Феликс: Я же говорю, здесь за километр несёт дерьмом! Выбрось эти письма, Элла. Есть дела поважнее, чем старый чемодан.

Бабушка: *(зовёт за сценой)* Блины готовы!

Феликс: *(идёт к двери)* Как раз вовремя: проголодался ужасно. *(поворачивается в Элле)* Ты идёшь?

Элла: Да, сейчас.

Феликс уходит. Элла прячет письмо в книгу.

Феликс: *(за сценой)* Где ты там?

Элла: *(кричит)* Иду! *(уходит)*

Сцена 7 // Германия // Кастроп-Рауксель

Элла на реке Эмшер.

Элла: Послушай, Эмшер! Это случайность, что как раз сейчас, когда я однозначно решила не ехать в Россию, эта страна всё-таки пробирается в мою жизнь? С тыла, через чемодан?

Эмшер: Что такое? Что случилось?

Элла: Вчера пришёл ответ из России. И тут я только поняла, с каким нетерпением я его ждала. Письма из России в Германию идут целую вечность. Феликс был рядом, когда я читала его и ... да-а-а-а, можешь представить себе ...

Ella: *(übersetzt)* »Aber für ein Visum benötigen wir die Einladung eines deutschen Staatsbürgers. Könnten Sie uns vielleicht in dieser Sache helfen?«

Felix: *(leicht empört)* Da würde ich auf jeden Fall die Finger von lassen!

Ella: Ich will aber schon gern wissen, warum der Koffer hier steht ...

Felix: Offensichtlich weiß die aber nix über deinen Vater.

Ella: *(zögerlich)* Ich weiß nicht.

Felix: Ist doch alles seltsam, Ella. *(nimmt ihr den Brief aus der Hand)* Mist, Russisch! Lies weiter vor!

Ella: *(übersetzt)* »Könnten Sie uns vielleicht in dieser Sache helfen? Ich gebe Ihnen die E-Mail Adresse meines ältesten Sohnes: Lajfarow_ilja@mail.ru«.

Felix: *(genervt)* Ihres Sohnes, wieso jetzt ihres Sohnes? Merkst du nicht, dass da was faul ist? Eine andere Postadresse ... eine komische Mailadresse ...

Ella: *(übersetzt)* »Ich warte gespannt auf Ihre Antwort und danke Ihnen im Voraus. Marija Petrowna«.

Felix: Marija ... sieht doch noch nicht mal aus wie eine Frauenhandschrift!

Ella: Hmm ... *(schnappt sich die alten Briefe, vergleicht)* Du hast recht, das ist nicht Marijas Schrift ...

Felix: Ich sag ja, die Sache stinkt meilenweit gegen den Wind! Schmeiß die Briefe weg, Ella. Gibt wichtigere Sachen als den alten Koffer.

Oma: *(ruft aus dem Off)* Essen ist fertig!

Felix: *(geht zur Tür)* Das trifft sich gut, ich hab voll Hunger. *(dreht sich zu Ella um)* Kommst du?

Ella: Ja, sofort.

Felix geht. Ella versteckt den Brief in einem Buch.

Felix: *(aus dem Off)* Wo bleibst du?

Ella: *(ruft)* Ich komme! *(ab)*

Szene 7 // Deutschland // Castrop-Rauxel

Ella an der Emscher.

Ella: Oh Mann, Emscher! Ist es Zufall, dass gerade jetzt, wo ich mich so eindeutig gegen Russland entschieden habe, dieses Land sich in mein Leben schleicht? Hinterrücks durch einen Koffer?

Emscher: Wieso? Was ist passiert?

Ella: Gestern kam der Antwortbrief aus Russland. Da hab ich erst gemerkt, wie ungeduldig ich gewartet hatte. Briefe aus Russland brauchen ja ewig nach Deutschland. Felix war dabei, als ich ihn gelesen hab und ... jaaaa, du kannst es dir denken ...

Эмшер: Он задал много вопросов.

Элла: *(смеётся)* Да, да, ты ведь уже давно его знаешь. Ещё когда мы были детьми. Ты знаешь, как он всегда допытывается. Когда пришло письмо, он, конечно, сразу начал расспрашивать. Кто мне там пишет? Может, это кузен? Я была очень близка к тому, чтобы солгать ему. Просто кивнуть и больше ничего не говорить моему Феликсу.

Эмшер: *(с упрёком)* Элла, Элла, Элла.

Элла: Даже не знаю ... Казалось так соблазнительно просто. Конечно, я этого не сделала. В конце концов, мы поклялись всегда быть честными друг с другом.

Эмшер: Знаю, это ж при мне было.

Элла: Вопросы всё же напрягали. Но зато Феликс обнаружил что-то очень важное. А именно, что письмо – определённо не от Марии, почерк совсем другой. Вот теперь я по-настоящему хочу знать, что это всё значит. А Феликс не хочет, чтобы я отвечала на письмо. *(смотрит на часы)* Я должна идти.

Эмшер: Почему?

Элла: Вечеринка! Подружки придут! Отметим новоселье! Пока!

Сцена 8 // Германия // Кастроп-Рауксель

На чердаке.

Элла и три подруги входят на чердак.

Элла: Итак, прошу в парадную комнату!

Подруга 1: И здесь ты живёшь теперь?

Подруга 2: Офигеть!

Подруга 3: Совсем другое что-то!

Элла: То, что надо! После скандала с родителями мне будет лучше перекантоваться здесь.

Подруга 1: Что, было так скверно с твоими родителями?

Подруга 2: Да она уже тысячу раз рассказывала, ты чё вообще!

Подруга 3: Не, ты права! Они ведь не могут просто так взять и увезти тебя с собой в Россию.

Подруга 1: Ну да. Но у тебя же там родственники, не так ли?

Подруга 3: Которых она едва ли знает.

Подруга 2: И в России нет Феликса!

Подруга 1: Так ты не хочешь в Россию только из-за Феликса?

Элла: В первую очередь, из-за вас!

Подруга 1: Очень хороший ответ!

Подруга 2: Обнимашки, обнимашки!

Emscher:	Er hat viele Fragen gestellt.
Ella:	*(lacht)* Jaja, ich weiß, du kennst ihn schon lange. Seit wir Kinder waren. Du weißt, wie er immer die Dinge hinterfragt. Als der Brief kam, war er natürlich sofort neugierig. Wer mir da schreibt. Ob das ein Cousin wäre. Ich war ganz kurz davor, ihn anzulügen. Einfach zu nicken und Felix nichts weiter zu verraten.
Emscher:	*(tadelnd)* Ella, Ella, Ella.
Ella:	Weiß auch nicht ... Schien so verlockend einfach. Natürlich hab ich es nicht gemacht. Schließlich haben wir uns geschworen, immer ehrlich zueinander zu sein.
Emscher:	Weiß ich, war doch dabei.
Ella:	Trotzdem haben die Fragen genervt. Aber immerhin hat Felix etwas Wichtiges entdeckt. Nämlich, dass der Brief bestimmt nicht von dieser Marija ist, die Schrift ist eine ganz andere. Jetzt will ich erst recht wissen, was das alles soll. Aber Felix will nicht, dass ich auf den Brief antworte. *(guckt auf die Uhr)* Ich muss weg.
Emscher:	Warum?
Ella:	Partytime! Meine Freundinnen kommen. Einweihungsparty! Tschüss!

Szene 8 // Deutschland // Castrop-Rauxel

Auf dem Dachboden.

Ella und drei Freundinnen betreten den Dachboden.

Ella:	So, herein in die gute Stube!
Freundin 1:	Und hier wohnst du jetzt?
Freundin 2:	Megageil!
Freundin 3:	Mal was anderes!
Ella:	Und besser so! Nach dem Krach mit meinen Eltern tut es mir gut, erstmal hier rumzuhängen.
Freundin 1:	War es so schlimm mit deinen Eltern?
Freundin 2:	Hat sie doch schon tausendmal erzählt, Mann!
Freundin 3:	Du hattest aber auch recht! Die können dich doch nicht einfach nach Russland mitschleppen.
Freundin 1:	Na ja. Aber da hast du doch deine Verwandten, oder?
Freundin 3:	Die sie aber kaum kennt.
Freundin 2:	Und in Russland ist kein Felix!
Freundin 1:	Willst du nur wegen Felix nicht nach Russland?
Ella:	Vor allem wegen euch!
Freundin 1:	Sehr gute Antwort!

Все обнимаются.

Подруга 3: А дальше? Со своими родителями ты больше не разговариваешь?

Элла: По крайней мере, до сих пор в этом не было необходимости.

Подруга 2: Почему у тебя там чемодан? Хочешь уже свалить отсюда?

Подруга 3: Где ты его взяла?

Элла: Классный ретро, не так ли? Сейчас такие в моде.

Подруга 1: Хорошая идея! Но это совершенно не твой стиль. Где ты его взяла?

Подруга 2: Это твой, вообще?

Подруга 3: Вряд ли!

Элла: Сейчас будет допрос, или что?

Подруга 1: Нет, если ответишь на наши вопросы!

Элла: Ну, хорошо! Я его здесь нашла.

Подруга 3: Здесь! И всё? А дальше что?

Подруга 2: Ты же не хочешь оставить его себе, или?

Подруга 1: Или?

Подруга 2: Э-э, там, может быть, важные вещи.

Подруга 3: Деньги?

Подруга 1: Чушь!

Элла: Да, деньги!

Подруги: Что?!

Подруга 3: Покажи!

Элла: Девчонки, когда-нибудь я, наверное, смогу написать об этом детектив. Чемодан, в любом случае, скрывает какую-то тайну.

Подруга 1: Рассказывай!

Подруга 2: Да, Элла, пожалуйста, расскажи!

Сцена 9 // Германия // Кастроп-Рауксель

Феликс на чердаке. Лежит в кровати.

Катя входит на чердак. Не замечает Феликса. Начинает что-то искать.

Феликс: *(удивленно)* Катя? Ради Бога, что ты здесь делаешь? *(спрыгивает с кровати и поправляет свои волосы)*

Катя: *(испуганно)* Феликс! Я … мм … ну … *(берёт себя в руки)* С таким же успехом я могла бы и тебя спросить об этом. У тебя нет своего дома?

Феликс: Я же могу подождать свою подругу в её комнате, а? *(смущённое молчание)* Ты что, собственно, искала?

Freundin 2: Gruppenumarmung, Mädels!

Alle umarmen sich.

Freundin 3: Und weiter? Redest du jetzt mit deinen Eltern kein Wort mehr?

Ella: Bisher war es zumindest nicht nötig.

Freundin 2: Warum hast du denn den Koffer da? Willste schon wieder weg hier?

Freundin 3: Wo hast du den denn her?

Ella: Voll retro, oder? Trägt man jetzt so.

Freundin 1: Guter Versuch! Ist aber gar nicht dein Stil. Wo hast du den her?

Freundin 2: Gehört der dir überhaupt?

Freundin 3: Wohl kaum!

Ella: Soll das jetzt ein Verhör werden, oder was?

Freundin 1: Nicht, wenn du uns Antworten gibst!

Ella: Ja, okay! Den habe ich hier gefunden.

Freundin 3: Hier! Nur so? Und weiter?

Freundin 2: Den willst du doch nicht behalten, oder?

Freundin 1: Oder?

Freundin 2: Tja, da sind Sachen drin, die vielleicht wichtig sein könnten.

Freundin 3: Geld?

Freundin 1: Quatsch!

Ella: Doch!

Freundinnen: Was?!

Freundin 3: Zeig mal her!

Ella: Mädels, darüber kann ich vielleicht irgendwann einen Krimi schreiben. Der Koffer birgt auf jeden Fall irgendein Geheimnis.

Freundin 1: Erzähl!

Freundin 2: Ja, bitte, Ella! Erzähl!

Szene 9 // Deutschland // Castrop-Rauxel

Felix auf dem Dachboden. Liegt im Bett.

Katja betritt den Dachboden. Bemerkt Felix nicht. Beginnt etwas zu suchen.

Felix: *(verwundert)* Katja? Was um Himmels Willen machst du hier? *(springt aus dem Bett und richtet seine Haare)*

Katja: *(erschrocken)* Felix! Ich ... ähm ... also ... *(fängt sich wieder)* Das könnte ich dich genauso gut fragen. Hast du kein eigenes Zuhause?

Felix: Ich darf doch wohl im Zimmer meiner Freundin auf sie warten, oder nicht? *(verlegenes Schweigen)* Was hast du eigentlich gesucht?

Катя: *(смеётся)* Ты случайно не знаешь, куда Элла дела этот старый чемодан? *(играет своими волосами, делает шаг в сторону Феликса)* Я должна позаимствовать его ненадолго. Элла, наверняка, не будет против. *(смеётся)* Да и почему? Это ж только старый чемодан.

Феликс: *(останавливается в напряжении)* Ну ... *(делает шаг назад)* Не имею представления, о каком чемодане ты говоришь. На твоем месте я бы посмотрел в подвале. *(улыбается)*

Катя: *(смеётся)* В подвале? Конечно, как будто ... *(замечает чемодан наверху на шкафу)* Да вот же он. Может быть, ты сможешь достать мне его оттуда? Ты больше и сильнее, чем я. *(улыбается ему)*

Феликс: *(медлит)* Ну, хорошо. *(подставляет стул, взбирается на него, тянет чемодан, тот падает, громыхая)* Чёрт. *(спускается со стула)*

Катя становится на колени и рассматривает фотографии, которые выпали из чемодана.

Катя: *(монотонно)* Это же ...

Феликс: Фотографии? *(опускается на колени рядом с Катей)* Это не твой отец?

Катя: Да. *(закрывает глаза и слегка сминает фотографию в свой руке)*

Феликс: *(озабоченно)* Всё нормально? *(кладет руку ей на руку)* Что случилось?

Катя стряхивает его руку, встает и уходит.

Элла: *(за сценой)* Что ты делала в моей комнате?

Катя: *(за сценой)* Только поздоровалась с Феликсом.

Феликс быстро складывает фотографии назад в чемодан, кладёт чемодан назад на шкаф, ставит стул к письменному столу.

Элла входит на чердак.

Элла: *(с улыбкой)* Хочешь на пикник? На Эмшер?

Феликс: *(улыбается в ответ)* Да. А у тебя есть ...

Элла: *(смеётся)* Да, я купила кексы.

Katja: *(lacht)* Du weißt nicht zufällig, wo Ella diesen alten Koffer hingetan hat, oder? *(spielt mit ihren Haaren und geht einen Schritt auf Felix zu)* Ich müsste ihn kurz ausleihen. Ella würde es sicher nicht stören. *(lacht)* Warum auch, ist ja nur ein alter Koffer.

Felix: *(bleibt angespannt stehen)* Also ... *(geht einen Schritt zurück)* Keine Ahnung, was für einen Koffer du meinst. Aber an deiner Stelle würde ich im Keller nachsehen. *(lächelt)*

Katja: *(lacht)* Im Keller? Na klar, als ob ... *(jetzt erblickt sie den Koffer oben auf dem Schrank)* Da ist er ja. Kannst du mir den vielleicht von da oben runterholen? Du bist größer und stärker als ich. *(lächelt ihn an)*

Felix: *(zögert)* Na gut. *(zieht einen Stuhl heran, klettert darauf, zieht am Koffer, der fällt polternd herunter)* Mist. *(klettert vom Stuhl)*

Katja geht auf die Knie und betrachtet Fotos, die aus dem Koffer gefallen sind.

Katja: *(monoton)* Das sind ...

Felix: Fotos? *(kniet sich neben Katja)* Ist das nicht dein Vater?

Katja: Ja. *(schließt die Augen und zerdrückt das Bild in ihrer Hand leicht)*

Felix: *(besorgt)* Alles okay? *(legt die Hand auf ihren Arm)* Was ist los?

Katja schüttelt seinen Arm ab, steht auf und geht.

Ella: *(aus dem Off)* Was hast du in meinem Zimmer gemacht?

Katja: *(aus dem Off)* Nur Felix Hallo gesagt.

Felix packt schnell die Fotos zurück in den Koffer, den Koffer zurück auf den Schrank, den Stuhl an den Schreibtisch zurück.

Ella betritt den Dachboden.

Ella: *(lächelt)* Lust auf Picknick? An der Emscher?

Felix: *(lächelt zurück)* Ja, aber hast du auch ...

Ella: *(lacht)* Ja, ich hab Kekse gekauft

Сцена 10 // Германия // Кастроп-Рауксель

Элла сидит на чердаке (или на берегу р. Эмшер). Пишет письмо.

«Привет Илья,
так легко ты меня не проведёшь!
Я сначала удивилась: почему Мария Петровна не может мне помочь? Всё-таки в 1995 году она определённо очень хорошо знала Виктора, если посмотреть на огромное количество этих любовных писем. И почему я должна посылать фотографии и письма по другому адресу, если старый еще действителен? И почему Мария шлёт мне электронный адрес её сына вместо своего собственного или вместо адреса её дочери, о которой шла речь?
Тогда я снова просмотрела письма Марии к Виктору: почерк не совпадает. Даже если прошло 20 лет, сходство всё же должно сохраниться.
Итак, я гуглила твоё имя в комбинации с адресом, по которому я должна была послать письма и фотографии.
В яблочко! Это ты живёшь на улице Татищева в Астрахани. Не твоя мама.
И теперь мне очень хочется знать: к чему эта игра в прятки? Ты знаешь о Викторе и моём отце больше, чем хочешь сказать?
Ты, конечно, понимаешь, что я не пришлю тебе сразу фотографии и письма. Но, по крайней мере, копию следующей фотографии я тебе вышлю. Виктора и какой-то женщины. Может, твоей матери?
Пока, Элла»

Сцена 11 // Россия // Город Астрахань

Илья у себя дома. Звонок. Илья берет трубку.

Ольга: *(голос расстроенный)* Илюш, привет.
Илья: Что-то случилось?
Ольга: Нет.
Илья: Как ты? Ты звонишь по делу или просто так?
Ольга: Просто так. Ты письмо уже получил?
Илья: Из Германии? Нет пока. Но ты не расстраивайся.
Ольга: Может, ты всё-таки позвонишь Маме, помиришься?
Илья: Оль, подожди, мы сами разберёмся.

Szene 10 // Deutschland // Castrop-Rauxel

Ella sitzt auf dem Dachboden (oder an der Emscher). Schreibt einen Brief.

»Hallo Ilja,
so leicht führst du mich nicht hinters Licht!
Erst habe ich mich gewundert: Warum kann Marija Petrowna mir nicht weiterhelfen? Immerhin hat sie Viktor doch 1995 offenbar sehr gut gekannt, wenn ich mir die vielen Liebesbriefe so ansehe. Und warum sollte ich die Fotos und Briefe an eine andere Adresse schicken, wenn die alte Adresse noch gültig ist. Und warum würde Marija mir die E-Mail-Adresse ihres Sohnes schicken, statt ihrer eigenen oder der ihrer Tochter, um die es ja ging?
Dann habe ich mir die Briefe von Marija an Viktor noch einmal angeschaut: Die Handschrift stimmte nicht überein. Auch wenn zwanzig Jahre vergangen sind, hätte ich doch eine Übereinstimmung finden müssen.
Also habe ich deinen Namen in Kombination mit der Adresse gegoogelt, an die ich die Briefe und Fotos schicken sollte. Volltreffer! Du bist es, der in der Tatischewstraße in Astrachan wohnt. Nicht deine Mutter.
Nun bin ich erst recht neugierig: Wozu das Versteckspiel? Weißt du mehr über Viktor und meinen Vater, als du zugeben willst? Sicher verstehst du, dass ich dir die Fotos und Briefe erst einmal nicht schicken werde. Zumindest die Kopie eines weiteren Fotos schicke ich aber mit. Von Viktor und einer Frau. Vielleicht deine Mutter?
Bye, Ella«

Szene 11 // Russland // Stadt Astrachan

Ilja in seiner Wohnung in Astrachan. Das Telefon klingelt. Ilja geht ran.

Olga: *(traurig)* Hallo Ilja!
Ilja: Ist was passiert?
Olga: Nein.
Ilja: Wie geht's? Gibt's was Bestimmtes, oder rufst du einfach so an?
Olga: Einfach so. Hast du mittlerweile eine Nachricht bekommen?
Ilja: Aus Deutschland? Noch nicht. Aber mach dir keinen Kopf.
Olga: Vielleicht solltest du doch mal Mama anrufen und dich wieder mit ihr versöhnen?
Ilja: Olga, das werden wir beide schon zwischen uns klären.

Ольга:	Илюш, у мамы третий день высокое давление. Эти разговоры о Германии сильно её расстраивают. Может, я никуда не поеду? Потусуюсь летом с подружками и спокойно пойду в …
Илья:	Ты с мамой просто поменьше о Германии треплись. Как только придёт ответ, мы с тобой сами решим, что делать. А тебе самое главное – сдать экзамены.
Ольга:	Хорошо, но ты маме всё равно позвони!
Илья:	Да, да хорошо. Ладно, давай, а то я занят немного по работе …

Сцена 12 // Россия // Город Астрахань

На квартире Ильи. Алекс и Илья играют в Xbox one.

Алекс:	Блин, надо сходить на пару.
Илья:	Аха. *(продолжает играть)*
Алекс:	Там должна Алина читать доклад …
Илья:	Аха.*(продолжает играть)*
Алекс:	*(усмехается)* Она когда волнуется прикольно руками машет.
Илья:	А что ты это в последнее время так много говоришь о ней?
Алекс:	Да, я не говорю!

Поставили игру на паузу.

Илья:	Как не говоришь? Только вчера раз 10 о ней вспомнил.
Алекс:	Только не надо утрировать!
Илья:	Да ладно тебе, всё и так понятно.
Алекс:	Что тебе понятно?

Звонок в дверь.

Пришла соседка. Илья открывает дверь.

Соседка:	Здравствуй, твоё письмо случайно оказалась в моём почтовом ящике. Поскольку я увидела, что оно из Германии, наверное, очень важное. Илюша, я не знала, что у тебя есть друзья в Германии
Илья:	Спасибо, но у меня нет друзей в Германии.*(Соседка уходит, Илья закрывает дверь)*
Алекс:	… что? Письмо из Германии?

Илья не отвечает, открывает письмо. Достаёт письмо, конверт падает. Алекс поднимает конверт.

Алекс:	*(поднимает конверт)* У тебя что, есть там девушка?

Илья молчит, читает.

Olga: Ilja, Mama hat seit drei Tagen Bluthochdruck. Dieses Gerede über Deutschland macht sie echt fertig. Vielleicht sollte ich da nicht hin? Lieber den Sommer mit Freundinnen abhängen und nach den Ferien in die ...

Ilja: Sprich das Thema Mama gegenüber einfach nicht mehr an. Sobald wir die Antwort haben, entscheiden wir selbst. Das Wichtigste ist jetzt, dass du deine Prüfungen gut bestehst.

Olga: Gut, aber ruf Mama bitte trotzdem an!

Ilja: Na gut. Ich muss jetzt Schluss machen, hab hier noch zu tun ...

Szene 12 // Russland // Stadt Astrachan

Iljas Wohnung. Alex und Ilja spielen Xbox One.

Alex: Mist, ich muss gleich zur Vorlesung.

Ilja: Hmh. *(spielt weiter)*

Alex: Alina hält heute einen Vortrag ...

Ilja: Hmh. *(spielt weiter)*

Alex: *(lacht kurz auf)* Sie fuchtelt immer so lustig mit den Armen, wenn sie nervös ist.

Ilja: Warum sprichst du denn in letzter Zeit so viel von ihr?

Alex: Mach ich doch gar nicht!

Sie stellen das Spiel auf Pause.

Ilja: Ach nein? Allein gestern hast du sie so ungefähr zehn Mal erwähnt.

Alex: Übertreib mal nicht!

Ilja: Ach komm, schon klar.

Alex: Was ist klar?

Es klingelt an der Tür.

Ilja öffnet. Die Nachbarin kommt herein.

Nachbarin: Hallo! Ein Brief an dich ist versehentlich in meinem Briefkasten gelandet. Ich habe gesehen, dass er aus Deutschland ist, wahrscheinlich was Wichtiges? Ich wusste gar nicht, dass du Freunde in Deutschland hast.

Ilja: Danke, aber ich habe keine Freunde in Deutschland.

Nachbarin ab.

Ilja schließt die Tür.

Alex: Was ist das für ein Brief aus Deutschland?

Ilja antwortet nicht, öffnet den Briefumschlag, holt den Brief hervor. Der Umschlag fällt zu Boden.

Alex: *(hebt den Umschlag auf)* Hast du dort eine Freundin?

Ilja antwortet nicht, liest.

Алекс: *(Алекс вытаскивает фото)* Ооо.. тётя Маша, она такая же красивая, как сейчас, а это, наверное, твой отец?

Илья: *(Илья тянется к фотографии, смотрит)* Нет, это не Алексей. *(продолжает читать письмо).*

Алекс: Я просто так подумал, потому что ты на него похож.

Алекс подходит к Илье, потому что он не отвечает на вопросы, и начинает читать вместе с ним. Илья убирает письмо.

Алекс: Что, любовное письмо? А ещё мне что-то говоришь.

Илья: Никакого секрета здесь нет. Ну, прислали несколько фотографий, ничего важного, просто переписываюсь, да и это моя мама ...

Алекс: Фото мамы, а пишет девушка по имени Елена ... *(смеётся, пожимает плечами)* Может, покатаемся? А потом искупаемся на острове с ребятами ...

Илья: Ты же знаешь – не люблю я плавать.

Алекс: Ты – единственный Астраханец, который не любит плавать. Давай тогда просто покатаемся.

Илья: У тебя же пара ...

Алекс: Пропущу ради друга. Алинка не обидится. Она умная.

Илья: В другой раз. Дуй на пару. Я не могу допустить, чтоб мой друг из-за меня остался необразованным чурбаном!

Алекс: Ох-хо-хо! Какая забота! Ладно. В другой, так в другой. Будет настроение – звони ... *(Алекс ушёл)*

Сцена 13 // Россия // Город Астрахань

Алекс ушёл. Илья берёт гитару и начинает напевать:

Илья: *(поёт)* «И лампа не горит,
И врут календари,
И если ты давно хотела что-то мне сказать,
То говори

Любой обманчив звук,
Страшнее тишина,
Когда в самый разгар веселья падает из рук
Бокал вина

И черный кабинет,
И ждет в стволе патрон,
Так тихо..что я слышу как идет на глубине
Вагон метро.

Alex: *(zieht ein Foto aus dem Umschlag)* Wow ... Deine Mutter Mascha, genauso hübsch wie jetzt, und das ist wahrscheinlich dein Vater?

Ilja: *(streckt die Hand nach dem Foto aus, schaut es sich an)* Nein, das ist nicht Alexej. *(liest den Brief weiter)*

Alex: Dachte ich irgendwie, weil du ihm ähnlich siehst.

Alex tritt zu Ilja, da dieser nicht antwortet, und fängt an mitzulesen. Ilja zieht den Brief weg.

Alex: Ist das ein Liebesbrief, oder was? Und mir was erzählen wollen!

Ilja: Da gibt's nichts zu verheimlichen, mir wurden ein paar Fotos geschickt, ein Briefwechsel, nichts Wichtiges, und, ja, das ist meine Mutter ...

Alex: Das auf dem Bild ist deine Mutter, aber geschrieben hat es eine Frau namens Elena ... *(lacht, zuckt dann mit den Achseln)* Wollen wir eine Spritztour machen? Und danach können wir mit den anderen auf die Insel zum Schwimmen ...

Ilja: Du weißt doch, dass ich nicht gerne schwimmen gehe.

Alex: Du bist der einzige in Astrachan, der nicht gern schwimmen geht. Dann eben nur die Spritztour.

Ilja: Du hast doch Vorlesung ...

Alex: Die kann ich für einen Freund auch sausen lassen. Alina wird es schon verstehen. Sie ist klug.

Ilja: Ein anderes Mal. Ab mit dir zur Vorlesung. Ich kann nicht zulassen, dass mein Freund wegen mir ein ungebildeter Quatschkopf bleibt!

Alex: Oha! Wie fürsorglich! Na gut. Dann ein anderes Mal. Wenn du Bock hast, ruf an ... *(ab)*

Szene 13 // Russland // Stadt Astrachan

Alex ist weg. Ilja nimmt seine Gitarre und stimmt ein Lied an.

Ilja: *(singt)* »Die Lampe ist nun aus,
die Zeitrechnung stimmt nicht,
willst du mir noch was sagen,
so sprich.

Der Lärm ist nur Betrug,
die Stille sein Gericht,
wenn in der größten Heiterkeit
das Glas zerbricht.

Das schwarze Kabinett,
die Kugel liegt bereit,

И лампа не горит ...»[1]

А «чёрный кабинет» начинает доставать! Вопросов много, но ни одного ответа! *(опять поёт)* «И врут календари ...»

Кошка Ильи Барселона подкрадывается к Илье и присаживается рядом.

Барселона: А что ты хочешь от людей?

Илья: Интересно, а поймёт ли русская кошка немецкую? Барселона, ты поймёшь немецкую кошку?

Барселона: Мы, кошки, в отличие от вас чётко знаем, что нам нужно и поэтому добиваемся всего.

Илья: Конечно! Что тут не понять? Ты ей «мяу» и она тебе «мяу». Вот и разобрались ... А тут попробуй разберись! Мама ничего не хочет слышать о Германии, но, тем не менее, там её любовные письма. Разве может любовь 20-тилетней давности быть важнее судьбы дочери в настоящее время?! *(поёт)* «И если ты давно хотела что-то мне сказать ...»

Барселона: Вот именно. Хочешь сказать – скажи.

Илья: К чему этот детектив? Что такого страшного в прошлых знакомствах? Чего она боится? *(обращается к кошке)* Вот мы с тобой боимся воды и гордимся этим! Да?

Барселона: Только я боюсь от природы, а ты – от своей глупости. Все кошки не любят купаться. А ты один такой ...

Илья: «Любой обманчив звук, страшнее тишина ...» *(решительно)* Надо говорить с мамой. Другого выхода я не вижу. А может, самому поехать в Германию?
(задумчиво) «И где-то хлопнет дверь, и дрогнут провода ...»

Барселона: Про маму – согласна ...

Илья: А ты говоришь «мяу» ... Будем считать, что твоё «мяу» – дельный совет. Хорошо, ты права: начнём с мамы. Но до этого я должен покончить с этими глупыми выдумками.

1 Текст песни «Романс» русской рок-группа «Сплин».

und in der Stille höre ich, wie unter mir
die Metro eilt.

Die Lampe ist nun aus ...«[1]
Und das »schwarze Kabinett« nervt langsam! So viele Fragen, aber keine einzige Antwort! *(singt wieder)* »... die Zeitrechnung stimmt nicht ...«

Iljas Katze Barcelona schleicht heran und gesellt sich zu Ilja.

Barcelona: Was erwartest du denn von den Menschen?

Ilja: Ob wohl eine russische Katze eine deutsche verstehen kann? Barcelona, kannst du eine deutsche Katze verstehen?

Barcelona: Im Gegensatz zu euch wissen wir Katzen genau, was wir brauchen, und kriegen deswegen alles hin.

Ilja: Natürlich! Ist ja klar! Sie so zu dir: Miau. Und du so zu ihr: Miau. Und ihr wisst Bescheid ... Aber versuch mal, hier durchzublicken! Mama will nichts von Deutschland hören, und dabei liegen da Liebesbriefe von ihr. Kann denn eine zwanzig Jahre alte Liebe wichtiger sein als das Schicksal ihrer Tochter im Hier und Jetzt?! *(singt)* »... willst du mir noch was sagen ...«

Barcelona: Genau. Willst du mir noch was sagen, so sprich!

Ilja: Wozu dieser Krimi? Was ist so schlimm an vergangenen Liebschaften? Wovor hat sie Angst? Und wieso verbirgt sie diese Angst? *(zur Katze)* Wir beide zum Beispiel haben Angst vor Wasser und sind stolz drauf! Oder?

Barcelona: Nur, dass es bei mir natürlich ist und bei dir – dämlich. Keine Katze badet gerne. Aber du bist der einzige Mensch, der so drauf ist.

Ilja: *(singt)* »Der Lärm ist nur Betrug, die Stille sein Gericht ...« *(bestimmt)* Ich muss mit Mama reden. Anders geht es nicht. Oder soll ich vielleicht selbst nach Deutschland? *(singt, nachdenklich)* »Und irgendwo knallt eine Tür, die Leitungen erzittern ...«

Barcelona: Was deine Mama betrifft, bin ich einverstanden.

Ilja: Und du meinst dazu nur: Miau ... Ich interpretiere dein Miau einfach mal als einen guten Rat. In Ordnung, du hast recht, dann fangen wir mal bei Mama an. Aber erst muss ich diese blöde Lügengeschichte beenden.

1 Lied der russischen Rockband Splin »Romans« (»Romanze«).

Сцена 14 // Россия // Город Астрахань

Илья пишет письмо.

«Здравствуй, Элла или Елена,
ведь я не знаю как на самом деле тебя зовут.
Я хотел бы извиниться за свой поступок, но на это были свои причины. Я немного расстроен, что ты ничего не написала по поводу моей просьбы. Ведь я говорил правду, и это очень важно для меня.
И ты тоже не так проста, как кажешься. Во-первых, почему тебе так важно узнать про связь Виктора и твоего отца? Во-вторых, почему ты не узнаешь информацию у своего папы? В-третьих, почему ты думаешь, что я знаю об этом больше, чем ты?
Для меня это такая же загадка. На фото действительно моя мама, но этот Виктор мне не знаком. Честно, я хотел бы знать о чём моя мама писала и как понять их отношения.
Я очень удивлён, что ты так быстро меня раскусила. Я тоже попытался тебя найти, но у меня ничего не получилось! И да, твой адрес мне ничем не помог. Кстати, письма моей матери были посланы именно на этот адрес, с которого пишешь мне ты? Или это адрес бабушки, где ты нашла чемодан?
Теперь мы оба как-то связаны в этой истории. Может, в чемодане есть что-то еще, что нам поможет разобраться в ней?
Я так думаю, тебе, наверное, не больше 20-ти. Это я понял из фотографии, на одной из которых запечатлён Виктор и твой отец, а на другой – Виктор и моя мама, и они, практически, одного возраста.
Может, ты расскажешь мне больше о себе? Мне хотелось бы, чтобы ты ответила в социальных сетях, так будет быстрее. Я есть в Вконтакте (http://vk.com/id279061661)
Пока, жду ответа.
Илья»

Szene 14 // Russland // Stadt Astrachan

Ilja schreibt einen Brief.

»Hallo Ella oder Elena,
denn ich weiß ja nicht, wie du wirklich heißt.
Ich möchte mich für mein Verhalten entschuldigen, hatte aber meine Gründe dafür. Ich bin ein wenig enttäuscht, dass du nichts zu meiner Bitte geschrieben hast. Denn in dem Punkt habe ich die Wahrheit gesagt, und die Sache mit meiner Schwester ist sehr wichtig für mich.
Du bist aber auch nicht so einfach, wie du vielleicht meinst.
Erstens: Warum ist es dir so wichtig, etwas über die Beziehung deines Vaters zu diesem Viktor zu erfahren?
Zweitens: Wieso fragst du nicht einfach deinen Vater?
Drittens: Warum glaubst du, ich würde mehr darüber wissen als du?
Für mich ist die ganze Sache genauso ein Rätsel wie für dich. Die Frau auf dem Foto ist wirklich meine Mutter, aber diesen Viktor kenne ich nicht. Ehrlich gesagt würde ich ganz gerne wissen, was meine Mutter ihm geschrieben hat und wie ich ihre Beziehung zu ihm verstehen soll.
Ich bin verwundert, dass du mich so schnell durchschaut hast. Ich hatte auch versucht, dich im Internet zu finden. Hat nicht geklappt. Auch deine Adresse hat mir dabei nicht weitergeholfen.
Übrigens: Hat meine Mutter ihre Briefe an die Adresse in Deutschland geschickt, von der aus du mir schreibst? Oder ist das nur die Adresse deiner Oma, bei der du den Koffer entdeckt hast?
Jetzt sind wir beide in diese Geschichte verwickelt. Vielleicht gibt es in dem Koffer etwas, das uns helfen kann, die Lösung zu finden?
Ich schätze, du bist nicht älter als zwanzig. Das würde ich jedenfalls aus den Fotos schließen. Auf dem Foto, auf dem Viktor und dein Vater abgebildet sind, sehen beide etwa gleich alt aus. Und auf dem anderen sind Viktor und meine Mutter etwa gleich alt. Also müsste dein Vater etwa so alt sein wie meine Mutter.
Kannst du mir mehr über dich erzählen? Vielleicht kannst du mir ja per Internet antworten, dann geht es schneller. Ich bin bei vk.com registriert (http://vk.com/id279061661).
Freue mich auf deine Antwort.
Tschüss, Ilja«

Сцена 15 // Германия // Кастроп-Рауксель

Элла сидит в наушниках за ноутбуком и слушает музыку. Она разглядывает страницу Ильи в ВКонтакте.

Бабушка: *(за сценой)* Элла?! Твои подруги пришли. Я направляю их к тебе.

Элла не реагирует.

Три подруги Эллы заходят на чердак.

Подруга 1: *(снимает с Эллы наушники)* Эллааааа, мы здеееесь!

Элла: *(пугается)* Что вы здесь делаете так рано? Я думала, вы придёте только в пять?!

Подруга 1: *(показывает на ноутбук)* Шикарная штука.

Элла: *(с ухмылкой)* Бабушкин.

Подруга 2: *(видит страницу Ильи)* Эй, это кто ещё тут такой? А он хорошенький.

Подруга 3: Да, покажи-ка. Ууу, откуда ты его знаешь?

Элла: *(хочет захлопнуть ноутбук)* Это вас не касается.

Подруга 2: Эй, не надо загадок. Что это, вообще, за сайт? Здесь всё на русском.

Подруга 1: Я думала, Россия для тебя – дыра дырой!

Подруга 3: Если все парни там так выглядят, то я добровольно переезжаю в Россию.

Элла: *(вздыхает)* Просто друг семьи. Нам уже идти надо. Сейчас перекусим что-нибудь, а потом в кино.

Подруга 2: Ой, да у нас ещё уйма времени. Это что-то типа фейсбука?

Подруга 3: Покажи, дай мне посмотреть. *(протискивается к Элле на стул и кликает на фотографии)* Ого, вот это фото – настоящий класс. Как мне его лайкнуть?

Элла: Никак. Я еще не зарегистрировалась.

Подруга 1: Ну, так давай сделаем это сейчас.

Элла: Серьезно?

Подруга 1: Конечно, не помешает.

Подруга 3: Так, давай посмотрим ... Вот блин, ничего не разберу.

Подруга 2: Тут ведь не всё на русском, дурочка. День рождения, языки, зарегистрироваться. Сайт ведь на английском.

Подруга 3: Это понятно, но сообщения-то – на русском. Слушай, переведи-ка это, пожалуйста, Элла!

Элла: *(отодвигает подругу 3 в сторону)* Пропусти. *(печатает)* Я зарегистрируюсь, но не под своим именем!

Подруга 1: Тогда просто измени фамилию.

Элла печатает.

Подруга 2: Но тебе еще нужно фото на аву. У тебя есть фотки в ноутбуке?

Szene 15 // Deutschland // Castrop-Rauxel

Ella sitzt mit Kopfhörern auf den Ohren am Laptop und hört Musik. Sie guckt sich das Profil auf vk.com von Ilja an.

Oma: *(aus dem Off)* Ella?! Deine Freundinnen sind da. Ich schicke sie zu dir hoch.

Ella reagiert nicht.

Ellas drei Freundinnen betreten den Dachboden.

Freundin 1: *(nimmt Ella die Kopfhörer vom Kopf)* ELLAAAA, wir sind daaaaaa!

Ella: *(erschreckt sich)* Was macht ihr denn schon hier? Ich dachte, ihr kommt erst um fünf?!

Freundin 1: *(zeigt auf den Laptop)* Schickes Ding.

Ella: *(grinst)* Gehört Oma.

Freundin 2: *(sieht Iljas Profil)* Ey, wer ist denn die Schnitte da? Der sieht aber echt gut aus.

Freundin 3: Ja, zeig mal her. Uhh, woher kennst du den denn?

Ella: *(will Laptop zuklappen)* Geht euch gar nichts an.

Freundin 2: Hey, jetzt sei doch mal nicht so geheimnisvoll. Was ist das überhaupt für eine Seite? Da steht ja alles auf Russisch.

Freundin 1: Ich dachte, Russland ist für dich ein Meideort!

Freundin 3: Wenn die Typen da alle so aussehen, ziehe ich freiwillig nach Russland.

Ella: *(seufzt)* Ist nur ein Bekannter der Familie. Aber wir wollen doch gleich auch los. Lasst uns doch noch was essen und dann ins Kino.

Freundin 2: Ach, wir haben doch noch genug Zeit. Ist das sowas wie Facebook?

Freundin 3: Zeig mal, lass mich da mal ran. *(quetscht sich zu Ella auf den Stuhl und klickt sich durch die Bilder)* Oha, das Bild ist echt hot. Wie kann ich das liken?

Ella: Gar nicht. Weil ich noch kein Profil angelegt habe.

Freundin 1: Na, dann machen wir das jetzt mal.

Ella: Soll ich echt?

Freundin 1: Klar, stört doch keinen.

Freundin 3: Also, lass mal sehen ... Ach Mann, ich blick da mal gar nicht durch.

Freundin 2: Ist doch gar nicht alles russisch, du dumme Nuss. Birthday, languages, log in. Die Seite ist doch auf Englisch.

Freundin 3: Schon klar, aber die Einträge sind russisch, Mann. Übersetz das mal bitte, Ella!

Элла: Это же бабушкин. Я могу посмотреть, остались ли у неё фотографии с прошлого отпуска. *(ищет, но ничего не находит)*

Подруга 3: Зато у твоей бабули есть фото шикарных типов в компьютере ...

Элла: Тогда без фотографии.

Подруга 3: Стоп, стоп, стоп! А ты всё-таки запостишь фотку!

Подруга 1: Да! Фотосессия. Здесь, наверху, как раз классное место для этого.

Элла: Но точно не в таком виде, как сейчас.

Подруга 1: *(открывает платяной шкаф Эллы, достаёт оттуда топ)* Как вам это? *(роется дальше)* Или это? О, вот это просто супер! *(разбрасывает вещи из шкафа)*

Элла: *(вскакивает и засовывает вещи обратно в шкаф)* Нет, нет! Ни в коем случае. О, у меня ещё этот верх сохранился?

Подруга 2: Очень красиво. Надевай-ка!

Подруга 3: *(сидя за компьютером)* Здесь ты можешь также добавлять клипы. Добавлю-ка я твои любимые песни.

Элла тем временем надевает верх, выбирает штаны и надевает их.

Элла: И? Как я выгляжу?

Подруга 2: *(восторженно)* Потрясно! Осталось только сделать причёску и мэйк-ап.

Подруга 1 и подруга 2 хлопочут вокруг Эллы. Делают ей причёску. Припудривают нос.

Подруга 3: *(за компьютером)* The Fray: how to safe a life, Billy Talent: red flag, 30 seconds: hurricane ... На первый раз хватит.

Подруга 2: А теперь улыбочку!

Подруги дурачатся, фотографируются на свои мобильные телефоны, Элла тоже получает удовольствие от всей этой кутерьмы.

Подруга 2: Так. *(подключает сотовый к ноутбуку и загружает фото на страницу Эллы)* А теперь пошлём этому красавчику предложение дружбы!

Элла: Серьезно?

Подруга 1: *(кликает)* Уже поздно.

Подруги уставились на экран.

Элла: *(взволнованно)* Заявка в друзья принята. Да он онлайн!

Подруга 3: Еее, наконец, я смогу-таки лайкнуть фото!

Элла: *(отталкивает подругу 3 от ноутбука)* Нет, это подождет. Нам пора, а то мы ещё опоздаем.

Подруга 1: Давай, Элла. Хотя бы одно короткое сообщение.

Подруга 2: Он же в сети как раз.

Элла: Вы меня уже достали. Ну, ладно. *(пишет, отправляет)*

Подруга 2: Что ты написала?

Элла: «Привет».

Ella: *(schiebt Freundin 3 etwas zur Seite)* Lass mich da mal dran. *(tippt)* Ich meld mich aber nicht mit meinem echten Namen an!

Freundin 1: Dann ändere halt deinen Nachnamen.

Ella tippt.

Freundin 2: Du brauchst aber noch ein Profilfoto. Hast du Bilder auf dem Laptop?

Ella: Ist doch der von Oma. Ich kann mal gucken, ob sie noch Bilder vom letzten Urlaub drauf hat. *(sucht, findet aber nichts)*

Freundin 3: Deine Oma hat aber auch Fotos von ganz feschen Typen auf dem Rechner ...

Ella: Dann halt ohne Foto.

Freundin 3: Stopp, stopp, stopp! Und ob du ein Foto reinstellst!

Freundin 1: Ja! Ein Fotoshooting. Ist doch voll die coole Location dafür hier oben.

Ella: Ganz sicher aber nicht so, wie ich jetzt aussehe.

Freundin 1: *(öffnet Ellas Kleiderschrank, zieht ein Top heraus)* Wie wär's hiermit? *(kramt weiter)* Oder das hier? Oh, das ist doch toll! *(wirft mit Klamotten aus dem Schrank um sich)*

Ella: *(springt auf und stopft die Sachen wieder in den Schrank)* Nein, nein! Ganz sicher ni- Oh, das Oberteil hab ich noch?

Freundin 2: Das ist total schön. Zieh mal über!

Freundin 3: *(am Rechner sitzend)* Hier kannst du auch Musikvideos verlinken. Ich verlink mal deine Lieblingslieder.

Ella zieht währenddessen das Oberteil an, sucht eine Hose raus und zieht sie an.

Ella: Und? Wie sehe ich aus?

Freundin 2: *(begeistert)* Sehr schön! Jetzt noch Hair und Make-up.

Freundin 1 und Freundin 2 werkeln an Ella rum. Machen ihre Haare. Pudern ihre Nase.

Freundin 3: *(am Rechner)* The Fray: how to safe a life, Billy Talent: red flag, 30 seconds: hurricane ... Das dürfte erstmal reichen.

Freundin 2: Und jetzt bitte lächeln!

Die Freundinnen albern herum, machen Fotos mit ihren Handys. Auch Ella findet Spaß an der ganzen Aktion.

Freundin 2: So. *(schließt Handy am Laptop an und lädt Bilder auf Ellas Profil)* Und jetzt schicken wir dem Süßen mal eine Freundschaftsanfrage!

Ella: Soll ich echt?

Freundin 1: *(klickt)* Jetzt ist eh zu spät.

Freundinnen starren auf den Bildschirm.

Ella: *(aufgeregt)* Freundschaftsanfrage angenommen. Er ist online!

Freundin 3: Yeah, dann kann ich endlich das Bild liken.

Подруга 3: Только «привет»?
Подруга 1: Он пишет!
Элла: *(переводит)* Привет. *(печатает и затем переводит)* Это я, Элла.
Подруга 2: Снова ответил!
Элла: *(переводит)* Хорошо, что у тебя теперь тоже есть профиль.
Подруга 3: *(говорит нараспев)* Отлиииичноо.
Элла: *(смеётся)* Ну, всё, девчонки, время.
Подруга 2: И всё? Ты серьёзно? Напиши хотя бы, что он мега-классный. Смотри, он опять написал. Что он написал?
Элла: *(переводит)* Так мы можем писать друг другу быстрее. *(печатает, встаёт и захлопывает крышку ноутбука)* Пошли.
Подруга 3: Что ты написала?
Элла: Что сейчас я иду в кино с тремя чокнутыми!
Подруга 1: Неправда!
Элла: *(смеётся)* Ну, что-то похожее.

Сцена 16 // Германия // Кастроп-Рауксель

Кухня.

Бабушка Галина заходит в комнату. На ней махровый халат, волосы замотаны в полотенце. Ноутбук под рукой. Она удобно устраивается на стуле за кухонным столом, ставит перед собой ноутбук и открывает его.

Бабушка: *(надевает очки)* Неплохо бы сейчас немного початиться *(печатает, заходит в профиль)* Три новых сообщения? Посмотрим ... А он симпатичный! *(читает вслух)* «Дорогая Галина, сегодня я увидел твоё фото на своем флирт-радаре и не мог не написать тебе. Ты настолько прекрасна, что я был вынужден оторвать взгляд от твоей фотографии, чтобы не испортить свой кардиостимулятор.
Просмотри мой профиль, твой Уве» *(качает головой)* Лизоблюд! Чтобы не испортить кардиостимулятор?
Сколько же ему лет? *(жмёт на следующую ссылку)* Петер? Посмотрим, что ты пишешь. *(читает вслух)* «Привет, Галина, как дела?» *(прекращает читать)* Коротко и ясно. Этому я могу ответить *(печатает, прекращает печатать)* Так, теперь третье сообщение! От Генриха, отлично! *(читает)* «Галина, мы переписываемся уже три недели. Тебе не кажется, что нам стоит развить наши отношения? Давай

Ella: *(schiebt Freundin 3 vom Laptop weg)* Nein, das reicht jetzt. Lasst uns los, sonst kommen wir noch zu spät.
Freundin 1: Komm schon, Ella. Wenigstens eine kurze Nachricht.
Freundin 2: Er ist doch gerade online.
Ella: Ihr seid echte Nervensägen. Na gut. *(schreibt, schickt ab)*
Freundin 2: Was hast du geschrieben?
Ella: Hallo.
Freundin 3: Nur Hallo?
Freundin 1: Er antwortet!
Ella: *(übersetzt)* Hi. *(tippt und übersetzt dann)* Ich bin's, Ella.
Freundin 2: Schon wieder eine Antwort!
Ella: *(übersetzt)* Schön, dass du jetzt auch ein Profil hast.
Freundin 3: *(flötet)* Schöööön.
Ella: *(lacht)* So, wird Zeit, Mädels.
Freundin 2: Das soll's gewesen sein? Schreib wenigstens, dass er megaheiß ist. Da, er hat noch mal geschrieben. Was hat er geschrieben?
Ella: *(übersetzt)* So können wir uns schneller schreiben. *(tippt, steht auf und klappt Rechner zu)* Lasst uns gehen.
Freundin 3: Was hast du geschrieben?
Ella: Dass ich jetzt mit drei völlig Bekloppten ins Kino gehe.
Freundin 1: Hast du nicht!
Ella: *(lacht)* Aber so ähnlich.

Szene 16 // Deutschland // Castrop-Rauxel

Die Küche.

Oma Galina betritt den Raum. Sie trägt einen Bademantel, ihre Haare in ein Handtuch gewickelt. Ihren Laptop unterm Arm. Sie macht es sich auf dem Stuhl am Küchentisch bequem, stellt den Laptop ab und klappt ihn auf.
Oma: *(setzt Brille auf)* Ein bisschen chatten ist jetzt genau das Richtige. *(tippt, loggt sich ein)* Drei neue Flirtnachrichten? Mal sehen ... Der sieht ja schnuckelig aus! *(liest laut)* Liebe Galina, ich habe heute auf meinem Flirtradar dein Bild gesehen und musste dich einfach anschreiben. Du bist so schön, dass ich gezwungen war, schnell wegzusehen, damit mein Herzschrittmacher keine Probleme kriegt. Schau doch mal auf meinem Flirtprofil vorbei, dein Uwe. *(schüttelt den Kopf)* Schleimer! Sein Herzschrittmacher kriegt Probleme? Wie alt ist der denn? *(klickt sich weiter)* Peter? Mal sehen, was du schreibst. *(liest laut)* Hallo Galina, wie geht es dir? *(hält inne)* Kurz und knapp. Dem kann ich ja mal antworten. *(tippt, hört auf zu tippen)* So, und jetzt die dritte. Von Heinrich,

встретимся в воскресенье в «Кафе дель Соль». В 11.00. Я приглашаю тебя на бранч. Надеюсь, ты придёшь. Твой Генрих». *(прикрывает ладонью открывшийся от удивления рот)* Бог ты мой! *(кликает, кликает снова, как одержимая, жмёт на клавиши)*

В кухню входит Катя, бросает куртку и сумку в угол.

Катя: Что случилось, бабушка? Ты что, хочешь сломать свой ноутбук?

Бабушка: Привет, Катюша. *(снова, как сумасшедшая, жмёт на клавиши)* Эта дурацкая штука уже сломалась!

Катя: Давай посмотрим. *(ухмыляется)* Что ты там делаешь?

Бабушка: Ах, да я всего лишь переписываюсь. *(пытается закрыть ноутбук)*

Катя: *(останавливает её руку)* Ну-ка, покажи, бабуль! *(читает сообщение)*. Похоже, что-то серьёзное. Бранч? Завтрак в кафе?

Бабушка: Да не надо мне никакого приглашения на завтрак, только компьютер новый!

Катя: Что ты говоришь? Да тебе нужно всего лишь обновить его. Я ведь тебе уже объясняла недавно. Я нажимаю сюда, и потом он снова начинает работать.

Бабушка: Спасибо, ты такая милая.

Катя: Не за что, бабуль.

Бабушка: Я только просушу волосы и надену что-нибудь приличное. *(собирается уйти)*

Катя: Бабушка?

Бабушка: *(снова оборачивается в дверном проёме)* Что?

Катя: Я думаю, тебе всё-таки следует сходить туда в воскресенье.

Бабушка: Может быть. Посмотрим. *(уходит)*

Катя ждёт, пока компьютер обновится, бродит в это время в интернете.

Катя: Что это? Бабушка сидит в ВКонтакте? *(удивлённо)* А это кто? Элла? А я-то думала, что она считает соц.сети глупостью *(открывает страничку, включает клип)*.

Никогда бы не поверила, что у неё такой музыкальный вкус. *(зло ухмыляясь)* В реале она не такая красотка, как на фотографиях! С кем она тут переписывалась? С Ильёй? Это ещё кто? *(читает вслух)* «Привет. Это я, Элла» *(язвительно)* О Боже, какая тупая, ему должно быть сразу понятно. *(читает дальше)* «Отлично, что у тебя теперь тоже есть профиль.» *(возмущённо)*. Он запал на Эллу? *(кликает дальше)* Хм, совсем недурно. Если бы Феликс знал об этом ...

das ist ja schön! *(liest)* Galina, wir schreiben nun schon seit drei Wochen. Findest du nicht auch, dass wir unsere Beziehung vertiefen sollten? Triff mich am Sonntag im Café del Sol. Um 11 Uhr. Ich lade dich zum Brunchen ein. Ich hoffe, du kommst. Dein Heinrich. *(schlägt die Hand vor den Mund)* Ach du je! *(klickt, klickt wieder, klickt wie wild auf dem Laptop herum)*

Katja betritt die Küche, wirft ihre Jacke und ihre Tasche in die Ecke.

Katja: Was ist denn los, Babuschka? Willst du deinen Laptop kaputt machen?

Oma: Hallo Katjuscha. *(klickt weiter wie verrückt auf dem Laptop herum)* Das blöde Ding ist schon kaputt!

Katja: Lass mal sehen. *(grinst)* Was machst du denn da?

Oma: Ach, ich chatte nur ein bisschen. *(will den Laptop zuklappen)*

Katja: *(hält Oma auf)* Zeig doch mal, Babuschka! *(liest die Nachricht)* Das klingt aber ernst. Brunch?

Oma: Ich brauch keine Brunch-Einladung, sondern einen neuen Rechner!

Katja: Ach was, du brauchst nur ein Update. Hab ich dir doch neulich schon erklärt. Ich mach das eben, dann dürfte das Ding wieder laufen.

Oma: Danke, das ist lieb von dir.

Katja: Mach ich doch gern, Babuschka.

Oma: Ich föhn mir mal die Haare und zieh was Ordentliches an. *(will gehen)*

Katja: Babuschka?

Oma: *(dreht sich im Türrahmen noch mal um)* Ja?

Katja: Ich finde, du solltest da am Sonntag hingehen.

Oma: Vielleicht. Mal sehen. *(ab)*

Während Katja wartet, dass das Update durchläuft, klickt sie herum.

Katja: Was ist das denn? Oma ist bei Vkontakte? *(erstaunt)* Das ist doch Ella? Dachte, die findet Social Networks doof. *(guckt sich die Seite an, spielt ein Musikvideo an)* Hätte ihr gar nicht so einen Musikgeschmack zugetraut. *(böse grinsend)* So hübsch wie auf den Fotos ist sie aber in echt nicht! Mit wem hat sie denn da geschrieben. Ilja? Wer ist das denn? *(liest laut)* »Hallo. Ich bin's, Ella.« *(spöttisch)* Oh Mann, ist die doof, das sieht er doch selbst. *(liest weiter)* »Schön, dass du jetzt auch ein Profil hast.« *(empört)* Steht der auf Ella? *(klickt weiter)* Hm, sieht gar nicht mal übel aus. Wenn Felix das wüsste.

Oma betritt von Katja unbemerkt die Küche.

Бабушка незаметно для Кати вошла в кухню.

Бабушка: Обновился? *(заглядывает через Катино плечо)* Ты тоже переписываешься с симпатичными парнями? Устроим двойное свидание в воскресенье?

Катя: Бред, даже не знаю, кто это ...

Бабушка: *(настороженно)* Илья Лайфаров?

Катя: Да правда, не знаю, кто это, бабуля. *(быстро закрывает ноутбук)*. Мне надо домой. А то будут беситься, что я ещё не за домашкой. *(встаёт, чмокает бабушку в щёчку, убегает)*

Бабушка: *(задумчиво)* Лайфаров ...

Сцена 17 // Германия // Кастроп-Рауксель

Катя сидит в гостиной у Эллиной бабушки. Звонят в дверь.

Катя идёт открывать.

Катя: Привет, Феликс. Сто лет не виделись.

Феликс: Да ты уже практически перебралась сюда, или?

Катя: Классно поздоровались. Заходи.

Феликс: *(проходит в коридор)* Элла тут?

Катя: Нее, она помогает бабушке с покупками. Можешь составить мне компанию, пока будешь ждать. Я и так хотела рассказать тебе кое-что важное.

Феликс: *(идет на кухню за Катей)* Что случилось?

Катя: *(садится за стол)* Ты знал, что Элла поддерживает связь с Россией?

Феликс: Да, она написала письмо какой-то Марии. По поводу того чемодана, который ты недавно непременно хотела видеть.

Катя: *(испуганно)* Ты рассказал ей об этом?

Феликс: Нет.

Катя: *(удивленно)* Почему же нет?

Феликс: С какой стати я должен усугублять ваши отношения? Кроме того, мне было жаль тебя. Ты была такая грустная, когда нашла в чемодане фотографию своего отца.

Катя: *(вдруг резко)* И ты тоже знал, что Элла поддерживает контакты с Россией по интернету?

Феликс: Элла и интернет? Да никогда в жизни! И тем более с Россией.

Катя: Тогда глянь-ка сюда *(подает Феликсу ноутбук)* Выглядит так, как будто Элла всё-таки ищет себе друзей в России. Реально близких друзей!

Oma: Update schon fertig? *(schaut Katja über die Schulter)* Du schreibst ja auch mit netten Typen. Machen wir Sonntag ein Doppeldate?

Katja: Ach Quatsch, ist nur irgendwer.

Oma: *(stutzt)* Ilja Lajfarow?

Katja: Ist echt nur irgendwer, Babuschka. *(klappt schnell Laptop zu)* Ich muss nach Hause. Sonst gibt's Ärger, weil ich noch nicht an den Hausaufgaben sitze. *(steht auf, gibt Oma einen schnellen Kuss auf die Wange, geht ab)*

Oma: *(nachdenklich)* Lajfarow ...

Szene 17 // Deutschland // Castrop-Rauxel

Katja sitzt bei Ellas Oma im Wohnzimmer. Es klingelt.

Katja öffnet die Tür.

Katja: Hey, Felix. Haben uns ja lange nicht gesehen.

Felix: Du bist hier aber auch schon halb eingezogen, oder?

Katja: Nette Begrüßung. Komm rein.

Felix: *(betritt den Flur)* Ist Ella da?

Katja: Nee, die hilft Babuschka mit den Einkäufen. Kannst mir ja Gesellschaft leisten, solange du wartest. Ich wollte dir sowieso noch etwas Wichtiges erzählen.

Felix: *(folgt Katja in die Küche)* Was gibt's denn?

Katja: *(Setzt sich an den Tisch)* Wusstest du, dass Ella mit Russland Kontakt hat?

Felix: Ja, sie hat einen Brief an eine Marija geschrieben. Wegen dieses Koffers, den du neulich unbedingt sehen wolltest.

Katja: *(erschrocken)* Hast du ihr davon erzählt?

Felix: Nein.

Katja: *(verwundert)* Wieso nicht?

Felix: Wozu soll ich die Situation zwischen euch noch schlimmer machen? Außerdem hast du mir leidgetan. Sahst so traurig aus, als du das Foto von deinem Papa im Koffer gefunden hast.

Katja: *(mit plötzlicher Härte in der Stimme)* Und wusstest du auch schon, dass Ella auch im Internet russische Kontakte pflegt?

Felix: Ella und Internet? Nie im Leben! Und erst recht nicht mit Russland.

Katja: Dann schau dir das mal an. *(hält Felix den Laptop hin)* Sieht aus, als ob Ella doch Freunde in Russland sucht. Echt heiße Freunde!

Феликс: *(начинает обижаться)* Я не могу в это поверить. Зачем Элле понадобилось искать друзей в России? Она же совсем не хочет в Россию.

Катя: Ну, если ты так думаешь. Тогда посмотри её переписку.

Феликс: *(берёт ноутбук и просматривает переписку)* Это ...

Катя: Это по-русски.

Феликс: Просто кузен.

Катя: Это я бы знала. Если бы ты меня спросил, то я бы сказала тебе, это твой преемник. На её странице он – единственный друг. Такое впечатление, как будто она создала свой профиль только для него. Этот Илья, должно быть, очень важен для нее.

Феликс: Илья? *(размышляет)* Это же сын этой ... *(гневно)* Полная чепуха! Этого Элла никогда бы не сделала, нет, только не Елена Димитри. Я поговорю с ней позже.

Катя: Вот как? На твоем месте я бы высказала ей свое мнение!

Феликс: *(гневно)* Тебе ничего лучшего в голову не приходит, кроме как постоянно говорить гадости? У тебя здесь, в самом деле, немного друзей, а?

Катя: *(тихо и грустно)* Она выложила фотографии на страницу. На них она выглядит особенно красиво. Я подумала, ты должен это знать. У Эллы есть всё. Отличный дом, отличные друзья, реально симпатичный парень ... Но вместо того, чтобы быть счастливой, она всё это растаптывает ногами.

Феликс: *(мягче)* Разве в этом дело? Ты что, ревнуешь Эллу?

Катя: Элла! Всегда всё крутится только вокруг Эллы. Примерный ребенок семьи Димитри. А я? Я всё испробовала, чтобы произвести впечатление на своих родителей. Но она всегда лучше, чем я. При этом она даже ничуть не напрягается.

Феликс: Поэтому ты так странно отреагировала на фотографию своего отца.

Катя: Мои родители ждут многого от меня, я всегда и во всём должна быть совершенной, и когда у меня это не получается, тогда ...

Феликс: Тогда что?

Катя: Тогда они говорят: посмотри только, у Эллы же всё получается. Они просто не понимают, что иногда это уже чересчур, что и мне порой нужно время для самой себя. Они всегда говорят: время для себя у тебя будет, когда ты закончишь университет. Феликс, я этого больше не вынесу! Иногда я просто хочу, чтобы всё, наконец, закончилось!

Феликс: Ты не можешь с ними поговорить?

Катя качает головой, слёзы на глазах.

Felix: *(wird langsam sauer)* Das kann ich echt nicht glauben. Wieso sollte Ella sich Freunde in Russland suchen. Sie will doch gar nicht nach Russland.

Katja: Wenn du meinst. Aber dann schau dir mal den Chatverlauf an.

Felix: *(nimmt Laptop und schaut sich Chatverlauf an)* Das ist ...

Katja: Russisch.

Felix: Ist bestimmt bloß ein Cousin.

Katja: Das wüsste ich aber. Wenn du mich fragst, tippe ich auf: dein Nachfolger. Er ist auf der Seite ihr einziger Freund. Scheint, als ob sie das Profil nur für ihn erstellt hat. Dieser Ilja muss ihr echt wichtig sein.

Felix: Ilja? *(grübelt)* Das war doch der Sohn von dieser ... *(wütend)* Ach, absoluter Blödsinn! So was würde Ella niemals tun, nein, nicht Elena Dimitri. Ich spreche nachher mit ihr.

Katja: Also, ich an deiner Stelle würde ihr mal richtig die Meinung sagen!

Felix: *(wütend)* Fällt dir nichts Besseres ein, als dauernd so fies zu sein? Du hast echt nicht viele Freunde, oder?

Katja: *(leise und traurig)* Sie hat Bilder ins Profil gestellt, auf denen sah sie besonders hübsch aus. Ich dachte, das solltest du wissen. Ella hat doch alles. Ein tolles Zuhause, tolle Freunde, einen echt hübschen Freund ... Aber statt glücklich zu sein, tritt sie das alles mit Füßen.

Felix: *(sanfter)* Geht es darum? Bist du eifersüchtig auf Ella?

Katja: Ella, immer dreht sich alles nur um Ella. Das Musterkind der Familie Dimitri. Und ich? Hab alles versucht, um meine Eltern zu beeindrucken. Aber immer ist sie besser als ich. Dabei strengt sie sich noch nicht einmal an.

Felix: Deshalb hast du so komisch auf das Foto von deinem Vater reagiert.

Katja: Meine Eltern erwarten so viel, ich muss immer in allem perfekt sein, und wenn ich es nicht bin, dann ...

Felix: Dann?

Katja: Dann sagen sie: Guck doch, Ella schafft es doch auch. Sie verstehen einfach nicht, dass das manchmal alles zu viel ist, dass ich auch mal Zeit für mich brauche. Sie sagen immer: Zeit für dich hast du, wenn du studiert hast. Felix, ich halte das nicht mehr aus! Manchmal wünsche ich mir einfach, das alles wäre endlich vorbei!

Felix: Kannst du nicht mal mit ihnen reden?

Katja schüttelt den Kopf, Tränen in den Augen.

Felix: *(nimmt sie in den Arm)* Hey, nicht weinen!

Феликс: *(обнимает её)* Эй, не плачь!
Катя: *(вытирает слезу)* Я не плачу. Теперь ты знаешь, почему я такая, какая я есть. А ты позаботься лучше о своей Елене. Смотри, чтобы она не сбежала с этим Ильёй. *(уходит)*
Сбитый с толку Феликс остаётся.

Сцена18 // Германия // Кастроп-Рауксель

Феликс сидит у Эллы в комнате. Возле него ноутбук бабушки.

Элла выходит на чердак.
Элла: *(испуганно, удивлённо)* Эй, что это ты тут делаешь?
Элла хочет поцеловать его, он отворачивается.
Элла: В чём дело?
Феликс: Меня Катя впустила. Нам нужно поговорить, Елена. *(открывает ноутбук)* Ты создала себе страничку на русском сайте. Объясни мне, пожалуйста, что бы это могло значить.
Элла: *(запинаясь)* Что за страничка ... откуда ...
Феликс: *(сердито)* Элла, не разводи меня! Серьёзно, я никогда не думал, что ты мне будешь врать. Что это значит? О чём ты переписываешься с чужими парнями? Меня тебе уже не хватает? Или как?
Элла: Феликс, но это не то, что ты думаешь ... *(хочет закрыть ноутбук)*
Феликс: Я уже всё видел.
Элла: Это всего лишь знакомый из России.
Феликс: Теперь ты всё-таки передумала, и хочешь поехать со своими родителями? И, вообще, из-за одного знакомого. Это же тот парень, которому ты должна была написать про визу!
Элла: Феликс, я всего лишь хотела выяснить, что кроется за этим чемоданом. Ничего больше.
Феликс: Ага, и об этом можно узнать только тогда, когда выложишь свои симпатичные фотки в интернет? Да уж, всё понятно. Ну, и что же ты выяснила? *(иронично)* Тебе удалось что-нибудь выяснить?
Элла: *(сердито)* Скажи, в чём, собственно, ты хочешь меня обвинить? Хочешь выставить меня шлюхой? На себя сначала посмотри, эй! С каких это пор мы шпионим друг за другом? Что ты вообще делаешь в ноутбуке бабушки?
Феликс: Я не шпионил. Я случайно на это наткнулся. С каких пор мы больше не доверяем друг другу, Элла? Раньше ты всегда мне всё рассказывала. Не ожидал, что у тебя появятся тайны

Katja: *(wischt sich eine Träne weg)* Ich weine nicht. Jetzt weißt du, wieso ich bin, wie ich nun mal bin. Und du kümmer dich lieber um deine Elena. Nicht, dass die mit ihrem Ilja schon über alle Berge ist. *(ab)*

Felix bleibt verwirrt zurück.

Szene 18 // Deutschland // Castrop-Rauxel

Felix sitzt bei Ella im Zimmer. Neben ihm Omas Laptop.

Ella betritt den Dachboden.

Ella: *(erschrocken, überrascht)* Hey, was machst du denn schon hier?

Ella will ihn küssen. Felix dreht sich weg.

Ella: Was ist los?

Felix: Katja hat mich reingelassen. Wir müssen reden, Elena. *(klappt den Laptop auf)* Kannst du mir bitte erklären, was es zu bedeuten hat, dass du dir auf einer russischen Seite ein Profil erstellt hast?

Ella: *(stotternd)* Was für ein Profil ... woher ...

Felix: *(verärgert)* Ella, jetzt verarsch mich doch nicht! Ernsthaft, ich hätte nie von dir erwartet, dass du mich anlügst. Was soll das? Was schreibst du mit fremden Typen? Reich ich dir nicht mehr, oder was?

Ella: Felix, es ist aber nicht so wie du denkst ... *(will Laptop zuklappen)*

Felix: Ich habe eh schon alles gesehen.

Ella: Das ist nur ein Bekannter aus Russland.

Felix: Hast du es dir jetzt doch anders überlegt und willst mit deinen Eltern mitfahren? Und überhaupt, von wegen ein Bekannter. Das ist doch der Typ, dem du wegen der Visumsgeschichte schreiben solltest!

Ella: Felix, ich wollte doch nur rausfinden, was es mit diesem Koffer auf sich hat. Mehr nicht.

Felix: Aha, und das erfährt man nur, wenn man nette Fotos von sich ins Internet stellt? Ja, nee, ist klar. Und, was hast du denn rausgefunden, hm? *(ironisch)* War es erfolgreich, dein Rausfinden?

Ella: *(verärgert)* Sag mal, was willst du mir eigentlich unterstellen? Mich hier als Oberschlampe hinzustellen! Fangen wir erstmal bei dir an, echt ey! Seit wann spionieren wir uns hinterher? Was machst du überhaupt an Omas Laptop?

от меня. Тайные письма, скрытые профили в интернете. Знаешь что, я ничего не хочу об этом слышать! Я, действительно, не хотел бы вляпаться в это дерьмо.

Феликс хочет встать и уйти, Элла задерживает его.

Элла: Эй, подожди-ка немного. Мне жаль. Всё же ты прав. Послушай, я тут же удалю этот чёртов профиль и всё! Я всё равно собиралась это сделать.

Элла раскрывает ноутбук и удаляет все данные.

Феликс: *(грустно)* Откуда мне знать, что ты завтра же не заведёшь новый?

Элла: Поверь мне. Феликс, посмотри на меня. Я всё ещё твоя Элла.

Феликс: Ладно ...

Элла: Ладно?

Феликс: Ладно.

Элла берёт Феликса за руку.

Сцена 19 // Россия // Город Астрахань

Илья играет на гитаре на острове, Алина с ним в то время, как Алекс и другие друзья купаются в Волге.

Алина: У тебя всё в порядке? Ты в последнее время какой-то замороченный. Проблемы?

Илья: Проблемы есть всегда. *(делает паузу, пробует сыграть несколько аккордов на гитаре)* Алекс тебе ничего не рассказывал?

Алина: Нет. Он сказал, если сочтешь нужным – расскажешь сам.

Илья: Да на самом деле проблем нет никаких, просто получил письмо из Германии, и хочу отправить туда свою сестрёнку Ольгу.

Алина: Вау!! Из Германии. От кого?

Илья: От одной девушки.

Алина: Ооо! В тихом омуте черти водятся! И как её зовут?

Илья: Элла.

Алина: А где ты с ней познакомился?

Илья: А ... это длинная история. Короче, она прислала письмо.

Алина: Просто письмо? У тебя с ней что-то есть?

Илья: Просто прислала письмо.

Алина: Илья, Илья «просто» можно лайкнуть фотки в вконтакте, а тут настоящее письмо. И ты уже собираешься отправить к ней сестрёнку?

Илья: Сестрёнку отправляю на летние сборы, и, надеюсь, Элла поможет с Визой.

Felix: Ich hab nicht spioniert. Ich bin durch Zufall drauf gestoßen. Seit wann vertrauen wir uns nicht mehr, Ella? Sonst konntest du mir auch immer alles erzählen. Plötzlich hast du Geheimnisse vor mir. Heimliche Briefe, heimliche Profile im Internet. Weißt du was, ich will davon gar nichts hören! Ich wünschte echt, ich wäre nicht auf diesen Mist gestoßen!

Felix will aufstehen und gehen, Ella hält ihn fest.

Ella: Hey, jetzt warte doch mal. Es tut mir leid. Du hast ja recht. Hör zu, ich lösche das Scheißprofil hier und jetzt! Hatte ich eh vor.

Ella klappt den Laptop auf und löscht alle Daten.

Felix: *(traurig)* Und woher soll ich wissen, dass du dir nicht gleich morgen ein neues erstellst?

Ella: Vertrau mir. Felix, schau mich an. Ich bin immer noch deine Ella.

Felix: Okay …

Ella: Okay?

Felix: Okay.

Ella nimmt Felix in den Arm.

Szene 19 // Russland // Stadt Astrachan

Ilja spielt auf der Wolgainsel Gitarre. Alina sitzt bei ihm. Alex schwimmt mit ein paar anderen Freunden in der Wolga.

Alina: Alles okay? In letzter Zeit bist du irgendwie unentspannt. Gibt es Probleme?

Ilja: Probleme gibt es immer irgendwelche. *(macht eine Pause, probiert ein paar Akkorde auf seiner Gitarre)* Hat Alex dir nichts erzählt?

Alina: Nein. Er hat gesagt, wenn du es für nötig hältst, wirst du schon selbst erzählen.

Ilja: Eigentlich gibt es ja überhaupt keine richtigen Probleme, ich habe nur einen Brief aus Deutschland bekommen, und ich will meine kleine Schwester Olga dorthin hinschicken.

Alina: Wow! Einen Brief aus Deutschland! Von wem denn?

Ilja: Von einem Mädchen.

Alina: Aha-aha! Stille Wasser sind tief! Wie heißt sie denn?

Ilja: Ella.

Alina: Wie hast du sie kennengelernt?

Ilja: Na ja … lange Geschichte. Also, sie hat den Brief geschickt.

Alina: Den Brief und sonst nichts? Hast du was mit ihr?

Ilja: Den Brief und sonst nichts.

Алина: Ой. Как это всё интересно. А она симпатичная? Она прислала фотку?

Илья: Она прислала старую фотку моей матери с каким-то человеком и сказала, что нашла их переписку.

Алина: А свои фотки?

Илья: Видел в ВК. Но свой профиль она уже удалила.

Алина: А что это за человек на фотографии с твоей мамой?

Илья: Вот это-то меня и интересует ... Но учитывая, что она удалила профиль, история на этом закончится.

Алина: Но почему? Это же так интересно! Девушка из Германии, старые письма, фото мамы с неизвестным человеком, настоящий детектив. Давай, я буду помогать тебе.

Илья: Как ты можешь помочь?

Алина: Ну, во-первых, я дам тебе дельный совет: напиши ей сам. Ты имеешь на это полное право, ведь речь идет о твоей маме. Во-вторых, почему тебе не поговорить с мамой?

Илья: Спасибо, Капитан Очевидность.

Появляется Алекс.

Алекс: Ну, вы идете купаться или нет?

Алина: Я иду!

Илья: Мне не хочется.

Алекс: *(смеётся)* С тобой понятно. Другого ответа я и не ожидал.

Сцена 20 // Германия // Кастроп-Рауксель

Элла у р. Эмшер. У неё письмо.

Эмшер: Ты какая-то грустная.

Элла: Так и есть. Немного. И в смятении.

Эмшер: Что такое с тобой? Феликс снова влюбился в другую?

Элла: Нет! Да и тогда всё было совсем иначе! Ты же знаешь! Наш первый поцелуй ... Ты же была рядом. *(улыбается будто внутрь себя, снова становится серьёзной).* Это было давно! Тогда всё бурлило. Теперь мы словно зашли в тупик. Я думаю, что люблю его, но мне всё же чего-то не хватает. И этот Илья, он такой ... НЕТ, НЕТ. Это смешно.

Эмшер: Раздрай, Элла, эмоциональный раздрай.

Элла: Я вообще не знаю этого русского. Только по паре писем. Я больше не буду ему писать. Феликс и без того недоволен и разочарован, что я написала ему в интернете. Я не хочу больше видеть, как он отреагирует, если узнает, что я снова написала Илье.

Alina: Ilja, also hör mal, man kann ein Bild in Vkontakte liken und sonst nichts, aber ein richtiger Brief! Und du willst jetzt deine kleine Schwester zu ihr schicken?

Ilja: Meine kleine Schwester schicke ich zu einer Musikschule, und ich hoffe, dass Ella mir mit dem Visum hilft.

Alina: Mensch, das ist ja so spannend. Ist sie hübsch? Hat sie ein Foto mitgeschickt?

Ilja: Sie hat ein altes Foto von meiner Mutter mit irgendeinem Mann geschickt und geschrieben, dass sie lauter Briefe gefunden hat, die meine Mutter diesem Mann geschickt hat.

Alina: Aber kein Bild von sich?

Ilja: Ich hab ihre Fotos auf Vkontakte gesehen. Aber das Profil hat sie wieder gelöscht.

Alina: Und was ist das für ein Mann auf dem Bild mit deiner Mutter?

Ilja: Genau das will ich ja auch herausfinden ... Aber da sie ihr Profil gelöscht hat, ist das wohl das Ende der Geschichte.

Alina: Aber warum? Das ist doch so spannend! Ein Mädchen aus Deutschland, alte Briefe, ein Foto deiner Mutter mit einem Unbekannten, das ist ein echter Krimi. Komm schon! Ich werde dir helfen.

Ilja: Wie willst du mir helfen?

Alina: Erst einmal gebe ich dir einen brandheißen Tipp: Schreib ihr wieder. Ist dein gutes Recht, schließlich geht es um deine Mutter. Und dann: Warum redest du nicht einfach mal mit deiner Mutter selbst?

Ilja: Thank you, Captain Obvious.

Alex kommt.

Alex: Kommt ihr jetzt ins Wasser oder nicht?

Alina: Ich komme schon!

Ilja: Keine Lust.

Alex: *(lacht)* War ja klar. Was anderes hätte ich von dir auch nicht erwartet.

Szene 20 // Deutschland // Castrop-Rauxel

Ella an der Emscher. Sie hat einen Brief dabei.

Emscher: Du siehst traurig aus.

Ella: Bin ich auch. Ein bisschen. Und verwirrt.

Emscher: Was ist denn los mit dir? Hat Felix sich wieder in eine andere verliebt?

Эмшер: Элла, Элла ... Тогда лучше не дай себя застукать.

Элла: Я просто ещё раз написала Илье, чтобы объяснить, почему я удалила страничку в ВКонтакте. Должно быть, одновременно он написал письмо. Его я получила сегодня *(показывает письмо, поднимая его высоко)*.

Эмшер: Что же он пишет?

Элла: *(читает)* «Привет Элла!

Очень жаль, что ты удалила профиль в ВК! Нам было бы удобнее и быстрее общаться там. Мне понравились твои фото. Возможно, я лезу не в своё дело, но почему ты на самом деле удалила его сразу же? Ну да ладно, сейчас не об этом.

Знаешь, меня не покидает мысль, что моя мать никогда не говорила о своём прошлом, когда она и отец были молоды. Это, вероятно, связано с тем, что она не хочет думать об этом. До сих пор, после стольких лет ... Его звали Алексей. Он был профессиональным пловцом. Вскоре после рождения моей сестры Ольги, он утонул, переплывая Волгу. Сам я его почти не помню, и фотографий мама почти не сохранила. Даже свадебных (странно почему?) никогда не видел. Я всегда чувствовал, что это не нормально. Может, в письмах, которые хранятся у вас, говорится хоть что-то, о моём отце?

До скорого!!

Илья

P.S. Кстати, Ольга едет на прослушивание в музыкальную школу.»

Эмшер: Бедный парень. Его отец утонул в Волге ... Реки могут быть так жестоки.

Элла: Но я не могу ему помочь. В письмах его матери об Алексее вообще ничего нет.

Эмшер: Ты могла бы спросить у своего отца.

Элла: Он тоже не знает Марию. *(задумчиво)* По меньшей мере, я так думаю. О Викторе он ведь тоже ничего не говорил. *(решительно)* Нет, я больше не буду писать Илье. Вовсе не хочу рисовать в уме картины, что будет, если Катя пронюхает о письмах. Она постоянно здесь. Чтобы увидеть Феликса или же поговорить с ним.

Эмшер: Стало быть, всё по-старому. Возможно, тебе стоит поговорить с Катей.

Элла: Она всегда была такая. У неё должно быть всё, что есть у меня. И Феликс так мил с ней ... *(грустно)* Думаешь, она ему тоже нравится?

Эмшер: Ах, Элла, мы же знаем Феликса.

Ella: Nein! War auch damals nicht so! Weißt du doch! Unser erster Kuss ... Warst ja dabei. *(lächelt in sich hinein, wird wieder ernst)* Lange her! Damals war alles in Bewegung. Heute sind wir irgendwie festgefahren. Ich meine, ich liebe ihn, aber doch fehlt mir etwas. Und dieser Ilja ist so ... NEIN, NEIN. Das ist lächerlich.

Emscher: Chaos, Ella, Gefühlschaos.

Ella: Ich kenne diesen Russen doch eigentlich gar nicht. Nur von ein paar Briefen ... Ich werde ihm nicht mehr schreiben. Felix ist eh schon sauer und enttäuscht, dass ich ihm im Internet geschrieben habe. Ich will gar nicht wissen, wie er reagiert, wenn er mitkriegt, dass ich Ilja noch mal geschrieben habe.

Emscher: Ella, Ella ... Dann lass dich besser nicht erwischen!

Ella: Ich hab Ilja doch bloß noch mal geschrieben, um zu erklären, warum ich das Vkontakte-Profil gelöscht hab. Zeitgleich muss er einen Brief geschrieben haben. Den hier hab ich heute bekommen. *(hält den Brief hoch)*

Emscher: Was schreibt er denn?

Ella: *(liest)* »Hallo Ella!

Schade, dass du dein Profil bei VK gelöscht hast! Es wäre einfacher und schneller, darüber zu kommunizieren. Ich mochte deine Fotos. Es geht mich ja nichts an, aber warum hast du es denn sofort wieder gelöscht? Na ja, okay, eigentlich geht es mir auch um etwas anderes.

Weißt du, der Gedanke lässt mich nicht los, dass meine Mutter nie über die Zeit spricht, als sie und mein Vater jung waren. Das hängt wahrscheinlich damit zusammen, dass sie nicht so viel darüber nachdenken will. Immer noch nicht, nach all der Zeit ... Sein Name war Alexej. Er war professioneller Schwimmer. Kurz nach der Geburt meiner Schwester Olga ist er in der Wolga ertrunken.

Ich selbst erinnere mich fast nicht an ihn, und meine Mutter hat kaum Fotos aus der Zeit. Auch von der Hochzeit nicht (seltsam, nicht wahr?). Ich hatte immer das Gefühl, dass das nicht normal ist. Vielleicht schreibt meine Mutter in den Briefen an Viktor irgendetwas über meinen Vater?

Bis bald!!

Ilja

P.S.: Übrigens hat meine Schwester Antwort von der Musikschule, sie laden sie zum Vorspielen ein.«

Emscher: Der arme Junge. Den Vater in der Wolga verloren ... Flüsse können so grausam sein.

Элла: С тех пор, как я начала переписываться с Ильёй, мы с Феликсом всё больше теряем друг друга.

Эмшер: Времена меняются, Элла. Не стоит винить Илью.

Элла: *(упрямо)* Плевать. В любом случае я больше не напишу Илье! Возможно, сегодня он получил моё письмо. Моё последнее письмо. Самое последнее ...

Эмшер: И что же было в этом самом последнем письме?

Элла: То, что я удалила свой профиль, не имело никакого отношения к нему.

Сцена 21 // Россия или Германия // Астрахань или Кастроп-Рауксель

Элла пишет письмо или Илья читает письмо.

«Привет, Илья.

Прости, что мне пришлось снова удалить свой профиль в ВКонтакте. Ты здесь ни при чём. Просто я невысокого мнения о социальных сетях. Можешь считать меня старомодной, но бумажные письма мне нравятся гораздо больше, нежели чем электронные, а беседы – гораздо больше чатов.

Кроме того, я осторожна в отношении защиты данных. Чувство, что в интернете все данные обо мне находятся в свободном доступе, и я не знаю о том, кто ими воспользуется, внушает мне опасение. Так что это не случайность, что ты не найдёшь меня в интернете.

Теперь о твоём последнем письме.

Я охотно помогла бы тебе с твоей сестрой, но я не могу сделать приглашение, так как мне всего 17 (не старше 20, как это требуется).

Ты спрашиваешь, почему мне важно знать, кто такой Виктор. Потому что я удивляюсь, что ещё никогда ничего о нём не слышала, хотя папа с ним и дружил. Но прежде всего из-за вещей, которые были в чемодане. Помимо никчёмного барахла, такого, как статья в газете и грамота по плаванию, там лежали пистолет и толстая пачка денег. На купюрах была кровь. Ужас!

Почему я не спрашиваю своего отца? Справедливое возражение. Сейчас я не очень хорошо лажу с родителями. Они хотят обратно в Россию. Мой отец настаивает на том, чтобы я поехала с ними, хоть я и родилась здесь. А тут ещё этот мой друг, близкий друг детства, который сейчас тоже достаёт. И кузина. В любом случае, я переехала к бабушке на чердак из-за проблем с родителями. И нашла тут чемодан.

Ella: Aber ich kann ihm nicht helfen. In den Briefen seiner Mutter steht gar nichts über einen Alexej.

Emscher: Du könntest deinen Vater fragen.

Ella: Der kennt Marija doch auch nicht. *(nachdenklich)* Das denke ich zumindest. Von Viktor hat er ja auch nichts gesagt. *(entschlossen)* Nein, ich werde Ilja nicht mehr schreiben. Will mir gar nicht ausmalen, was wäre, wenn Katja von den Briefen Wind bekommt. Sie ist dauernd da. Um Felix anzustarren oder gleich mit ihm zu reden.

Emscher: Also alles beim Alten. Vielleicht solltest du mal mit Katja sprechen.

Ella: Sie ist immer schon so. Muss alles haben, was ich habe. Und Felix ist so nett zu ihr ... *(traurig)* Glaubst du, er mag sie auch?

Emscher: Ach, Ella, wir kennen doch Felix.

Ella: Seit ich mit Ilja angefangen habe zu schreiben, verlieren Felix und ich uns immer mehr.

Emscher: Zeiten ändern sich, Ella. Schieb es nicht Ilja in die Schuhe.

Ella: *(trotzig)* Egal. Ich schreib Ilja jedenfalls nicht mehr! Vielleicht ist heute mein Brief bei ihm angekommen. Mein letzter Brief. Der allerletzte ...

Emscher: Und was stand in diesem allerletzten Brief?

Ella: Dass es nichts mit ihm zu tun hatte, dass ich mein Profil gelöscht habe.

Szene 21 // Russland oder Deutschand // Stadt Astrachan oder Castrop-Rauxel

Ella schreibt einen Brief oder Ilja liest den Brief.

»Hey Ilja,
sorry, dass ich mein VK-Profil direkt wieder gelöscht habe. Hatte nichts mit dir zu tun. Es ist einfach so, dass ich nicht viel von sozialen Netzwerken halte. Halt mich für retro, aber ich mag Briefe eben lieber als Mails und persönliche Gespräche lieber als Chats. Außerdem bin ich vorsichtig in Bezug auf Datensicherheit. Das Gefühl, im Internet alles Mögliche von mir preiszugeben, ohne zu wissen, wer darauf Zugriff hat, finde ich beängstigend. Also auch kein Zufall, dass du mich im Internet nicht findest.
Nun zu deinem letzten Brief:
Ich würde dir gern mit deiner Schwester helfen, aber ich darf gar keine Einladung schreiben, weil ich erst 17 bin (nicht älter als 20 war also richtig).

Вот мы и подошли к вопросу, почему я думала, что ты мог бы больше знать о Викторе. Честно говоря, после того как я на странице ВКонтакте увидела дату твоего рождения, я подумала, не является ли Виктор твоим отцом. Письма твоей матери ему – это любовные письма. И время тоже подходит. Но так как ты и понятия не имеешь о том, кто такой Виктор, в итоге, это всё не имеет никакого смысла. Несмотря на это, твоя мама, наверняка, может помочь. Может быть, ты как-нибудь покажешь ей фотографии?
Кстати, её письма были отправлены не на бабушкин адрес, а на адрес в России: улица Стрелка, д. 23,кв. 75,603000 Нижний Новгород.
Поэтому я совершенно не понимаю, почему они находятся здесь, на чердаке. Я пробовала спросить у бабушки. Она уходит от ответа. Подозрительно.
С приветом,
Элла
P.S. Кстати, приятный профиль у тебя в ВКонтакте: я представляла тебя раньше совсем по-другому.
P.P.S.: Есть ли у тебя любимое место в Астрахани? Когда на меня наваливаются проблемы, я иду на Эмшер и размышляю. Эмшер – это река, которая течет через мой родной Дортмунд и через Кастроп-Рауксель»

Du fragst, weshalb mir wichtig ist, zu wissen, wer Viktor ist. Weil ich mich wundere, noch nie was von ihm gehört zu haben, obwohl Papa ja mit ihm befreundet war. Vor allem aber wegen der Sachen, die noch im Koffer waren: Außer unwichtigem Zeug wie einem Zeitungsartikel und einer Schwimm-Urkunde lagen darin eine Pistole und ein dickes Bündel Geld. An dem Geld klebte Blut. Krass, oder?
Warum ich nicht meinen Vater frage? Berechtigter Einwand ... Ich verstehe mich mit meinen Eltern gerade nicht so gut. Sie wollen zurück nach Russland. Mein Vater besteht darauf, dass ich mitkomme, obwohl ich hier geboren bin. Und dann ist da noch dieser Freund von mir, ein enger Kindheitsfreund, der im Moment auch nervt. Und meine Cousine. Jedenfalls bin ich wegen der Sache mit meinen Eltern bei Oma auf dem Dachboden eingezogen. Und hab dabei den Koffer gefunden.
Damit sind wir auch schon bei der Frage, warum ich dachte, dass du mehr über Viktor wissen könntest. Um ehrlich zu sein, hatte ich, nachdem ich dein Geburtsdatum im Vkontakte-Profil gesehen habe, kurz überlegt, ob Viktor dein Vater ist. Die Briefe deiner Mutter an ihn sind Liebesbriefe. Und die Zeit würde auch passen. Aber da du keine Ahnung hast, wer Viktor ist, ergibt das alles keinen Sinn. Trotzdem kann deine Mutter bestimmt weiterhelfen. Vielleicht kannst du ihr ja mal die Fotos zeigen?
Ihre Briefe sind übrigens nicht an Omas Adresse gerichtet, sondern an eine Adresse in Russland: Strelkastraße 23/75, 603000 Nischni Nowgorod.
Deshalb verstehe ich erst recht nicht, warum sie hier auf dem Dachboden liegen. Oma hab ich versucht zu fragen. Sie weicht aus. Verdächtig.
Liebe Grüße
Ella
P.S.: Nettes VK-Profil übrigens, hatte vorher irgendwie ein ganz anderes Bild von dir im Kopf.
P.P.S.: Hast du einen Lieblingsort in Astrachan? Wenn mir alles zu viel wird, ziehe ich mich an die Emscher zurück und denke nach. Die Emscher ist ein Fluss, der sowohl durch meine Heimatstadt Dortmund als auch durch Castrop-Rauxel fließt.«

Сцена 22 // Россия // Село Харабали

Илья и Мария в доме в Харабалях.

Мария: Теперь ты всё знаешь!

Илья: Я не понимаю, почему ты раньше не рассказывала об этом.

Мария: Илюш, понимаешь ... Мы с Виктором очень друг друга любили. Я, по крайней мере, так думала. Я всё это время не понимала, почему он так со мной поступил? Почему он ни с того, ни с сего меня бросил? Говорили, что он сбежал в Германию. Его друзья туда уехали как раз тогда, когда он навсегда исчез из моей жизни. Я была разбита и одинока, да и Лёша вовремя меня поддержал, так получилось, что он помогал растить тебя, и потом родилась Лёлька, ну и ... *(глотает)*
Я очень злилась на Витю, поэтому не хотела, чтобы ты знал о своём настоящем отце. Мы решили забыть старое и жить дальше ...

Илья: Я всегда думал, что мой отец умер, а сейчас получается, что это вообще не мой отец, что мой настоящий отец, может быть, жив.

Мария: Это уже не важно! Какая разница. Ты его никогда не видел и не знал ...

Илья: Но сейчас я же имею на это право!

Мария: Зачем? Что тебе это даст? Он бросил нас 19 лет назад и я думаю, что ему сейчас до тебя нет дела.

Илья: Почему ты так уверена?

Мария: *(отчаянно)* Да потому, что он не знает что у него есть сын!

Илья долго смотрит на мать, молча разворачивается и уходит.

Сцена 23 // Россия // Город Астрахань

Илья дома с Кошкой, собирает сумку в дорогу.

Илья: Вот ты, Барселона, знаешь кто твой отец? ... Нет. Потому что ты – кошка. Для вас это неважно. А для человека важно. Этим мы и отличаемся ...

Барселона: Есть много вещей, о которых люди думают, что это важно. Кошки живут проще. И свободней.

Илья: Я видел, как другие дети общаются со своими отцами. Говорят «папа». А я этого совсем не помню. Не знаю. Наверняка, я тоже говорил «папа». Но Алексею. Другому человеку. И отчество у меня – Алексеевич. А должно быть – Викторович.

Барселона: У людей так всё сложно ... Разве дело в имени?

Szene 22 // Russland // Kleinstadt Kharabali

Ilja und Marija zu Hause in Kharabali.

Marija: Jetzt weißt du alles!

Ilja: Ich kapier einfach nicht, warum du mir das nicht früher erzählt hast.

Marija: Ilja, versteh doch ... Viktor und ich haben einander sehr geliebt. Das dachte ich zumindest. Die ganze Zeit habe ich nicht begreifen können, warum er mir das angetan hat. Warum hat er mich einfach von heute auf morgen verlassen? Es hieß, dass er sich nach Deutschland abgesetzt haben soll. Freunde von ihm waren dorthin übergesiedelt, gerade zu dem Zeitpunkt, als er für immer aus meinem Leben verschwand. Ich war am Boden zerstört und einsam, Alexej war in dieser Zeit für mich da, er hat mir geholfen, dich großzuziehen, dann kam Löllchen auf die Welt, und dann ... *(schluckt)* Ich war sehr wütend auf Viktor, deswegen wollte ich nicht, dass du von deinem echten Vater erfährst. Wir haben beschlossen, die Vergangenheit ruhen zu lassen und weiter zu leben ...

Ilja: Ich dachte immer, dass mein Vater tot ist, und jetzt erfahre ich, dass er gar nicht mein Vater war ... dass mein echter Vater vielleicht noch lebt.

Marija: Das spielt doch keine Rolle mehr! Was für einen Unterschied macht das denn? Du hast ihn nie kennengelernt oder auch nur gesehen ...

Ilja: Aber jetzt habe ich doch ein Recht darauf!

Marija: Wozu? Was hast du davon? Er hat uns vor über 19 Jahren verlassen, und ich glaube nicht, dass er sich jetzt für dich interessiert.

Ilja: Warum bist du dir so sicher?

Marija: *(verzweifelt)* Weil er nicht weiß, dass er einen Sohn hat!

Ilja blickt seine Mutter lange an, dreht sich um und geht.

Szene 23 // Russland // Stadt Astrachan

Ilja ist zu Hause mit seiner Katze. Er packt einige Sachen in eine Reisetasche.

Ilja: Du, Barcelona, weißt du, wer dein Vater ist? Nein. Weil du eine Katze bist. Euch ist sowas nicht wichtig. Das ist auch der Unterschied zwischen uns ...

Barcelona: Es gibt eine Menge Dinge, die Menschen für wichtig halten. Katzen sind da unkomplizierter. Und unabhängiger.

Илья: Знаешь, наверное, это сопли. И в 20 лет так нельзя. Ну, почти в 20 ... Мне хочется посмотреть в глаза этому человеку и сказать «папа» ...

Барселона: И что дальще?

Илья: У него, скорее всего, своя жизнь. Но для меня важно знать, что он есть. Думаю, для него тоже. Для меня, например, было бы важно знать, что у меня есть сын.

Барселона: Ты поедешь его искать? А кто будет меня кормить?

Илья: Я постараюсь найти его. Нужно ехать в Нижний Новгород. Там он жил тогда, когда мама последний раз о нём слышала. Тебя, Барселона, я взять не смогу. Но я скоро вернусь. За тобой пока присмотрит соседка. Ты же знаешь, какая она кошатница! Она будет тебя кормить и гладить.

Барселона: Но с ней совершенно не о чем говорить!

Илья: Не мяукай так жалобно! Когда я приеду – обязательно тебе обо всём расскажу! Да и потом! Я никогда никуда не ездил дальше Харабалей! А тут какое-никакое приключение!

Барселона: Я буду ждать тебя ...

Сцена 24 // Россия // Город Астрахань

Илья пишет письмо.

«Элла.

Как хорошо, что связь между нами всё-таки не потерялась. Я отправил тебе письмо. Не знаю, дошло оно или нет. Был взволнован тем, что мы не доберёмся до правды и ... и наше общение прервётся.

Ты знаешь, ты стала для меня очень важна, после этих писем.

Я разговаривал с мамой, сразу после того, как прочитал твоё последнее письмо. Я потре́бовал объясне́ний от неё и, мягко говоря, дело дошло до серьёзного разговора. Как ты, возможно, читала в другом письме, я всегда не понимал, почему моя мать никогда не говорила о своём прошлом. На самом деле, единственное, что я знал, это то, что мой отец Алексей утонул в Волге. Несмотря на то, что он был профессиональным пловцом! Теперь я знаю, что даже это не правда.

Ilja: Ich habe beobachtet, wie andere mit ihren Vätern reden. Sie sagen: »Papa«. Und ich weiß nicht mehr, wie das ist. Ich kenne es nicht. Bestimmt habe ich auch mal »Papa« gesagt. Aber zu Alexej. Zu dem Falschen. Und mein Vatersname kommt auch von ihm: Alexejewitsch. Dabei wäre er eigentlich Viktorowitsch.

Barcelona: Immer müsst ihr Menschen alles so kompliziert machen ... geht es bloß um einen Namen?

Ilja: Weißt du, ich heul hier nur rum. Das geht eigentlich echt nicht mit 20. Also, fast 20 ... Ich will aber diesem Menschen in die Augen sehen und »Papa« sagen ...

Barcelona: Und dann?

Ilja: Wahrscheinlich hat er sein eigenes Leben. Aber mir ist es wichtig zu wissen, dass es ihn gibt. Ich denke, ihm ist es auch wichtig zu wissen, dass es mich gibt. Mir wäre es jedenfalls wichtig zu wissen, dass ich einen Sohn habe.

Barcelona: Fährst du weg, um ihn zu finden? Und wer füttert mich?

Ilja: Ich will auf jeden Fall versuchen, ihn zu finden. Ich muss nach Nischni Nowgorod. Dort lebte er damals, als Mama das letzte Mal von ihm hörte. Dich, Barcelona, kann ich leider nicht mitnehmen. Aber ich komme bald zurück. Die Nachbarin wird solange auf dich aufpassen. Du weißt doch, was für eine Katzenfrau sie ist! Sie wird dich füttern und mit dir schmusen.

Barcelona: Aber wir haben uns überhaupt nichts zu sagen!

Ilja: Maunz nicht so kläglich! Wenn ich wiederkomme, erzähle ich dir alles! Und außerdem war ich noch nie weiter weg als Kharabali! Und jetzt wartet so ein Abenteuer auf mich!

Barcelona: Und ich warte hier auf dich ...

Szene 24 // Russland // Stadt Astrachan

Ilja schreibt einen Brief.

»Ella,

wie gut, dass der Kontakt zwischen uns doch nicht abgebrochen ist. Ich habe dir einen Brief geschrieben, der sich mit deinem zeitlich überschnitten haben muss. Ich weiß nicht, ob du ihn gekriegt hast oder nicht. Ich habe mir Sorgen gemacht, dass wir die Wahrheit nicht rausbekommen und ... und dass unser Kontakt abbricht.

Weißt du, du bist für mich ein wichtiger Mensch geworden. Vielleicht, weil du durch diesen rätselhaften Koffer Teil von etwas geworden ist, das mein ganzes Leben auf den Kopf stellt.

Твоё предположение верно: Виктор – мой отец! И, видимо, он не погиб, но уехал в Германию. Может быть, он просто ещё там живёт? При каких обстоятельствах он оставил мою мать, я пока не знаю. Но деньги, пистолет, кровь – всё это говорит об отсутствии положительного.

Элла, я буквально по дороге туда, куда были отправлены письма моей матери. Я знаю, что это было более 19-ти лет назад. Но я должен знать всё и сейчас. Элла, мне нужна твоя помощь. Можешь ли ты выслать мне всё, что было в чемодане. Статьи из русской или немецкой газеты? Там тоже напечатаны фотографии? Его грамоту, письма и фото. Кроме пистолета и денег, разумеется. Там есть что-нибудь, о чем я должен знать? Может быть, ты узнаешь больше от бабушки?

О, я понимаю, у тебя тоже есть собственные проблемы. Блин! На самом деле, это не правильно, что они тебя просто так хотят увезти в Россию. Почему ты не можешь остаться с бабушкой? А если вы всё-таки переедете в Россию, то в какой город?

Мне пора идти. Наш поезд уходит через час.

Элла, не падай духом! Не расстраивайся! До скорого!

Илья

P.S. Элла, из-за тебя моя жизнь круто изменилась. Но почему-то я хотел бы сказать тебе спасибо. Я не знаю, как долго буду в пути, но, пожалуйста, напиши мне обратно в ближайшее время.

P.P.S. Я с тобой солидарен в отношении к ВК, хотя я удивлюсь, если в наше время найдётся такое место, где твои данные будут надежно защищены ... А я был бы счастлив общаться с тобой чаще, пока я в пути.»

Ich habe mit meiner Mutter gesprochen, sofort nachdem ich deinen letzten Brief gelesen habe. Ich habe sie zur Rede gestellt und, um es milde auszudrücken, es kam zu einem großen Streit. Wie du vielleicht im anderen Brief gelesen hast, habe ich nie verstanden, warum meine Mutter nicht über ihre Vergangenheit spricht. Tatsächlich war das einzige, was ich bisher wusste, dass mein Vater Alexej in der Wolga ertrunken ist. Und das, obwohl er ein professioneller Schwimmer war! Jetzt ist mir klar geworden, dass ich rein gar nichts über meinen Vater weiß.
Denn du liegst richtig: Viktor ist mein Vater! Und es scheint ganz so, als ob er nach Deutschland gegangen ist. Vielleicht lebt er sogar immer noch dort? Vielleicht ganz in deiner Nähe? Warum er meine Mutter verlassen hat, weiß ich nicht. Aber Geld, Pistole, Blut, all das deutet auf nichts Gutes hin.
Ella, ich bin auf dem Weg dorthin, wo die Briefe meiner Mutter hingeschickt wurden. Ich weiß, dass es vor mehr als 19 Jahren war, aber ich muss jetzt alles wissen. Vielleicht finde ich dort eine Spur. Ella, ich brauche deine Hilfe. Kannst du mir alles, was im Koffer war, schicken? Die Artikel aus der russischen oder deutschen Zeitung. War da auch ein Foto dabei? Seine Urkunde, die Briefe und die Fotos. Gibt es da noch etwas, das ich wissen sollte? Vielleicht erfährst du mehr von deiner Oma! Ich schicke dir eine Adresse in Nischni Nowgorod, dorthin kannst du schreiben. Per Express, wenn es geht. Das Geld erstatte ich dir natürlich.
Ach ja, du hast jetzt gerade auch deine eigenen Probleme. Verdammt! Das finde ich wirklich nicht richtig, dass deine Eltern dich einfach so nach Russland schleppen wollen. Warum kannst du denn nicht bei deiner Oma bleiben? Und wenn ihr nach Russland zieht, in welche Stadt?
Ich muss jetzt los. Unser Zug fährt in einer Stunde.
Ella, nicht entmutigen lassen, keine Sorge! Bis bald!
Ilja
P.S.: Ella, durch dich ist mein Leben total durcheinander geraten. Aber irgendwie will ich dir dafür danken. Ich weiß nicht, wie lange ich unterwegs bin, aber bitte schreib mir bald zurück.
P.P.S.: Ich stimme dir zu, was deine Haltung zu VK betrifft, allerdings frage ich mich, ob es in unserer Zeit einen Ort gibt, an dem deine Daten wirklich sicher sind … Und ich würde echt gerne öfter mit dir schreiben, während ich unterwegs bin.«

Сцена 25 // Россия // Город Астрахань

В поезде.

Мужчина: Здорово, молодёжь! Вы до Новгорода?

Алекс: Ага.

Мужчина: Тогда давайте знакомиться! Нам ведь предстоит долгое путешествие. *(формально-дружелюбно)* Николай.

Алекс: Я – Алекс. Это моя девушка – Алина. А это наш друг Илья.

Мужчина: Очень приятно. Сами астраханцы?

Алекс: Да.

Мужчина: А я из Новгорода. Хороший у вас город. Только жаркий очень.

Алекс: Мы привыкли. По делам ездили? Или просто отдохнуть?

Мужчина: К родственникам. 20 лет не виделись, а тут решили встретиться ... А вы в Новгород зачем?

Алекс: Примерно, по тому же поводу. Илья отца нашёл ... Ищет, точнее.

Алина: А мы, выходит, как сочувствующие ...

Мужчина: А что, отец сам не приедет?

Алекс: Да тут история долгая. Он ещё не знает, что его нашли.

Мужчина: Так нашли или нет?

Алина: Мы в процессе.

Мужчина: Так твой отец живет в Новгороде?

Илья: Жил. Наверное, теперь он в Германии. Но я надеюсь в его родном городе встретить людей, которые его знали. Которые могли бы знать, где он сейчас.

Мужчина: Друзья – это хорошо. А как зовут отца, знаешь?

Илья: Виктор.

Мужчина: А фамилия?

Илья: Не знаю ...

Мужчина: Ну, а твоя как?

Илья: Илья Алексеевич Лайфаров.

Мужчина: Так ты по отчиму зовёшься?

Илья: Получается так ...

Мужчина: Ну, а в Новгороде адрес-то есть?

Илья: Есть.

Мужчина: Бог в помощь. Благое дело – корни найти. Без корней никуда. А чем сейчас отец занимается?

Илья: Не знаю. Раньше, говорят, пловец был. Чемпион.

Мужчина: Знаю я одного пловца. И, кстати, Виктор зовут. Кузнецов его фамилия. Виктор – «Молоток». Может слышали?

Алекс: Не. Не слышали.

Szene 25 // Russland // Stadt Astrachan.

Im Zug.

Mann: Hallo, ich begrüße die junge Reisegruppe! Fahrt ihr bis Nischni Nowgorod?

Alex: Jepp.

Mann: Ich auch. Dann stellen wir uns mal vor! Wir haben ja eine lange Fahrt vor der Nase. *(förmlich-freundlich)* Nikolaj.

Alex: Ich bin Alex. Das ist meine Freundin Alina. Und das ist Ilja.

Mann: Sehr schön. Kommt ihr aus Astrachan?

Alex: Ja.

Mann: Ich komme aus Nischni Nowgorod. Eine schöne Stadt habt ihr. Nur ein bisschen zu heiß.

Alex: Wir haben uns daran gewöhnt. Waren Sie geschäftlich unterwegs? Oder im Urlaub?

Mann: Verwandte besuchen. 20 Jahre haben wir uns nicht gesehen und sind nun endlich zusammengekommen ... Und warum wollt ihr nach Nowgorod?

Alex: So ziemlich aus demselben Grund. Ilja hat seinen Vater gefunden ... oder will ihn finden, besser gesagt.

Alina: Und wir fahren als moralischer Beistand mit ...

Mann: Warum kommt der Vater nicht nach Astrachan?

Alex: Lange Geschichte. Er weiß noch nicht, dass er gefunden wurde.

Mann: Habt ihr ihn denn jetzt gefunden oder nicht?

Alina: Wir sind dabei.

Mann: Also lebt der Vater in Nischni Nowgorod?

Ilja: Er lebte da. Wahrscheinlich ist er jetzt in Deutschland. Aber ich hoffe, in seiner Heimatstadt Menschen zu treffen, die ihn kannten. Die wissen könnten, wo er jetzt ist.

Mann: Das ist schön, meine Lieben. Wisst ihr denn, wie der Vater heißt?

Ilja: Viktor.

Mann: Und der Nachname?

Ilja: Weiß ich nicht ...

Mann: Na, und wie ist dein Name?

Ilja: Ilja Aleksejewitsch Lajfarow.

Mann: Hast du den Namen deines Stiefvaters?

Ilja: Sieht so aus ...

Mann: Hast du denn eine Adresse in Nowgorod?

Ilja: Ja.

Mann: Möge Gott dir helfen. Es ist wichtig, seine Wurzeln zu suchen. Ohne Wurzeln geht es nicht. Was macht denn dein Vater?

Ilja: Weiß ich nicht. Früher war er wohl Schwimmer. Hat Meisterschaften gewonnen.

Мужчина: Да откуда вам слышать. Он из большого спорта давно ушёл. И детей у него, насколько я знаю, нет. Германия? Не знаю, чего ему там было бы делать ... Мы друзьями были. Давно. Ну, ладно. Пойду я в вагон-ресторан прогуляюсь. Вам не предлагаю – молоды ещё ...

Сцена 26 // Германия // Кастроп-Рауксель

Элла на Эмшере.

Элла: А вот и я.

Эмшер: Привет! Привет! Привет! Элла! Всё ещё несчастна?

Элла: Всё ещё в замешательстве ... Хотя я начала иногда себя спрашивать, может, в этом всё-таки что-то есть – переехать в Россию ... Начать с нуля ...С Феликсом всё ещё напряг. С тех пор, как он подумал, что я его обманываю ... *(несколько раздражённо)* При том, что всё дело только в этом чемодане!

Эмшер: *(с сомнением)* Ага, только в чемодане ...

Элла: ... Итак, чемодан. Есть новости. Представь себе, по всей вероятности, Виктор – отец Ильи! *(задумчиво)* Бедный, для него это всё, наверное, ужасно сложно. *(улыбается)*

Эмшер: Бедный Илья? Элла беспокоится об Илье ...

Элла: Ну и что? То, что я о нём беспокоюсь, не значит ...

Эмшер: А я ничего и не говорю. Что же это такое с тобой?

Элла: *(нервно)* Ничего! Всё нормально! Илья – приятный парень. Я хочу ему помочь.

Эмшер: А если всё же что-то серьёзное ...

Элла: Ничего не будет! У меня сейчас совершенно другие заботы. Бабушка пригласила назавтра к ужину всю семью. Катю с родителями. Супер-Катя, от горшка два вершка. И моих родителей тоже! *(отчаявшись)* Что же мне теперь делать?

Эмшер: Будет нелёгкий вечер. Но, может быть, такой, когда приподымаются завесы над тайнами.

Элла: *(сбитая с толку)* Что ты имеешь в виду?

Эмшер: Спроси своего отца о чемодане!

Элла: *(задумчиво)* Я же не могу так просто ... Или всё же могу? Спасибо, Эмшер! *(Элла уходит)*

Mann: Ich kannte mal einen Schwimmer. Übrigens hieß er auch Viktor. Kusnezow ist sein Nachname. Viktor »Molotok«. Habt ihr von dem gehört?

Alex: Nee. Nie gehört.

Mann: Stimmt, woher denn auch. Er hat sich schon vor langer Zeit aus dem Leistungssport verabschiedet. Und Kinder hatte er, soweit ich weiß, keine. Deutschland? Wüsste nicht, was er da gewollt hätte ... Wir waren Freunde. Vor langer Zeit. Na gut, ich schau mal im Speisewagen vorbei. Ich biete euch nicht an, mitzukommen, ihr seid noch zu jung ...

Szene 26 // Deutschland // Castrop-Rauxel

Ella an der Emscher.

Ella: Da bin ich wieder.

Emscher: Hey! Hey! Hey! Ella! Noch immer nicht glücklich?

Ella: Noch immer verwirrt ... obwohl ich mich neuerdings manchmal frage, ob nach Russland ziehen nicht doch was für sich hätte ... Ein kompletter Neuanfang ... Mit Felix immer noch Stress. Seit er dachte, ich betrüge ihn ... *(leicht gereizt)* Dabei ging doch nur um den Koffer.

Emscher: *(zweifelnd)* Aha, nur um den Koffer ...

Ella: ... also der Koffer. Es gibt Neuigkeiten. Stell dir vor, höchstwahrscheinlich ist Viktor Iljas Vater! *(nachdenklich)* Der Arme, ist bestimmt alles furchtbar kompliziert für ihn. *(lächelt)*

Emscher: Armer Ilja? Ella macht sich Sorgen um Ilja ...

Ella: Na und? Nur weil ich mir Sorgen mache, bedeutet das nicht ...

Emscher: Ich sag ja gar nichts. Was ist denn los mit dir?

Ella: *(genervt)* Nichts! Alles normal! Ilja ist nett. Ich will ihm helfen.

Emscher: Wenn es aber doch vielleicht etwas Ernstes ...

Ella: Wird es nicht! Ich hab gerade ganz andere Sorgen. Babuschka hat für morgen die ganze Familie zum Essen eingeladen. Katja mit ihren Eltern. Super-Katja hoch drei sozusagen. Und dann auch noch meine Eltern! *(verzweifelt)* Was soll ich denn machen?

Emscher: Wird kein leichter Abend. Aber vielleicht einer, um Geheimnisse zu lüften.

Ella: *(verwirrt)* Wie meinst du das?

Emscher: Frag deinen Vater nach dem Koffer!

Ella: *(nachdenklich)* Ich kann doch nicht einfach so ... Oder vielleicht doch? Danke, Emscher! *(ab)*

Сцена 27 // Германия // Кастроп-Рауксель

Элла пишет письмо.

«Дорогой Илья,
ты боялся, что мы не узнаем правду. А сейчас я спрашиваю себя, может быть, было бы лучше бояться узнать правду. Илья, я не знаю, с чего мне начать. После твоего последнего письма я была сильно взволнована. Я хотела помочь найти твоего отца. Я хотела отправить тебе вещи из чемодана, как ты меня и просил. Но затем всё изменилось. Бабушка решила пригласить на ужин всю семью: моих родителей, папиного брата Сашу и его жену Веру. И, конечно же, мою кузину Катю, доставалу» ...

Ретроспектива

Бабушкина столовая. Большой накрытый стол.
Бабушка: *(за сценой)* Ну, проходите.

Элла, Катя, родители Кати, Вера и Саша, и бабушка входят в комнату.
Бабушка: Присаживайтесь. Нет только ещё Ивана и Наташи.
Все садятся за стол.
Элла: *(обращаясь к публике)* Я ужасно нервничаю, сейчас придут мои родители. Как глупо нервничать потому, что должны прийти родители ... Родители Кати *(делает движение головой в сторону обоих)* только что пришли. Катя *(бросает пренебрежительный взгляд искоса на Катю)*, естественно, давно уже здесь. Я могла бы уже давно обходиться без них. Стол накрывала она с бабушкой. Я хотела помочь, но Катя сказала: *(как будто передразнивая Катю)* «Садись. Я всё сама сделаю.» Совершенно ошеломлённая, я села. Но это странно. Весь день она казалась такой кроткой. Или она перед родителями так? Если бы только Илья был здесь. СТОП! О чём это я думаю? Илья? Феликс, конечно ...
Звонок в дверь. Элла вздрагивает.
Бабушка: *(встает)* Это, должно быть, они. *(покидает комнату)*
Вера: *(обращается к Элле)* Не так страшно. Это же всего лишь твои родители, доченька.
Саша: *(смеётся)* Ну, Иван иногда может нагнать страху.
Катя молчит, играет угрюмо со столовым прибором, своими волосами, салфеткой.

Szene 27 // Deutschland // Castrop-Rauxel

Ella schreibt einen Brief.

»Lieber Ilja,
du hattest Angst, dass wir die Wahrheit nicht herausbekommen. Und jetzt frage ich mich, ob wir nicht besser Angst davor hätten haben sollen, die Wahrheit zu erfahren. Ilja, ich weiß nicht, wo ich anfangen soll. Nach deinem letzten Brief war ich ganz aufgeregt. Ich wollte dir helfen, deinen Vater zu finden. Ich wollte dir die Sachen aus dem Koffer schicken, so wie du mich gebeten hattest. Aber dann kam alles ganz anders. Babuschka kam auf die Idee, die ganze Familie zum Essen einzuladen: meine Eltern, Papas Bruder Sascha und seine Frau Vera. Und natürlich auch meine nervige Cousine Katja« …

Rückblende

Omas Esszimmer. Ein großer gedeckter Tisch.

Oma: *(aus dem Off)* Na, kommt rein.

Ella, Katja, Katjas Eltern Sascha und Vera und Oma betreten das Zimmer.

Oma: Setzt euch doch. Fehlen ja nur noch Iwan und Natascha.

Alle setzen sich an den Tisch.

Ella: *(an das Publikum gewandt)* Ich war furchtbar nervös, gleich würden meine Eltern kommen. Bescheuert, nervös zu sein, weil die Eltern kommen … Katjas Eltern *(macht eine Kopfbewegung in Richtung der beiden)* sind schon da. Katja *(wirft einen abschätzigen Seitenblick auf Katja)* war natürlich eh schon vorher hier. Ich hätte ruhig länger auf sie verzichten können. Den Tisch haben sie und Babuschka gedeckt. Ich wollte ja helfen, aber Katja sagte nur *(eventuell durch Katja selbst gesprochen)* »Setz dich. Ich mach das schon.« Völlig perplex hab ich mich hingesetzt. Aber schon merkwürdig. Sie schien den ganzen Tag schon so zahm zu sein. Ob die das wegen ihrer Eltern macht? Wenn Ilja doch nur hier wäre. HALT! Was denk ich denn da? Ilja? Felix natürlich …

Es klingelt. Ella zuckt zusammen.

Oma: *(steht auf)* Das müssen sie sein. *(verlässt den Raum)*

Vera: *(an Ella gerichtet)* Nicht so schreckhaft. Sind doch nur deine Eltern, Dotschenka.

Sascha: *(lacht)* Na, Iwan kann einen schon manchmal das Fürchten lehren.

Слышно, как за сценой разговаривают бабушка, Иван и Наташа.
Бабушка: А, вот и вы. Ужин будет готов с минуты на минуту.
Наташа: Галина, рада тебя видеть.
Иван: Здравствуй, мамочка, как поживаешь?
Бабушка: Хорошо. А вы?
Наташа: Мы скучаем по Элле.
Иван: Она такая упрямая.
Наташа: Это у неё от отца.
Иван: Как дела у нашей Эллы?
Бабушка: Спроси её сам.

Катя: Кажется, они скучают по тебе!
Элла: Вот это да! На самом деле, мне их тоже не хватает ...
Катя: Ну, тогда скажи им, как ты рада, что они здесь!
После этого неожиданно сокровенного разговора смотрят друг на друга смущённо и улыбаются.

Наташа и Иван входят в комнату.
Элла резко вскакивает.
Наташа: *(обнимает Эллу)* Привет, моя доченька.
Элла: Привет, мамочка. *(поворачивается к Ивану)* Привет, папочка.
Стоят молча друг напротив друга в то время, как Наташа приветствует остальных.
Бабушка: *(заходит с горячим блюдом)* Всё готово! Теперь быстро за стол!
Все садятся.
Саша: Хм, выглядит аппетитно, мамочка!
Блюдо передаётся из рук в руки. Тарелки наполняются.
Иван: *(когда все наполнили свои тарелки)* Ну, что ж, приятного аппетита.
Все тоже желают ему приятного аппетита. Тишина за столом.
Элла: Бабуль, моя подружка едет в отпуск. У тебя там нигде не завалялся какой-нибудь старый, никому не нужный чемодан?
Бабушка: *(сбитая с толку)* Нет, Елена. Я же никогда никуда не езжу. *(ко всем)* Вкусно?
Наташа: Как всегда, чудесно.
Саша: Очень вкусно!
Бабушка: *(протягивает Элле блюдо)* Вот, Элла, возьми ещё.
Элла: Спасибо, бабушка, безумно вкусно. Напомни, как называется блюдо? Жаркое а-ля Виктор?
Бабушка: Нет, нет, Элла. Это не французское блюдо ...
Элла: Но ведь имя Виктор есть и в России.

Katja schweigt, spielt missmutig mit ihrem Besteck, ihren Haaren, ihrer Serviette.

Aus dem Off hört man jetzt Oma, Iwan und Natascha sprechen.
Oma: Ah, da seid ihr ja. Das Essen ist jeden Moment fertig.
Natascha: Galina, schön, dich zu sehen.
Iwan: Hallo Mamotschka, wie geht es dir?
Oma: Gut. Und euch?
Natascha: Wir vermissen Ella.
Iwan: Sie ist ja so stur.
Natascha: Hat sie von ihrem Vater.
Iwan: Wie geht es unserer Ella?
Oma: Frag sie doch selbst.

Katja: Sie vermissen dich anscheinend!
Ella: Wow! Eigentlich fehlen sie mir ja auch ...
Katja: Na, dann sag ihnen doch, dass es schön ist, dass sie da sind!
Nach diesem unerwartet intimen Gespräch schauen sich die beiden verwirrt an und lächeln.

Natascha und Iwan betreten den Raum.
Ella springt auf.
Natascha: *(umarmt Ella)* Hey, meine Dotschenka.
Ella: Hey, Mamotschka. *(dreht sich zu Iwan)* Hey, Papotschka.
Stehen schweigend einander gegenüber, während Natascha die anderen begrüßt.
Oma: *(kommt mit dampfender Schüssel herein)* Essen ist fertig! Jetzt setzt euch doch!
Alle setzen sich.
Sascha: Hm, das sieht aber gut aus, Mamotschka!
Schüsseln werden herumgereicht, Teller gefüllt.
Iwan: *(als alle etwas auf den Tellern haben)* Na dann, guten Appetit.
Alle erwidern es. Gefräßiges Schweigen.
Ella: Du, Babuschka, eine Freundin von mir fährt in den Urlaub. Hast du vielleicht noch einen Koffer irgendwo herumstehen, der seit Jahren unberührt verstaubt?
Oma: *(irritiert)* Nein, Elena. Ich verreise doch nie. *(an alle)* Wie schmeckt euch das Essen?
Natascha: Wie immer wunderbar.
Sascha: Sehr lecker!
Oma: *(reicht Ella eine Schüssel)* Hier, Ella, nimm dir noch was!
Ella: Danke, Babuschka, schmeckt super. Wie heißt das Gericht nochmal? Braten à la Viktor?

Катя: *(зовёт)* Бабушка!

Бабушка: *(с облегчением поворачивается к Кате)* Что такое, Катенька?

Катя: Мне тоже нужен чемодан для нашей пьесы в школе. Старый какой-нибудь, совсем старый. У тебя же должен быть такой где-нибудь? *(смотрит на бабушку, невинно улыбаясь)* Не такой ли я видела на чердаке? С большой буквой «Б». Или это была буква «В»?

Элла: «В». Я думаю «В».

Иван: А что вы, девушки, забыли на чердаке? Какие-то секреты у вас? *(смеётся)*

Бабушка хочет что-то сказать, но Элла опережает её.

Элла: Да, и я где-то видела такой ... Думаю тоже, это было на чердаке ...

Бабушка: Нет, чтобы я ...

Катя: *(перебивает бабушку)* Бабушка, это было бы здорово!

Саша: *(строго)* Катя, веди себя как следует! Нельзя перебивать старших!

Катя молчит, продолжает есть. Короткая пауза.

Элла: Папочка, тебе непременно нужно посмотреть мою комнату на чердаке. Действительно, там есть что-то таинственное. Это точно.

Иван молчит.

Наташа: Я тоже хотела бы взглянуть на твою комнату.

Элла: Я, конечно, должна была сначала убрать всё это старое барахло. Там полно всего валялось в пыли. С того самого времени, как вы сюда переехали. Это было в середине 90-х или когда, папочка?

Наташа: Но ты же это знаешь, Елена ...

Короткая пауза.

Катя: Ну, о-очень хотела бы знать, как вы выглядели в 90-е годы. Бабушка, у тебя случайно нет здесь старых фотографий?

Бабушка: Катенька, ты же видела альбомы ...

Элла: Бабушка, а как насчёт фотографий из России?

Вера: Уверена, кое-какие ещё лежат у нас где-то. Но сейчас давайте поедим, иначе всё остынет.

Короткая пауза.

Элла: Бабушка?

Бабушка: Дааа?

Элла: На уроки по искусству мне нужны ещё старые письма или газеты, лучше на русском языке.

Иван: Почему на русском?!

Oma: Nein, nein, Ella. Das ist nichts französisches ...
Ella: Aber den Namen Viktor gibt es doch auch in Russland.
Katja: Du, Babuschka?
Oma: *(wendet sich erleichtert Katja zu)* Was denn, Katenka?
Katja: Ich bräuchte für unser Theaterstück an der Schule auch noch einen Koffer. Einen richtig alten, meine ich. So was hast du doch irgendwo? *(sieht Oma unschuldig lächelnd an)* Hatte ich so einen nicht auf dem Dachboden gesehen? Mit einem großen W drauf. Oder war es ein V?
Ella: Ein V. Ich glaube, ein V.
Iwan: Was treibt ihr Mädels denn auf dem Dachboden? Habt ihr Geheimnisse? *(lacht)*

Oma will etwas sagen, Ella kommt ihr zuvor.

Ella: Ja, irgendwo hab ich doch auch so einen gesehen ... Glaub auch, das war auf dem Dachboden ...
Oma: Nicht, dass ich ...
Katja: *(unterbricht Oma)* Oma, das wäre ja toll!
Sascha: *(streng)* Katja, benimm dich! Lass deine Babuschka aussprechen!

Katja ist still und isst weiter. Kurze Stille.

Ella: Papotschka, du musst dir unbedingt mein Zimmer auf dem Dachboden ansehen. Wirklich geheimnisvoll da oben. Stimmt schon.

Iwan schweigt.

Natascha: Dein Zimmer würde ich auch gern sehen.
Ella: Ich musste natürlich erstmal das ganze alte Zeug ausräumen. Da standen ja noch jede Menge verstaubter Sachen rum. Aus der Zeit, als ihr hergezogen seid. War doch Mitte der 90er, oder Papotschka?
Natascha: Aber das weißt du doch, Elena ...

Kurze Stille.

Katja: Wüsste zu gern, wie ihr in den 90ern ausgesehen habt. Babuschka, hast du nicht vielleicht alte Fotos hier?
Oma: Katenka, du kennst doch die Alben ...
Ella: Aber was ist mit Fotos aus Russland, Babuschka?
Vera: Haben wir sicher auch noch irgendwo welche. Aber jetzt langt zu, sonst wird das Essen kalt.

Kurze Stille.

Ella: Du, Babuschka?
Oma: Jaaa?
Ella: Ich brauche für Kunst noch alte Briefe oder Zeitungen, am besten auf Russisch.
Iwan: Warum auf Russisch?!

Элла: А-а, это так, просто идея такая. Как коллаж будет выглядеть определенно круто.

Катя: Да! И к этому, может, ещё старых денег?

Элла: И старых фотографий …

Саша: *(резко)* Что вы, красавицы, собираетесь делать со старыми фотографиями? Успокойтесь уже!

Короткая пауза.

Вера: Как поживает твой милый друг, Элла?

Катя: Ты имеешь в виду Виктора?

Бабушка: *(ударяет по столу)* Достаточно! Хватит с меня! Не могу больше!

Все вздрагивают и смотрят на бабушку.

Бабушка: Ну, что ж. Не думаю, что правда вам понравится, но вы, видно, никак не хотите угомониться. *(обращаясь к Элле)* Когда твои родители ещё жили в России, Элла, Виктор был закадычным другом твоего отца. Дружили они и с твоим отцом, Катя *(смотрит на Катю)*. Они втроём были не разлей вода, совсем как братья.

Ретроспектива в ретроспективе

Виктор, Иван и Саша сидят в какой-то забегаловке или кафе, пьют, смеются и пересказывают старые байки.

Виктор: А помните, в прошлом году? На соревнованиях по плаванию, когда я ещё сошёлся с тем парнем из Санкт-Петербурга?

Иван: Это с тем, что с длинной бородой и обгоревшим носом?

Виктор: *(смеётся)* Да-да, с тем самым. Я ж вполсилы работал – он ведь плёлся, как улитка, ей-Богу, его могли бы победить все, кому не лень. Даже ты, Саша!

Иван: Как ты его там ещё назвал, Саша?

Саша: *(ненадолго задумывается)* Ёжик в тумане!

Иван: Точно, точно! Как тот ёжик, который в конце мультика чуть не утонул в реке.

Все трое смеются.

Виктор: Было же время. *(погружается в размышления)*. Когда наша страна ещё и не помышляла обо всех этих экономических трудностях.

Саша: Но как мы отметили твою победу, уж, наверняка, никто не забудет.

Виктор: *(смеётся)* Ну вот ничегошеньки не помню!

Иван: *(смеясь)* Когда ты в бассейн свалился! *(распаляется больше)*. Ты бы видел свою физиономию. *(строит гримасу)*

Ella: Ach, nur so eine Idee. Würde bestimmt cool aussehen als Collage.
Katja: Ja! Und dazu vielleicht noch altes Geld?
Ella: Und alte Fotos ...
Sascha: *(streng)* Was habt ihr Mädchen denn mit den alten Fotos? Jetzt lasst doch gut sein!

Kurze Stille.

Vera: Wie geht es denn deinem netten Freund, Ella?
Katja: Du meinst Viktor?
Oma: *(haut auf den Tisch)* Es reicht! Schon gut! Ich gebe auf!

Alle zucken zusammen und schauen Oma an.

Oma: Also gut. Ich glaube nicht, dass euch die Wahrheit gefallen wird, aber ihr lasst ja anscheinend nicht locker. *(an Ella gewandt)* Damals, als deine Eltern noch in Russland gewohnt haben, Ella, da war Viktor ein guter Freund von deinem Vater, aber auch von deinem, Katja *(schaut Katja an)*. Sie waren alle drei wie Brüder, unzertrennlich.

Rückblende in der Rückblende

Viktor, Iwan und Sascha sitzen in einer Kneipe oder einem Café, trinken, lachen und erzählen sich alte Geschichten.

Viktor: Wisst ihr noch, letztes Jahr? Bei dem Schwimmturnier, als ich gegen diesen Typen aus Sankt Petersburg geschwommen bin?
Iwan: Der mit dem langen Bart und dem Sonnenbrand auf der Nase?
Viktor: *(lacht)* Ja, genau. Musste mich gar nicht anstrengen, der war so langsam wie eine Schnecke, den hätte jeder besiegt. Selbst du, Sascha!
Iwan: Wie hattest du den noch mal genannt, Sascha?
Sascha: *(überlegt kurz)* Igel im Nebel!
Iwan: Ja, genau! Wie der Igel aus dem Zeichentrickfilm, der am Ende fast im Fluss absäuft.

Alle drei lachen.

Viktor: Das waren noch Zeiten. *(wird nachdenklich)* Da gab es all die wirtschaftlichen Sorgen in diesem Land noch nicht.
Sascha: Aber die Feier nach deinem Sieg wird wohl niemand je vergessen.
Viktor: *(lacht)* Erinner mich bloß nicht daran!
Iwan: *(lachend)* Als du in das Schwimmbecken gefallen bist. *(kriegt sich kaum noch ein)* Du hättest dein Gesicht sehen müssen. *(macht den Gesichtsausdruck nach)*
Viktor: Aber nur, weil du mich veräppelt und reingeschubst hast.
Iwan: Hätte nicht gedacht, dass du mir glaubst, dass Sascha übers Wasser läuft.

Виктор: Ну-ну, нечего было надо мной шутки шутить и толкаться.

Иван: Вот уж не думал, что ты поверишь, что Саша по воде ходит.

Виктор: *(смеётся и пожимает плечами)* Ну, мало ли.

Саша: Вообще-то, обычно я – супергерой ... Ну, ладно. Скажу в защиту Виктора: он всё-таки был немного под шофе. И, как настоящий спортсмен, к алкоголю непривычен.

Виктор: *(хлопая Сашу по плечу)* Хоть кто-то меня понимает.

Иван: *(смотрит на свои часы)* О, мне пора бежать. Виктор, заплатишь за меня?

Виктор: Эээ ...

Саша: Без паники, я расплачусь.

Конец ретроспективы в ретроспективе

Иван: Трудные были тогда времена. Распад Советского Союза, экономический кризис, инфляция ... *(обращается к Саше)* Нас двоих это чудом не коснулось.

Саша: Да, благодаря бизнесу с Германией. *(оборачивается к девочкам)* Вот и вся причина, почему мы, наконец, переехали сюда насовсем.

Иван: Виктор, однако, никогда не рассказывал нам о трудностях с деньгами.

Бабушка: Ему гордость не позволяла жаловаться на свои проблемы. Но Сергей, один из его товарищей по плаванию, пронюхал об этом и вскоре сманил Виктора на кривую дорожку.

Ретроспектива в ретроспективе

Виктор занимается спортом.

Подходит Сергей.

Сергей: Ну, как успехи?

Виктор: *(запыхавшись)* Отлично, как сам?

Сергей: Лучше всех. Уже готовишься к соревнованиям, что через две недели?

Виктор: Хочу побить свой собственный рекорд. Надеюсь, ещё успею подготовиться.

Сергей: А кто сомневается? Ты ведь один из сильнейших, сам прекрасно знаешь.

Виктор: Благодарю. *(его взгляд падает на руку Сергея)* О, шикарные часы. Выглядят недёшево.

Viktor: *(lacht und zuckt die Schultern)* Hätte doch sein können.
Sascha: Ich bin ja auch sonst eher ein Superheld ... na ja. Zu Viktors Verteidigung: Er war ja nicht mehr ganz nüchtern. Und als Sportler keinen Alkohol gewöhnt.
Viktor: *(Sascha auf die Schulter hauend)* Wenigstens einer versteht mich.
Iwan: *(schaut auf seine Uhr)* Oh, ich muss los. Viktor zahlst du für mich mit?
Viktor: Äh ...
Sascha: Keine Sorge, ich übernehme das.

Rückblende in der Rückblende Ende

Iwan: War eine harte Zeit damals. Die Auflösung der Sowjetunion, die Wirtschaftskrisen, die Inflation ... *(an Sascha gerichtet)* Uns beiden ging es ja gut.
Sascha: Ja, durch die Geschäfte mit Deutschland. *(an die Mädchen gerichtet)* Der Grund, aus dem wir schließlich ganz hierher umgesiedelt sind.
Iwan: Aber Viktor hat uns von seinen Geldproblemen nie viel erzählt.
Oma: Er war halt zu stolz, um euch seine Probleme anzuvertrauen. Aber Sergej, einer seiner Schwimmerkollegen, bekam davon Wind und lenkte Viktor schon bald auf die falsche Bahn.

Rückblende in der Rückblende

Viktor treibt Sport.

Sergej kommt dazu.
Sergej: Na, alles fit?
Viktor: *(außer Atem)* Ja, alles super und bei dir?
Sergej: Bestens. Trainierst du schon für das Schwimmturnier in zwei Wochen?
Viktor: Ich versuche, meinen Rekord zu knacken. Vielleicht schaffe ich es ja noch bis dahin.
Sergej: Bestimmt. Bist einer der Besten, das weißt du doch.
Viktor: Danke. *(sein Blick fällt auf Sergejs Arm)* Ey, coole Uhr. Sieht teuer aus.
Sergej: War sie auch. Genau wie die neuen Schuhe hier. *(zeigt auf seine Schuhe)* Die sind aber wirklich perfekt fürs Lauftraining.

Сергей: Именно. Обувь тоже не из дешёвых. *(показывает на свои кроссовки)* Для пробежек лучше не найдёшь.

Виктор: В лотерею выиграл? Или откуда у тебя вдруг завелись такие деньжищи?

Сергей: Не-а, нашёл новую работёнку. Заколачиваю кучу денег и параллельно поддерживаю себя в соревновательной форме. Просто гениально.

Виктор: *(с любопытством)* И чем же ты занимаешься?

Сергей: Долго объяснять. *(ненадолго задумывается)* Хотя знаешь, что? Я, пожалуй, мог бы разок взять тебя с собой. Новые люди нам всегда нужны.

Виктор: Звучит заманчиво. Охотно взглянул бы на это.

Сергей: Прекрасно. Я тебе позвоню. Договорились?

Виктор: Договорились.

Жмут друг другу руки в знак согласия.

Конец ретроспективы в ретроспективе

Иван: Я был совершенно не в курсе, чем они там занимались.

Саша: Но о проблемах с деньгами он всё же проговорился. Поэтому и решился переехать с нами в Германию.

Иван: Чтобы в день отъезда вдруг передумать. Как сейчас помню: мы как раз собираемся сдать на таможне контейнер с цветметом, как Виктор заявляет, что никуда не едет. Срочно должен куда-то. Может, позже приедет.

Саша: Сказал, из-за женщины. Только явно не из-за Маши, его тогдашней подруги. Она вскоре вышла замуж за другого.

Иван: Дурак! Бросил нас на произвол судьбы. И прежде всего, свою Машу. Так с тех пор от него ни слуху, ни духу.

Бабушка: Не проблемы с деньгами заставили Виктора поменять решение. И женщина была здесь ни при чём. Во всяком случае, точно не та, с которой он изменил бы Маше ...

Саша: *(удивленно)* Что ты такое говоришь, мамочка?

Конец ретроспективы

Viktor: Hast du an einem Gewinnspiel teilgenommen, oder woher hast du auf einmal so viel Geld?

Sergej: Nee, hab einen neuen Job. Ich verdiene einen Haufen Geld und nebenbei halte ich mich damit auch noch für die bevorstehenden Turniere fit. Einfach nur genial.

Viktor: *(neugierig)* Was machst du denn?

Sergej: Ach, ist kompliziert. *(überlegt kurz)* Aber weißt du was? Ich kann dich ja mal mitnehmen. Wir suchen jederzeit neue Leute.

Viktor: Klingt nicht schlecht. Würde mir das gerne mal angucken.

Sergej: Perfekt. Ich ruf dich an. Abgemacht?

Viktor: Abgemacht.

Besiegeln das mit einem Handschlag.

Rückblende in der Rückblende Ende

Iwan: Von diesem Job wusste ich gar nichts.

Sascha: Aber von den Geldsorgen hat er schließlich doch erzählt. Hat deshalb entschieden, mit uns nach Deutschland zu kommen.

Iwan: Um es sich am Tag der Abreise anders zu überlegen. Ich weiß das noch wie heute. Wir wollen gerade einen Container Buntmetalle am Zoll aufgeben, da sagt Viktor plötzlich, er kommt doch nicht mit. Muss weg. Kommt vielleicht später nach.

Sascha: Wegen einer Frau, hat er gesagt. Konnte aber nicht seine Freundin Mascha sein. Die hat bald einen anderen geheiratet.

Iwan: Der Hund! Hat uns alle im Stich gelassen. Vor allem seine Mascha. Haben nie mehr was von ihm gehört.

Oma: Die Geldprobleme waren nicht der wahre Grund, warum Viktor wegwollte. Und eine Frau war da auch nicht im Spiel. Jedenfalls keine Frau, mit der er Mascha betrogen hätte ...

Sascha: *(erstaunt)* Was redest du da, Mamotschka?

Rückblende Ende

Сцена 28 // Россия // Нижний Новгород

Илья дочитает письмо Эллы.

«Бабушка знала намного больше, Илья. Ещё до того как папа забрал маму и бабушку в Германию, Виктор неожиданно появился у нее. И всё ей рассказал. В тот день он сопровождал Сергея на новую работу. И лишь потом он только понял, что должен был выбивать для мафии деньги за «крышевание». Если бы Виктор догадывался об этом … Но на той «стрелке» что-то пошло не так. Тип, к которому они пришли за деньгами, платить отказался. Завязалась драка. Сергей выхватил оружие и застрелил мужчину. Всучил Виктору пистолет и деньги и исчез. Виктор не знал, чего он должен был бояться больше: мафии, так как он был свидетелем, или полиции, которая должна была объявить его преступником.

Поэтому он хотел уехать в Германию. Но на таможне его охватила паника. У него были оружие и деньги в чемодане, так как он не знал, куда их девать. Недолго думая, он спрятал чемодан в контейнере с цветным металлом и исчез.

Виктор дал моей бабушке квитанцию об оплате услуг какой-то прачечной. Там находилось письмо, которое должна была забрать Мария. Если бы кто-нибудь спросил, она должна была ответить, что он навсегда уехал в Германию.

Он обещал скоро вернуться. Но вместо него уже на следующий день к моей бабушке явилась парочка отвратительного вида мафиози. Они пытались узнать что-нибудь о Викторе. Бабушка прикинулась дурочкой. Она ничего не сказала, даже о Германии. Она ужасно испугалась. Она также не осмелилась разыскать Марию. Но вот что самое ужасное, Илья: бабушка уверена, что Виктор мёртв. Он никогда больше не появлялся. Хотя он обещал. Поэтому бабушка молчала. Все эти годы. Потому что она думала, если бы она рассказала это Марии, у которой тем временем уже появилась семья, или папе и Саше, то эта информация могла бы быть опасной для всех.

Ах, Илья, я хотела бы, чтобы мы нашли другую правду. Наконец, ты узнал, кто твой отец. И теперь ты знаешь, что он, точно так же, как и другой твой отец, уже давно мёртв. Мне так жаль!

Szene 28 // Russland // Nischni Nowgorod

Ilja liest Ellas Brief zuende.

»Babuschka wusste noch viel mehr, Ilja. Noch bevor Papa meine Mama und Oma nach Deutschland nachgeholt hatte, tauchte Viktor bei ihr auf. Hat ihr alles erzählt. Er hatte Sergej damals zu dem neuen Job begleitet. Und begriff dann erst, dass er für die Mafia Schutzgelder erpressen sollte! Hätte Viktor das geahnt ... Bei dieser Schutzgelderpressung aber ging etwas schief. Der Typ, der erpresst werden sollte, weigerte sich. Es kam zur Prügelei. Sergej griff zur Waffe und erschoss den Mann. Drückte Viktor Pistole und Geld in die Hand und verschwand. Viktor wusste nicht, wovor er mehr Angst haben sollte: vor der Mafia, weil er ein Zeuge war, oder vor der Polizei, die ihn für den Täter halten musste.

Deshalb wollte er nach Deutschland. Aber am Zoll bekam er Panik. Er hatte Waffe und Geld im Koffer, weil er nicht gewusst hatte, wohin sonst damit. Versteckte den Koffer kurzerhand im Buntmetall-Container und verschwand.

Viktor gab meiner Babuschka einen Abholschein für eine Wäscherei. Da wäre ein Brief hinterlegt, den Marija abholen sollte. Wenn jemand fragte, dann solle sie sagen, er sei ein für alle Mal nach Deutschland ausgereist.

Er versprach, bald wiederzukommen. Aber stattdessen bekam meine Babuschka schon am nächsten Tag Besuch von ein paar fiesen Mafiatypen. Sie versuchten, etwas über Viktor zu erfahren. Babuschka stellte sich dumm. Sie sagte nichts, auch nichts von Deutschland. Sie hatte furchtbare Angst. Hat sich auch nicht getraut, Marija aufzusuchen. Aber das Schlimmste, Ilja: Babuschka ist sicher, dass Viktor tot ist. Er ist nie wieder aufgetaucht. Obwohl er es doch versprochen hatte. Und so hat Babuschka geschwiegen. All die Jahre. Weil sie dachte, wenn sie Marija, die mittlerweile eine Familie gegründet hatte, oder Papa und Sascha einweihen würde, könnte dieses Wissen nur für alle gefährlich sein.

Ach Ilja, ich wünschte, wir hätten eine andere Wahrheit herausgefunden. Endlich hast du erfahren, wer dein Vater ist. Und jetzt weißt du, dass er, genau wie dein anderer Vater, schon lange tot ist. Es tut mir so leid!

Ich schicke dir hier den Abholschein. Babuschka hat es nicht übers Herz gebracht, ihn wegzuwerfen, sondern ihn, als sie in Deutschland angekommen war, in Viktors Koffer geworfen, den

С этим письмом я посылаю тебе квитанцию. Бабушка не решилась выбросить её, а когда она прибыла в Германию, бросила её в чемодан Виктора, который кто-то оставил на чердаке. Возможно, она будет тебе утешением. Твой отец не оставлял твою мать. Квитанция – доказательство тому.
Ты также занял важное место в моей жизни.
С сердечным приветом
Элла»

Сцена 29 // Россия // Нижний Новгород

Илья пишет письмо.

«Дорогая Эллочка!
Начнём по-порядку. Я до сих пор в Нижнем-Новгороде. Всё оказалось не так просто, как я думал. Приехав по адресу (который я узнал из письма мамы), я обнаружил заброшенный дом.»

Ретроспектива

Илья, Алекс и Алина перед старым домом. Илья поглощён чтением письма, которое ему прислала Элла.

Алекс: Ну, тут явно давно никто не живёт, бомжи не в счёт.
Алина: Это точно здесь? Фууу! Тут так воняет ...
Алекс: Ошибки быть не может. Мы десять раз всё проверили. Я даже с соседями поговорил! Ну, с которыми было возможно ...
Алина: Илья, какой план?
Илья: *(отрываясь от последнего письма Эллы)* Понятия не имею.

Конец ретроспективы

«И ни какой надежды узнать правду у меня уже не осталось. А когда получил твоё письмо, то окончательно понял, что всё потеряло смысл!»

irgendwer auf dem Dachboden abgestellt hatte. Vielleicht ist er dir ein Trost. Dein Vater hat deine Mutter nicht verlassen. Der Abholschein ist der Beweis.
Du bist mir auch wichtig geworden.
Liebe Grüße
Ella«

Szene 29 // Russland // Nischni Nowgorod

Ilja schreibt einen Brief.

»Liebe Ella,
eines nach dem anderen. Ich bin immer noch in Nischni Nowgorod. Letztendlich war alles nicht so einfach, wie ich es mir vorgestellt hatte. Als ich bei der Adresse (der von Mutters Briefen) angekommen war, stand ich vor einem verfallenen Haus.«

Rückblende

Ilja, Alex und Alina vor einem alten Haus. Ilja ist in den Brief vertieft, den Ella ihm geschickt hat.

Alex: Hier lebt ganz offensichtlich schon lange keiner mehr, höchstens Obdachlose vielleicht.
Alina: Sind wir sicher richtig? Igitt! Es stinkt total ...
Alex: Wir können uns nicht irren. Wir haben alles zig Mal überprüft. Ich habe sogar mit den Nachbarn geredet! Also denen, mit denen Reden möglich war ...
Alina: Ilja, was nun?
Ilja: *(reißt sich von Ellas Brief los)* Keine Ahnung.

Rückblende Ende

»Da waren meine letzten Hoffnungen, die Wahrheit zu erfahren, zerstört. Und als ich deinen Brief bekam, ist mir klar geworden, dass es alles keinen Sinn mehr hat!«

Ретроспектива

Илья, Алекс и Алина всё ещё перед тем старым домом.

Алина: *(указывает на конверт)* А что там ещё за бумажка была?

Илья: Какая разница? Это уже не так важно. Похоже, что Виктор действительно умер, и мы едем обратно.

Алекс: Почему обратно? А город посмотреть?

Алина: Дай-ка сюда эту бумажку. *(смотрит на бумажку)* Так это же квитанция из химчистки. Предлагаю для очистки совести сходить по этому адресу.

Илья: Зачем? Это было 19 лет назад. Вряд ли письмо еще там.

Алина: А что, если еще там? Тогда тебе нужно его забрать. В конце концов, так хотел твой отец!

Алекс: Поддерживаю! Пошли в химчистку чистить совесть! А потом посмотрим город и где-нибудь пообедаем. Я соскучился по хорошему стейку!

Конец ретроспективы

«Но всё-таки я решился пойти в химчистку, (упомянутую в квитанции) несмотря на то, что шанс был невелик. Ты не поверишь, но эта химчистка еще существует и, более того, после стольких лет, сохранилось пальто!»

Ретроспектива

Илья, Алекс, Алина и Виктор в химчистке.

Илья: Здравствуйте, можно получить вещи по этой квитанции? *(показывает квитанцию).*

Виктор: Здравствуйте, *(смотрит на квитанцию)* очень странно, похоже, что эта квитанция старше вас вместе взятых ... откуда она у вас?

Алекс: Это неважно!

Виктор: Для вас может и нет, а для меня важно. Я же отвечаю за вещи.

Илья: Мне бабушка дала.

Виктор: Долго же вы ехали ... обычно мы не храним вещи столько времени.

Алина: А вы не могли бы посмотреть. Пожалуйста. А вдруг что-то сохранилось?

Виктор: А бабушка вам не говорила, что там за вещь?

Rückblende

Ilja, Alex und Alina immer noch vor dem alten Haus.

Alina: *(deutet auf den Brief)* Was war da noch für ein Zettel?

Ilja: Ist egal. Spielt keine Rolle mehr. Wie es aussieht, ist Viktor tot, und wir fahren jetzt zurück.

Alex: Wie, zurück? Ohne uns die Stadt anzuschauen?

Alina: Gib mal den Zettel her. *(schaut sich den Zettel an)* Das ist doch ein Abholschein aus der Reinigung. Damit wir ein reines Gewissen haben, schlage ich vor, wir gehen da auch noch mal hin.

Ilja: Aber wozu das Ganze? Es ist 19 Jahre her. Der Brief ist wohl kaum noch da.

Alina: Aber wenn der Brief doch noch da ist? Dann musst du ihn abholen. Schließlich hat dein Vater das so gewollt!

Alex: Finde ich auch! Gehen wir in die Reinigung für ein reines Gewissen! Und dann schauen wir uns die Stadt an und essen irgendwo zu Mittag. Ich hätte Lust auf ein gutes Steak!

Rückblende Ende

»Auch wenn die Chancen nicht gut standen, bin ich trotzdem zur Reinigung gegangen. Du wirst es nicht glauben, aber nach all den Jahren gab es sie noch und der Mantel war immer noch da!«

Rückblende

Ilja, Alex, Alina und Viktor in der Reinigung.

Ilja: Guten Tag, kann ich diese Sachen abholen? *(hält den Abholschein in der Hand)*

Viktor: Guten Tag, *(schaut sich den Abholschein an)* komisch, dieser Abholschein scheint älter zu sein als ihr alle zusammen ...

Alex: Das spielt doch keine Rolle!

Viktor: Für euch vielleicht nicht, aber für mich. Ich hafte schließlich für diese Sachen.

Ilja: Hat mir meine Oma gegeben.

Viktor: Ihr wart ja lange unterwegs ... Eigentlich bewahren wir die Sachen nicht so lange auf.

Alina: Könnten sie doch mal nachschauen. Bitte. Vielleicht ist doch noch etwas da?

Viktor: Hat deine Oma nicht gesagt, was das für Sachen sein sollen?

Илья:	Нет ... она просто дала нам квитанцию.
Виктор:	А как зовут вашу бабушку?
Алекс:	А немного ли вопросов вы задаёте. Вас просто просят отыскать вещь по квитанции!
Алина:	Алекс, ты чего завёлся?
Виктор:	Тише, тише. Темпераментные какие! Вы не похожи на местных ...
Алекс:	Ну ещё бы! Мы из Астрахани!
Виктор:	*(немного доброжелательнее)* Это всё объясняет ... А из самой Астрахани?
Алекс:	Мы с Алиной из самой Астрахани, а Илья из Харабалей, если это вам о чём-нибудь говорит ...
Виктор:	*(бормочет себе под нос)* Харабали ... *(берёт квитанцию)* Ладно. Я пойду посмотрю, может чего и сохранилось.

Конец ретроспективы

«Он вернулся с пальто.Я наделся, что там будет что-то еще. И я нашёл. Это последнее письмо Виктора.
Ты, возможно, думаешь, что я свихнулся из-за этих поисков, но я не верю, что мой отец умер. Теперь, после того, как я нашёл текст песни, который он оставил там для мамы.
Прочти их внимательно!

Маша, моя дорогая!
Главное, знай, что я люблю тебя и никогда не оставлю!
Чтобы ни говорили люди вокруг.
Помнишь, как в песне, которую я тебе пел:
‹Я смеюсь, умираю от смеха;
Как поверили этому бреду?!
Не волнуйтесь – я не уехал,
И не надейтесь – я не уеду!..›[2]
Самое главное, чтобы ты верила – мы будем вместе.
‹Пусть черёмухи сохнут бельём на ветру,
Пусть дождём опадают сирени,
Всё равно я отсюда тебя заберу,
Во дворец, где играют свирели.›[3]

2 Песня советского актера и барда Владимира Высоцкого «Нет меня, я покинул».

3 Песня советского актера и барда Владимира Высоцкого «Лирическая песня».

Ilja: Nein, sie hat mir nur diesen Abholschein gegeben.

Viktor: Wie heißt denn deine Oma?

Alex: Sie stellen ja ganz schön viele Fragen. Wir haben Sie doch nur gebeten, die Sachen herauszugeben, die gegen diesen Abholschein hinterlegt sind!

Alina: Alex, was regst du dich denn so auf?

Viktor: Ganz ruhig. Ihr seid ja ganz schön temperamentvoll! Anders als die Leute von hier ...

Alex: Und ob! Wir sind aus Astrachan!

Viktor: *(etwas freundlicher)* Das erklärt alles ... Direkt aus der Stadt Astrachan?

Alex: Alina und ich sind direkt aus Astrachan, Ilja ist aus Kharabali, wenn Ihnen das irgendetwas sagt ...

Viktor: *(murmelt)* Kharabali... *(nimmt den Abholschein)* Na gut. Ich geh mal nachsehen, vielleicht sind die Sachen ja noch da.

Rückblende Ende

»Er kam mit einem Mantel zurück. Ich hatte Hoffnung, in dem Mantel noch etwas zu finden. Und das habe ich auch. Viktors letzten Brief!
Es ist gut möglich, dass du mich nach diesen ganzen Nachforschungen für verrückt erklärst, aber ich glaube nicht, dass mein Vater tot ist. Nicht nach dem, was ich in den Strophen des Liedes gefunden habe, welches mein Vater für meine Mama dort hinterlassen hat.
Lies sie dir ganz genau durch!

> Mascha, meine Liebe! Du musst wissen – ich liebe dich! Und ich werde zurückkommen! Egal, was die Menschen um uns herum erzählen.
> Weißt du noch das Lied, das ich dir vorgesungen habe:
> ›Ich finde es komisch, ich lache mich tot,
> wie konntet ihr so was nur glauben?
> Keine Sorge: Ich bin noch hier,
> keine Hoffnung: Ich werde hierbleiben!‹[2]

2 Lied des sowjetischen Kultschauspielers und Barden Wladimir Wyssotski »Net menja, ja pokinul Raseju« (»Ich sei ausgereist«).

В этих строках скрыто тайное послание для моей мамы. Поскольку отец дал квитанцию твоей бабушке, это не любовное письмо, а послание. Он ведь мог его просто отослать, но не сделал этого. Если твоя бабушка права, и он был связан с мафией, то всё становится на свои места.
Мне это послание говорит только об одном.

‹Как поверили этому бреду?!
Не волнуйтесь – я не уехал
И не надейтесь – я не уеду! ...›[4]

Для меня это сообщение означает только одно: он хотел предупредить маму, потому что он планировал отвлечь внимание. Он хотел, чтобы казалось, будто он покинул страну. А потом он ушел в подполье. Я не знаю, почему он так и не вернулся. Но нет никаких доказательств его смерти.
Я не знаю, что мне делать, я просто уверен в том, что он жив. А так как он не переехал в Германию, он, может, всё ещё живёт здесь. Я хочу в последний раз попросить тебя, чтобы ты поговорила со своим отцом. Поскольку они были друзьями, возможно, он всё-таки знает, где Виктор мог бы находиться. Я не знаю, где искать, я не хочу уехать ни с чем, теперь, когда мы уже знаем так много. Расчитываю на твою помощь, моя верная подруга!
Твой Илья»

4 См сноску 2.

> Du musst unbedingt daran glauben, dass wir wieder zusammen sein werden.
> ›Sollen die Kirschen trocknen wie Wäsche im Wind,
> soll der Flieder wie Regen fallen,
> ich werde dich trotzdem bringen, bestimmt,
> ins Schloss, wo die Flöten niemals verhallen.‹[3]

In diesen Strophen ist eine geheime Botschaft an meine Mutter versteckt. Ich bin mir ganz sicher, dass es eine Botschaft ist und kein Liebesbrief. Warum sonst hat mein Vater deiner Oma diesen Abholschein gegeben. Er hätte den Brief ja einfach verschicken können, hat es aber nicht getan. Wenn deine Oma recht hat und er Beziehungen zur Mafia hatte, würde das alles erklären.

> ›wie konntet ihr so was nur glauben?
> Keine Sorge: Ich bin noch hier,
> keine Hoffnung: Ich werde hierbleiben!‹[4]

Für mich bedeutet diese Botschaft nur eines: Er wollte meine Mutter warnen, denn er plante ein Ablenkungsmanöver. Er wollte den Anschein erwecken, er wäre ausgereist. Und dann ist er untergetaucht.
Ich weiß nicht, warum er nie wieder aufgetaucht ist. Es gibt aber keinen Beweis für seinen Tod.
Ich weiß nicht, was ich machen soll, ich bin mir plötzlich sicher, dass er lebt. Und da er nicht nach Deutschland gegangen ist, lebt er vielleicht noch hier. Ich möchte dich ein letztes Mal darum bitten, mit deinem Vater darüber zu sprechen. Sie waren Freunde, und es ist gut möglich, dass er weiß, wo Viktor sich gerade befinden könnte. Ich weiß nicht, wo ich suchen soll, und ich will nicht mit leeren Händen zurückkehren, jetzt wo wir schon so viel wissen. Ich hoffe auf deine Hilfe, meine treue Freundin!
Dein Ilja.«

3 Lied des sowjetischen Kultschauspielers und Barden Wladimir Wyssotski »Liritscheskaja« (»Lyrisches Lied«).

4 Siehe Fußnote 2.

Сцена 30 // Германия // Кастроп-Рауксель

Элла пишет.

«Дорогой, Илья,
то, о чём ты написал в своём письме, звучит, действительно, безумно. Несмотря на это, я не считаю тебя сумасшедшим. Вовсе нет. Почему твой отец в этом письме к твоей матери, которое, очевидно, не должно было попасть в руки никому другому (Виктор не показал письмо даже моей бабушке), просто должен был процитировать песню, если это не имеет никакого более глубокого смысла?
Да, я думаю, ты прав. Виктор жив. Он должен был объявиться. И только твоя мама должна была быть в курсе ...
Я желаю тебе от всего сердца найти Виктора! И поэтому я спросила у своего отца, были ли места, где Виктор особенно любил бывать раньше. Папочке сразу пришли в голову три таких места: место у впадения реки Ока в Волгу, где летом его можно было частенько видеть, крытый плавательный бассейн, в котором он тренировался, и кафе, в котором они трое часто сидели вместе, и где Виктор познакомился с твоей мамой, говорит мой папа. Может быть, это тебе поможет?
В моей жизни кое-что изменилось, Илья. С того ужина у бабушки я снова много общаюсь со своими родителями. Я с ними договорилась. На каникулах мы вместе отправляемся в Россию. С тех пор, как я с тобой познакомилась,
Россия приобрела для меня новое значение.
Я также от всей души приглашаю тебя в Кастроп-Рауксель. Когда ты приедешь сюда, я покажу тебе Эмшер, мое любимое место, ты знаешь. А потом мы могли бы пойти в Вестфальский театр в Кастроп-Рауксселе. С недавнего времени я играю там в молодёжном клубе. Это доставляет огромное удовольствие. Может быть, ты даже успеешь к нашей следующей премьере. Это было бы что-то!
Я должна ещё кое в чём тебе признаться. Благодаря тебе, или лучше сказать, благодаря истории с твоим отцом я поняла, что это не хорошо – иметь тайны. Поэтому сейчас хочу быть предельно честной с тобой: друг детства, о котором я уже упоминала, был, собственно говоря, моим парнем. Не знаю, почему я солгала тебе. В последние месяцы он стал для меня совсем чужим, перестал понимать меня. Я не хотела признаваться самой себе, но теперь я знаю: я больше ничего не испытываю к нему. Это меня немного расстраивает, ведь я его так долго знала. Но ведь это хорошо, что я призналась

Szene 30 // Deutschland // Castrop-Rauxel

Ella schreibt.

»Lieber Ilja,
was du schreibst, klingt wirklich verrückt. Trotzdem halte ich dich nicht für verrückt. Ganz und gar nicht. Warum hätte dein Vater in diesem Brief an deine Mutter, der ja anscheinend niemand anderem in die Hände fallen sollte (immerhin hat Viktor nicht einmal meiner Babuschka den Brief selbst anvertraut), einfach ein Lied zitieren sollen, wenn das keine tiefere Bedeutung hat.

Ja, ich glaube, du hast recht. Viktor lebt. Er musste abtauchen. Und nur deine Mutter sollte Bescheid wissen ... Ich wünsche dir so sehr, dass du Viktor findest! Und deshalb habe ich meinen Vater gefragt, ob es Orte gab, an denen Viktor sich besonders gern aufgehalten hat früher. Papotschka fielen gleich drei Orte ein: die Mündung der Oka in die Wolga, wo er im Sommer oft zu finden war, das Hallenbad, in dem er trainierte und das Café, in dem die drei oft zusammen saßen und wo Viktor auch deine Mutter kennengelernt hat, sagt mein Vater. Vielleicht hilft dir das?

In meinem Leben hat sich einiges geändert, Ilja. Seit dem Abendessen bei meiner Oma rede ich wieder viel mit meinen Eltern. Ich habe mit ihnen einen Kompromiss geschlossen. Wir werden in den Ferien gemeinsam nach Russland reisen. Seit ich dich kennengelernt habe, hat Russland eine neue Bedeutung für mich bekommen.

Du bist auch herzlich nach Castrop-Rauxel eingeladen. Wenn du hier bist, zeig ich dir die Emscher, du weißt ja, mein Lieblingsort. Und dann könnten wir ins Westfälische Landestheater in Castrop-Rauxel gehen. Dort spiele ich seit neustem im Jugendclub. Es macht riesigen Spaß. Vielleicht schaffst du es auch zu unserer nächsten Premiere. Das wäre was.

Ich muss dir noch etwas sagen. Durch dich, oder besser durch die Geschichte mit deinem Vater, habe ich begriffen, dass es nicht gut ist, Geheimnisse zu haben. Deshalb will ich jetzt ganz ehrlich sein zu dir: Der Kindheitsfreund, den ich schon einmal erwähnt habe, war eigentlich mein fester Freund. Weiß nicht, warum ich dich angelogen habe. In den letzten Monaten ist er mir so fremd geworden, hat mich nicht mehr verstanden. Ich wollte es mir selbst nicht eingestehen, aber jetzt weiß ich: Ich empfinde für ihn nichts mehr. Es macht mich ein bisschen traurig, weil ich ihn so lange kannte. Aber es ist auch gut, dass ich es ihm und mir

в этом ему и себе. Наверное, некоторое время я буду ещё переживать. Но я уже предвкушаю радость от свидания с Россией. Радуюсь тому, что познакомлюсь с тобой. Мне кажется, будто мы с тобой уже давно знаем друг друга. Может быть, потому что наши отцы были друзьями.
С сердечным приветом
Элла»

Сцена 31 // Россия // Нижний Новгород

Виктор с другом в кафе «Барселона».

Друг: Ты думаешь это сын Марии?

Виктор: Совпадений много. Он сам из Харабалей, у него моя квитанция, опять же, по возрасту подходит.

Друг: А что ты в лоб не спросил?

Виктор: А зачем? Я их, когда последний раз увидел, в 98-ом? Тогда у нее уже были муж и ребенок. Они казались счастливыми. Поэтому я к ней так и не подошёл. Вот тогда я всё для себя решил. Зачем лезть в чужую жизнь? Я и письмо тогда так и не отдал.

Друг: А зачем теперь парень приехал?

Виктор: У меня тот же вопрос. Я ведь квитанцию отдал Галине, а пока скрывался, Маша так и не пришла. А спустя столько времени явился её сын. Сам ничего не понимаю.

Друг: Он хоть на Машку похож?

Виктор: А хрен его знает, ни в маму, ни в отца – в проезжего молодца.

Друг: Ты её до сих пор любишь?

Виктор: *(молчание, потом немного погодя)* Письмо 20 лет хранил, отдал, а легче не стало. *(затем резко)* Всё хватит об этом. Проехали.

Сцена 32 // Россия // Нижний Новгород

В бассейне «Динамо». Алекс, Алина, Илья.

Алина: Вот, по уму, с бассейна и нужно было начинать, а не мотаться по всяким развалинам и химчисткам, если он такой крутой чемпион, тут точно должна быть информация. «Совок» своих чемпионов любит.

Алекс: Согласен, хорошая мысля приходит опосля.

Илья: Не забывайте, что наша страна особо любит своих героев посмертно ...

eingestanden habe. Ich werde sicherlich noch eine Weile traurig sein. Aber ich freue mich auch auf Russland. Freue mich darauf, dich kennenzulernen. Kommt mir vor, als würden wir uns schon immer kennen. Vielleicht, weil unsere Väter Freunde waren.
Liebe Grüße
Ella«

Szene 31 // Russland // Nischni Nowgorod

Viktor mit einem Freund im Café »Barcelona«.

Freund: Denkst du, es ist Marijas Sohn?

Viktor: Es gibt viele Hinweise darauf. Er kommt aus Kharabali, er hatte den Abholschein, und vom Alter her passt es auch.

Freund: Warum hast du ihn nicht einfach gefragt?

Viktor: Wozu? Wann habe ich sie das letzte Mal gesehen? 1998? Da hatte sie schon Mann und Kind. Sie schienen glücklich zu sein. Deswegen habe ich sie letztlich nicht angesprochen. Damals habe ich meine Entscheidung getroffen. Wozu sollte ich mich in ein fremdes Leben einmischen? Den Brief habe ich behalten.

Freund: Und warum ist der Junge jetzt hier?

Viktor: Das frage ich mich auch. Den Abholschein habe ich Galina gegeben, aber solange ich versteckt gelebt habe, hat Mascha ihn nicht eingelöst. Und nach all den Jahren kommt jetzt ihr Sohn. Ich verstehe es selbst nicht.

Freund: Sieht er Mascha wenigstens ähnlich?

Viktor: Weiß der Teufel, in diesem jungen Mann sehe ich weder die Mutter noch den Vater.

Freund: Liebst du sie immer noch?

Viktor: *(Schweigen, nach einer kleinen Pause)* Ich habe diesen Brief fast 20 Jahre lang aufbewahrt und nun weggegeben, aber besser geht es mir trotzdem nicht. *(dann abrupt)* Na gut, genug davon. Gehen wir.

Szene 32 // Russland // Nischni Nowgorod

Im Schwimmbad »Dynamo«. Alex, Alina, Ilja.

Alina: Mit dem Schwimmbad hätten wir anfangen sollen, statt irgendwelche Ruinen und Reinigungen abzugrasen. Wenn er so ein toller Leistungssportler war, ist hier sicher was über ihn zu finden. Die Sowjetunion liebte doch ihre Titelträger.

Alex: Natürlich, im Nachhinein weiß man immer alles besser.

Алина: Тьфу на тебя!

Алекс: *(к Алине)* Знаешь, почему ты такая умная?

Алина: Ну, и почему же?

Илья: Потому что уже достаточно долго общаешься со мной.

Алина: То-то я смотрю, у меня последний результат теста на IQ резко снизился ...
(показывает на фото) А вот и то, о чём я говорила.
Чемпионы и дети ... чемпионы на субботнике[5] ... чемпионы с медалями ... чемпионы без медалей.

Алекс: Илья, подойди-ка. Вот, похоже, то, что мы ищем.

Илья: *(читает надпись на табличке)*
Двукратный чемпион России на дистанцию 100 м. 3-кратный чемпион Нижегородской области, воспитанник спортивной школы «Динамо» ...

Алина: Вау ... А тут он вообще копия ты. Ребята! Зацените фамилию!

Алекс: И что?

Алина: Мужика в поезде помнишь?

Алекс: Охренеть! Виктор «Молоток» Кузнецов ... Детей нет ...

Илья: Давайте попробуем еще что-нибудь найти!

Алекс: Стоп. Может мы сначала перекусим? У меня разрыв мозга и в животе урчит.

Алина: Я с тобой!

Илья: Идите. Я вас догоню.

Сцена 33 // Россия // Нижний Новгород

Илья сидит на берегу Волги, где Ока впадает в Волгу.

Илья: *(поёт)* «Пойми,прошу,ты очень-очень мне нужна,
Пойми,ведь я тобой дышу,
Ты в это вряд ли влюблена,
Но я живу,пока держу твою ладонь в своей руке,
И трещины на потолке напоминают мне о том,что без тебя я был никем,
Прошу вернись или дай умереть мне.
Наверное, я слишком влюблен,

5 От слова «суббота». В советское время обозначал проявление инициативы в добровольных и неоплачиваемых работах, коллективную приверженность в интересах общественного блага

Ilja: Vergesst nicht, dass unser Land seine Helden vor allem liebt, wenn sie tot sind ...

Alina: Ach komm!

Alex: *(zu Alina)* Weißt du, warum du so schlau bist?

Alina: Sag's mir!

Ilja: Weil du schon ziemlich lange mit mir zu tun hast.

Alina: Ach, deswegen habe ich beim letzten IQ-Test plötzlich so schlecht abgeschnitten ... *(zeigt auf das Foto)* Da haben wir's. Der Champion und die Kinder ... Der Champion beim Subbotnik[5] ... Der Champion mit Medaillen ... Der Champion ohne Medaillen.

Alex: Ilja, komm mal. Sieht so aus, als hätten wir, wonach wir gesucht haben.

Ilja: *(liest die Bildunterschrift)* Zweifacher Russlandmeister über 100 Meter, dreifacher Meister des Nischni Nowgoroder Gebiets, Zögling der Sportschule »Dynamo« ...

Alina: Wow ... Hier gleicht er dir aufs Haar ... Leute! Der Name!

Alex: Was ist damit?

Alina: Erinnert ihr euch noch an den Typen im Zug?

Alex: Krass! Viktor »Molotok« Kusnezow ... keine Kinder ...

Ilja: Kommt Leute! Lasst uns versuchen, noch mehr herauszufinden!

Alex: Wartet mal. Wollen wir vielleicht erst einmal was essen? Mein Magen knurrt und mein Hirn explodiert gleich.

Alina: Bin dabei!

Ilja: Geht schon mal vor. Ich komme nach.

Szene 33 // Russland // Nischni Nowgorod

Ilja sitzt am Wolgaufer, wo die Oka in die Wolga mündet.

Ilja: *(singt)* »Begreif, ich bitte dich, ich brauche dich so sehr,
versteh, du bist für mich wie Luft zum Atmen und viel mehr,
ich glaube nicht, dass du dafür genauso brennst,
doch nur mit deiner Hand in meiner lebe ich.
Die Risse über mir erinnern mich daran, ich bin ein Niemand ohne dich.
Ich bitte, komm zurück oder ich sterbe.
Vielleicht bin ich zu sehr verliebt,

5 Vom russischen Wort Subbota (Samstag) stammend, sowjetische Initiative für freiwilligen bzw. unentgeltlichen kollektiven Arbeitseinsatz zum Wohl der Gemeinschaft am Wochenende.

Я снова начал слушать Земфиру[6], листая твои фото в альбомах,
Вникая в тебя тысячу раз
Я слишком влюблен, ...»[7]

Кошка подкрадывается.

Кошка: Что влюбился?

Илья: Барселона? ... А нет, ошибся ...

Кошка: Она хотя бы симпатичная?

Илья: А зачем ты всё это спрашиваешь? *(потише)* Да. Она очень милая. Как ты. Только чуть лучше. Не в обиду ...

Кошка: Хм. Я так и знала ... И что ты теперь будешь делать?

Илья: Да фиг его знает. Она говорит, что я важен для неё, хотя она меня ни разу не видела ... И она для меня тоже важна ...

Кошка: Мяу ... странные вы люди ... говорите, что дороги друг другу, а делать ничего не хотите. Не понимаю вас.

Илья: А что тут сделать?

Кошка: Мммм ... как вы любите всё усложнять ... дождись её приезда и всё встанет на свои места ... Мы, кошки, в этом хорошо разбираемся ...

Сцена 34 // Россия // Нижний Новгород

Кафе «Барселона». Алина, Алекс, Илья сидят в кафе.

Алина: Странно, в этом кафе никого нет, кроме нас.

Алекс: Но, когда мы упомянули Виктора «Молотока», хозяин оживился и сказал, что Виктор бывает здесь каждый день в 18:00.

Алина: *(смотрит на часы)* Уже 18:15. Значит, он сегодня не придёт?

Открывается дверь, появляется Виктор.

Алекс: Смотри, может это он?

Алина: Знакомое лицо.

Илья: Нет, это тот дотошный мужик из химчистки.

Алина: Точно. Любопытный наш.

Алекс: Опа! Он смотрит сюда. Видимо, он узнал нас.

6 Русская певица.

7 Песня российской группы Нервы.

ich höre jetzt wieder Zemfira[6], betrachte deine Bilder,
mich in dich vertiefend, immer und immer wieder,
ich bin zu sehr verliebt ...«[7]

Eine Katze schleicht sich heran.

Katze: Na, hast du dich verliebt?

Ilja: Barcelona? ... Oh, nein, verwechselt ...

Katze: Ist sie wenigstens hübsch?

Ilja: Warum fragst du? *(leiser)* Ja. Sie ist reizend. Wie du. Nur etwas besser. Nichts gegen dich ...

Katze: Hm. Hab ich's doch gewusst ... Und was willst du jetzt machen?

Ilja: Keinen blassen Schimmer. Sie sagt, ich bin ihr wichtig, obwohl sie mich noch nie gesehen hat ... Und sie ist mir auch wichtig ...

Katze: Miau ... Ihr Menschen seid komisch ... Ihr sagt, dass ihr einander wichtig seid, aber wollt nichts dafür tun. Ich verstehe euch nicht.

Ilja: Was sollte ich denn deiner Meinung nach machen?

Katze: Hmm ... Dass ihr immer alles so kompliziert machen müsst ... Warte, bis sie kommt und dann wird sich alles klären ... Wir Katzen kennen uns mit sowas aus ...

Szene 34 // Russland // Nischni Nowgorod

Café »Barcelona«. Alina, Alex und Ilja sitzen am Tisch.

Alina: Seltsam, wir sind hier die einzigen Gäste.

Alex: Aber als wir Viktor »Molotok« erwähnt haben, ist der Besitzer aufgetaut und meinte, dass Viktor jeden Tag um 18 Uhr herkommt.

Alina: *(mit Blick auf die Uhr)* Schon 18:15 Uhr. Ob er heute noch kommt?

Die Tür geht auf, Viktor kommt herein.

Alex: Schaut mal, vielleicht ist er das?

Alina: Das Gesicht kommt mir bekannt vor.

Ilja: Och nee, das ist dieser Haarspalter aus der Reinigung.

Alina: Stimmt. Der Neugierige.

Alex: Oh, oh! Er schaut her. Anscheinend hat er uns auch erkannt.

Alina: Der ist irgendwie komisch.

6 Russische Sängerin.

7 Lied der russischen Band Nerwy »Slischkom wljublen« (»Zu verliebt«).

Алина: Какой-то он странный.
Илья: Может он что-то знает об этой квитанции?
Алина: Ребят, что мы топчемся на месте, давайте к нему подойдём и спросим?
Илья: Пошли. *(хочет встать)*
Алекс: Стой. Он сам идёт сюда.
Алина: Наверное, сейчас докапываться будет.
Виктор: *(подходит к ним)* Привет молодёжь, как достопримечательности?
Алекс: Вы о вашей химчистке?
Виктор: Вижу, с чувством юмора у вас всё в порядке. А здесь чего забыли? Даже местные тут редко бывают.
Алекс: У нас дело. А вы точно в химчистке работаете, может, вы прокурор? Так много вопросов задаёте.
Виктор: А, понимаю. Опять астраханский юмор.
Алина: Не обращайте внимания, у нас только Алекс такой.
Илья: Вы, наверное, всех знаете, кто сюда часто приходит?
Виктор: Смотря кто вам нужен.
Илья: Мы ищем Виктора Кузнецова.
Виктор: Кузнецовых много бывает. У вас есть более конкретная информация?
Алина: Насколько мы знаем, он профессиональный пловец.
Алекс: Точнее, был. Виктор «Молоток». Знаете такого?
Виктор молчит.
Алекс: Квитанция, с которой мы пришли к вам, была его.
Илья: У меня есть его фото. Правда, он здесь моложе на 20 лет. *(Илья показывает фото с матерью)*
Виктор: А она кто?
Илья: Это моя мама.
Виктор: Красивая. Фото очень старое, впрочем, как и квитанция. Это мама вас сюда послала?
Илья: Нет, она об этом ничего не знает.
Виктор: Тогда зачем вы его ищете?
Алекс: Илья хочет найти свои корни.
Алина: Возможно, этот человек его близкий родственник.
Виктор: Что вы имеете в виду?
Илья: Виктор – мой отец.
Пауза.

Незнакомец входит в кафе.
Незнакомец: *(подходит к Виктору)* Здорово, «Молоток»!

Ilja: Vielleicht kann er ja noch etwas zum Abholschein sagen.

Alina: Leute, was sitzen wir hier rum wie bestellt und nicht abgeholt, gehen wir rüber und fragen ihn.

Ilja: Na gut, gehen wir. *(will aufstehen)*

Alex: Warte. Er kommt eh zu uns.

Alina: Er fragt uns jetzt bestimmt wieder aus.

Viktor: *(kommt zum Tisch)* Und, wie fandet ihr die Sehenswürdigkeiten?

Alex: Meinen Sie Ihre Reinigung?

Viktor: Ich sehe, ihr habt Sinn für Humor. Was habt ihr denn hier verloren? Selbst Einheimische kommen kaum her.

Alex: Wir müssen hier etwas erledigen. Arbeiten Sie wirklich in der Reinigung, oder sind Sie vielleicht Staatsanwalt? Sie stellen so viele Fragen.

Viktor: Ach so, alles klar. Wieder dieser Astrachaner Humor.

Alina: Machen Sie sich nichts daraus, nur Alex ist so komisch drauf.

Ilja: Sie kennen bestimmt alle, die oft hier herkommen?

Viktor: Kommt drauf an, wen ihr sucht.

Ilja: Wir suchen Viktor Kusnezow.

Viktor: Es gibt hier einige Kusnezows. Habt ihr noch genauere Informationen?

Alina: Soweit wir wissen, ist er Profischwimmer.

Alex: Oder war es vielmehr. Viktor »Molotok«. Kennen Sie den?

Viktor schweigt.

Alex: Der Abholschein, den wir dabei hatten, war seiner.

Ilja: Ich hab ein Bild von ihm. Da ist er allerdings 20 Jahre jünger. *(Ilja zeigt das Foto, auf dem auch seine Mutter zu sehen ist)*

Viktor: Und wer ist das?

Ilja: Meine Mutter.

Viktor: Schön. Das Bild ist sehr alt, so alt wie der Abholschein. Hat deine Mutter euch hergeschickt?

Ilja: Nein, sie weiß nichts davon.

Viktor: Und warum sucht ihr diesen Viktor dann überhaupt?

Alex: Ilja will seine Wurzeln finden.

Alina: Womöglich ist dieser Mensch sein naher Verwandter.

Viktor: Was meint ihr damit?

Ilja: Viktor ist mein Vater.

Pause.

Ein Unbekannter betritt das Café.

Unbekannter: *(tritt zu Viktor)* Viktor »Molotok«, altes Haus!

Сцена 35 // неизвестное место

Барселона:	Вот всё и встало на свои места!
Эмшер:	Я думаю, они будут счастливы!
Барселона:	Такое возможно. Но я бы не стала этого утверждать. Люди глупы и непостоянны ...
Эмшер:	Что да, то да ... Не поспоришь ... непостоянны как ты, и всегда в движении.
Барселона:	Идут сложными путями к ложным целям, а потом расстраиваются, что всё вышло не так, как они хотели ... Но, несмотря на это, они забавные ...
Эмшер:	Я их люблю, они полны тоски.
Барселона:	Мурpp.

Szene 35 // Unbekannter Ort

Barcelona: Siehst du, nun hat sich alles geklärt!

Emscher: Ich denke, sie werden jetzt glücklich!

Barcelona: Kann gut sein. Aber ich wäre mir da nicht so sicher. Menschen sind dumm und launisch ...

Emscher: ... ohne Frage ... Launisch wie du, und immer im Fluss.

Barcelona: Sie wandeln auf Irrwegen zu Scheinzielen und sind dann enttäuscht, dass alles nicht so wird, wie sie es haben wollten ... Aber trotz allem sind sie amüsant ...

Emscher: Ich mag sie gerne. Sie sind so voller Sehnsüchte.

Barcelona: Schnurrr.

Die Projekte

»Mord in der Hellweg-Bahn«

11 Jugendliche zwischen dreizehn und siebzehn Jahren aus Unna und Umgebung schrieben im Projekt »Mord in der Hellweg-Bahn« in den Herbstferien 2014 gemeinsam die Kriminalerzählung »Endstation Emscher«. Inspiriert wurden sie durch eine Zugreise mit der sogenannten Hellweg-Bahn zwischen Dortmund und Unna und durch eine Exkursion an die Emscherquelle in Holzwickede (zwischen Dortmund und Unna gelegen). Gemeinsam mit Krimiautor Sascha Pranschke, Projektleiterin Sarah Meyer-Dietrich und Prof. Dr. Martina Oldengott von der Emschergenossenschaft gingen sie kriminalistischen Fragen nach.

Auf den gemeinsamen Recherchetag folgten mehrere gemeinsame Schreibtage, an denen die Jugendlichen zunächst den Plot ihrer Krimierzählung entwickelten, um dann jeweils einzelne Fragmente der Erzählung zu schreiben, die sich zu einem Ganzen zusammenfügen.

Die Autoren präsentierten ihre Erzählung im Rahmen der ExtraFahrt von »Mord am Hellweg VII« am 26.10.2014 in Unna der Öffentlichkeit.

Die Autoren

1 Das Opfer der letzten Nacht: Houda Ben Said (Duisburg)
2 Eine einzige Flasche: Lena Greiß (Dortmund)
3 Der Hunger muss warten: Houda Ben Said (Duisburg)
4 Doch noch ein guter Tag?: Lena Greiß (Dortmund)
5 Zusammenprall der Schnüffler: John Volker Kim Migowski (Dortmund)
6 Für Miro!: Marius Weismüller (Dortmund)
7 Auf der Emscherbrücke: Noah Bork (Unna)
8 Aus dem Gleichgewicht: Anna Franziska Splieth (Unna)
9 In meiner Bahn: Lena Greiß (Dortmund)
10 Versteckte Kamera: Anna Franziska Splieth (Unna)
11 Immer diese Handys!: Lena Greiß (Dortmund)
12 Eine brandheiße Spur?: Vivian Kellermann (Castrop-Rauxel)
13 Martha ermittelt: Noah Bork (Unna)
14 Ins Netz gegangen: Jana Sophie Müller (Unna)
15 Kaffee: John Volker Kim Migowski (Dortmund)
16 Kuchen: Jonas Volkmann (Unna)
17 Eine neue Spur: John Volker Kim Migowski (Dortmund)
18 Unnas zweites Gesicht: Jonas Volkmann (Unna)

19 Alibi?: John Volker Kim Migowski (Dortmund)
20 Zwei zum Preis von einer: Jonas Volkmann (Unna)
21 Engel und Teufel: Jonas Volkmann (Unna)
22 Ambiscara: Anna Franziska Splieth (Unna)
23 Dienstagmorgen: Jule Luisa Schepp (Unna)
24 Weggegangen, Platz vergangen: Lena Greiß (Dortmund)
25 Ein schrecklicher Gedanke: Jana Sophie Müller (Unna)
26 Orientierungslos: Astrid Richter (Bochum)
27 Wär ich doch schon in Hörde ausgestiegen: Lena Greiß (Dortmund)
28 Stalkerin?: Jana Sophie Müller (Unna)
29 Zur Quelle zurück: Astrid Richter (Bochum)
30 Herr und Frau Malakoff: Jule Luisa Schepp (Unna)
31 Gutes Zeichen: Lena Greiß (Dortmund)
32 Außer Atem: Jule Luisa Schepp (Unna)
33 Wer ist hier der Elefant?: Houda Ben Said (Duisburg)
34 Miros Tagebuch: Vivian Kellermann (Castrop-Rauxel)

»Zwischen uns – Между нами«

Deutsche und russische Jugendliche verfassten im Herbst 2014 über die Ländergrenzen hinweg einen gemeinsamen Theatertext. In einem einführenden Workshop setzten sich die Teilnehmer mit den Besonderheiten des interkulturellen Arbeitens auseinander. In der ersten Schreibwerkstatt entwickelten sie in Deutschland und in Russland dann die Rollenbiographie je eines Protagonisten. Auf deutscher Seite ist dies Ella aus dem Roman »Stromabwärts. Ein Emscher-Roadmovie« (2013). In Russland wurde die Figur Ilja erfunden. Zudem erarbeiteten beide Gruppen zunächst unabhängig voneinander Vorschläge, wie die beiden Hauptfiguren im Theaterstück aufeinandertreffen könnten. Am 5.11.2014 begegneten sich die deutschen und russischen Teilnehmer dann via Skype. Jede Gruppe stellte ihre Vorschläge vor. Die Ideen passten erstaunlich gut zusammen, sodass schnell der Ausgangspunkt des Stücks feststand: In einem alten Koffer findet Ella Briefe von Iljas Mutter. Ella schreibt an den Absender der Briefe ... und Ilja antwortet. Was Ella nebenbei in Castrop-Rauxel und Ilja in Astrachan erleben sollten, wurde nicht abgesprochen. Vorerst waren es nur die Briefe, die zwischen den Protagonisten, aber auch zwischen den Teilnehmern hin und her wanderten. Das Stück wurde Woche für Woche weiterentwickelt, indem Handlung und Briefe wechselseitig in den beiden Gruppen diskutiert, Szenen ausgedacht und improvisiert wurden.

Weil die Protagonistin Ella bereits im Roman »Stromabwärts« einen besonderen Bezug zur Emscher hatte, machten die Castrop-Rauxeler Projektteilnehmer am 16.11. zudem eine Exkursion an die Emscher. Angeleitet von Prof. Dr. Martina Oldengott (Emschergenossenschaft) erfuhren sie einiges über den Fluss im Wandel.

Der Text bildete die Grundlage für eine Inszenierung des Stücks mit den Jugendlichen unter Anleitung von Theaterpädagogen in beiden Ländern im April/Mai 2015. In Castrop-Rauxel wurden Inszenierung und Aufführung in den Jugendclub des Westfälischen Landestheaters integriert. In Russland wurde das Projekt zusammen mit Sergej Taraskin und den Schauspielstudenten des Astrachaner Staatlichen Konservatoriums realisiert.

Die Autoren

Das Theaterstück »Zwischen uns – Между нами« ist das gemeinsame Werk von 21 Autoren aus Castrop-Rauxel/Deutschland und 8 Autoren aus Astrachan/Russland im Alter zwischen vierzehn und neunzehn Jahren. Unterstützt wurden sie von den Werkstattleitern Kathrin Oerters, Roman Bekkulow und Sergej Taraskin (Russland) sowie Sarah Meyer-Dietrich und Ipek Abali (Deutschland).

Arina Aliewa
Dmitrij Buwaew
Iwan Bykow
Aleksandr Pitschugin
Natalia Sacharowa
Julija Tkatschjowa
Maksim Tokarew
Marija Zyplenkowa

Clara Blumenroth
Thekla Clausen
Ricarda Danguillier
Sandra Karowski
Lena Kasprik
Vivian Kellermann
Justus Kleine-Onnebrink
Ronny Klußmann
Louisa Märker
Saskia Mariß
Max Middeke
Sandy Nawrath
Dunja Niebuhr
Jana Pera
Selen Pikula
Natascha Schultz
Anita Sorin
Pia Stahl
Erik Stratmann
Anna Wambach
Elias Zimmermann

Werkstattleiter

Dr. Ipek Abali, 1980 geboren, Theaterwissenschaftlerin, Dramaturgin, Autorin und Theaterpädagogin. Seit 2008 ist sie die meistgespielte Kindertheaterautorin in der Türkei. Für ihre Werke erhielt sie zahlreiche Preise.

Roman Bekkulow, geboren 1973 in Wolodarski in der Astrachaner Oblast. In seinen ersten Berufsjahren praktizierender Arzt, arbeitet er seit 25 Jahren als Musiker und Lyriker. Er schreibt Drehbücher, Lieder und Skripte für Kino und Theater. Mitarbeiter der Direktion zur Realisierung von Festivals, Wettbewerben und Kulturgroßveranstaltungen des Ministeriums für Kultur und Tourismus der Astrachaner Oblast.

Dr. Sarah Meyer-Dietrich, 1980 geboren, Kultur- und Wirtschaftswissenschaftlerin. Seit 2000 Veröffentlichungen in verschiedenen Anthologien und Literaturzeitschriften. Gewinnerin Treffen Junger Autoren 1999, Richtungsding-Preis 2012, Rotary-Förderpreis des Literaturpreises Ruhr 2014, Gewinnerin Ruhrgebiets-Literaturwettbewerb der Ruhrpoeten 2015. Geschäftsführerin des Friedrich-Bödecker-Kreises NRW e.V.

Kathrin Oerters, 1981 geboren. Nach Abschluss des Geschichts- und Philosophiestudiums arbeitete sie als wissenschaftliche Mitarbeiterin am Institut für soziale Bewegungen in Bochum. Sie erhielt den Rotary-Universitätspreis 2009. Von 2013 bis 2015 lebte und arbeitete sie als Robert Bosch Kulturmanagerin in Astrachan, Russland.

Sascha Pranschke, Jahrgang 1974, arbeitete als Journalist und Texter, leitete das Junge Literaturhaus Köln und lebt heute als freier Autor und Dozent für Kreatives Schreiben in Dortmund. Sein aktueller Roman »Kölner Kulissen« erschien 2013 im Emons Verlag. www.pranschke-schreibt.com

Sergej Taraskin, Jahrgang 1972, studierte an der Russischen Akademie für Theaterkunst (GITIS- Moskau) und arbeitet als Film- und Theaterschauspieler. Leiter des Straßentheaters »Dritte Dimension« und der Schauspielfakultät des Astrachaner Staatlichen Konservatoriums, Mitarbeiter der Direktion zur Realisierung von Festivals, Wettbewerben und Kulturgroßveranstaltungen des Ministeriums für Kultur und Tourismus der Astrachaner Oblast. Ausgezeichnet mit dem Ehrentitel »Verdienter Künstler Russlands«.

Dank

Dieses Buch wäre nicht zustande gekommen, wenn wir nicht jede Menge Hilfe und Unterstützung bekommen hätten.

Unser besonderer Dank geht an

- Prof. Dr. Martina Oldengott von der Emschergenossenschaft, die auch diese beiden Projekte wieder mit immensem Sachverstand, ständiger Einsatzbereitschaft (sogar an Sonntagen) und jeder Menge Herzblut begleitet hat.
- Andrea Weitkamp und Ulrike Erb-May von jugendstil, dem kinder- und jugendliteraturzentrum nrw, die als Kooperationspartner jede Idee kreativ mit entwickeln und tragen.
- Inge Meyer-Dietrich, die zwar als Werkstattleiterin nicht mehr mit dabei ist, aber uns trotzdem im Hintergrund mit Rat und Feedback immer wieder zur Seite stand.
- Benjamin Bäder für die Gestaltung der Emscherzeichnung, die unseren Lesern bei der Orientierung hilft.
- Claudia und Gerd Drzisga, die uns liebevoll im Emscherquellhof empfangen haben.
- Dr. Herbert Knorr und das ganze Team des Westfälischen Literaturbüros in Unna, denen wir das »Mord in der Hellweg-Bahn«-Projekt verdanken und die uns im Nicolaihaus in Unna einen spannenden Krimi schreiben ließen.
- Das ganze Team von »Mord am Hellweg VII« für die freundliche Betreuung während der ExtraFahrt.
- Günter Wohlfarth, der sich als geschäftsführender Direktor des Westfälischen Landestheaters gleich für unser Theaterprojekt begeistern ließ.
- Maik Rosenkiewicz und Niels Kastner für die technische Unterstützung im Rahmen der Werkstätten und der Inszenierung von »Zwischen uns«.
- Martin Lange und Volker Vohs für die tatkräftige Unterstützung bei der Inszenierung und der Vorbereitung des Bühnenbildes für »Zwischen uns«.
- Aaron Boltner für die Erstellung des Videomitschnitts von »Zwischen uns«.
- Die Direktion zur Realisierung von Festivals, Wettbewerben und Kulturgroßveranstaltungen, die als Gastinstitution im Programm »Robert Bosch Kulturmanager in der Russischen Föderation« dieses und viele weitere Projekte ermöglicht hat.
- Das Astrachaner Staatliche Konservatorium, dessen Räumlichkeiten wir für unsere wöchentlichen Treffen und die Aufführung nutzen konnten, und persönlich dessen Rektor, Professor und »Verdientem Künstler Russlands« Aleksandr Walentinowitsch Mostykanow.

- Die Mitarbeiter des Goethe-Instituts Moskau, insbesondere Polina Mandrik, Aia Lobanowa und Janina Baikina, für die gute Beratung und enge Zusammenarbeit, die »Zwischen uns« von Anfang an auf einen guten Weg gebracht hat.
- Die Robert Bosch Stiftung und insbesondere Agnieszka Surwillo-Hahn für ihre Unterstützung und Betreuung im Rahmen des Programms »Robert Bosch Kulturmanager in der Russischen Föderation«.
- MitOst e.V. Berlin und insbesondere Darius Polok, der uns bei Förderfragen und der Koordinierung des Projekts im Rahmen des »Jahres der deutschen Sprache und Literatur« zur Seite stand.

Martina Oldengott mit den Autoren an der Emscherquelle, Foto: Sarah Meyer-Dietrich

Der Emscherquellhof aus der Luft, Foto: Baoquan Song

Tatort? Die Emscher am Phoenixsee, Foto: Sarah Meyer-Dietrich

Die Autoren erkunden den Ort des Finales, Foto: Sarah Meyer-Dietrich

Kreativer Schreibprozess im Nicolaihaus in Unna, Foto: Sarah Meyer-Dietrich

ExtraFahrt von „Mord am Hellweg VII“ mit Sascha Pranschke, Foto: Sarah Meyer-Dietrich

Exkursion mit Prof. Dr. Martina Oldengott an die Emscher, Foto: Frank Vinken

Auf der Emscherbrücke in Castrop-Rauxel, Foto: Frank Vinken

Stückentwicklung per Improvisation und Diskussion, Foto: Volker Beushausen

Werkstattleiterinnen Sarah Meyer-Dietrich und Ipek Abali, Foto: Volker Beushausen

Gruppendiskussion zum Fortgang des Textes, Foto: Anatolij Denikin

Eine Astrachaner Autorin beim Textentwurf, Foto: Anatolij Denikin

Mit den Werkstattleitern Kathrin Oerters und Roman Bekkulow, Foto: Anatolij Denikin

Beim Entwurf einer Szene, Foto: Anatolij Denikin

Was bisher geschah – mehr über Malakoff, Ella, Felix und die Emscher!

Inge Meyer-Dietrich, Sascha Pranschke, Sarah Meyer-Dietrich (Hg.)

Stromabwärts

Ein Emscher-Roadmovie

160 Seiten, farb. Abb., Broschur, 9,95 €
ISBN 978-3-8375-1049-2

Nicht auszuhalten, dass seine Eltern dauernd streiten, findet der sechzehnjährige Felix und haut kurzerhand ab. Aber kann er seine beste Freundin Ella zurücklassen? Ella lässt sich nicht so schnell abschütteln. Dickköpfig beharrt sie darauf, Felix auf seiner Flucht zu begleiten. So brechen die beiden zu zweit auf – entlang der Emscher, dem Charakterfluss des Ruhrgebiets – von Dortmund weiter nach Castrop-Rauxel, Herten, Gelsenkirchen, Bottrop, Oberhausen und Duisburg. Roman Malakoff, Privatdetektiv, ist ihnen dicht auf den Fersen. 64 Jugendliche aus dem Ruhrgebiet haben diesen Roman 2013 gemeinsam geschrieben.

Sarah Meyer-Dietrich, Sascha Pranschke, Inge Meyer-Dietrich (Hg.)

Grenzgänger

Ein Ruhrpott-Roadmovie

204 Seiten, farb. Abb., Broschur, 9,95 €
ISBN 978-3-8375-1207-6

Eigentlich will Max bloß ihren Kumpel Recep besuchen. Aber da trifft sie seinen Mitbewohner Michael, der nicht nur unverschämt gut aussieht, sondern auch Geister beschwören kann. Er trägt die Schuld daran, dass Max sich auf die Suche nach ihrem leiblichen Vater macht: von Witten über Gelsenkirchen, Bochum, Castrop-Rauxel und Dortmund nach Unna. Getrieben wird sie nicht allein von der Frage nach ihrer Herkunft, sondern auch von ihrer Angst vor einem bedrohlichen Fremden. Dieses Roadmovie, geschrieben von 66 Jugendlichen, verspricht ein Wiedersehen mit alten Bekannten – nicht zuletzt der Emscher. Mit der Bonus-Track-Erzählung »Picknick im Park« rund um das Welterbe Zollverein in Essen.